허랜드

# 허랜드
# Herland

# SF... F.. C.

샬럿 퍼킨스 길먼 지음   권진아 옮김

arte

# 차례

일러두기

· 이 책은 Charlotte Perkins Gilman, *Herland*(Pantheon Books, 1979)를
옮긴 것이다.

· 인명, 지명 등 외국어의 우리말 표기는 국립국어원 외래어표기법을 따르되,
통용되는 일부 표기는 허용했다.

· 원문에서 이탤릭체로 강조한 부분은 방점으로 표시했다.

· 본문의 각주는 옮긴이가 작성한 것이다.

# 1장
## 이상하지 않은 계획

안타깝지만 이 글은 기억을 더듬어 쓰는 것이다. 그렇게 공들여 준비한 자료들을 가져올 수만 있었다면, 아주 다른 글이 되었을 텐데. 메모를 빼곡하게 적은 책들, 정성껏 베낀 기록들, 직접 들은 묘사들, 그리고 사진들… 그것들을 잃어버린 점이 제일 아깝다. 도시와 공원의 조감 사진들, 거리와 건물 안팎의 아름다운 모습들, 멋진 정원들, 그리고 그 무엇보다 바로 그 여자들의 사진들이 있었으니까.

그 여자들의 모습은 말해도 아무도 믿지 않을 것이다. 여자들이란 원래 묘사로 전달할 수 없는 존재인 데다가, 나는 묘사에 소질도 없다. 하지만 어떻게든 해야만 한다. 바깥세상이 그 나라에 대해 알아야 하니까.

그 나라의 위치에 대해서는 자칭 선교사나 무역상, 땅을 탐하는 팽창주의자들이 작정하고 밀고 들어갈까 두려워 말하지 않았다. 분명히 밝히지만, 거기서는 그런 사람들을 바라지도 않을뿐더러, 혹여 그들이 그곳을 발견한다 해도 우리보다 더 험한 고생을 하게 될 것이다.

시작은 이랬다. 테리 O. 니컬슨(우리는 그를 닉 영감이라고 불렀는데, 그럴 만한 이유가 있다)과 제프 마그레이브와 나, 밴다이크 제닝스, 우리 셋은 동창이자 친구였다.

우리는 오랜 시간을 함께했고, 서로 간의 차이에도 불구하고 공통점이 많았다. 우리는 모두 과학을 좋아했다.

테리는 하고 싶은 일이라면 뭐든 할 수 있는 부자였다. 테리의 지상 목표는 탐험이었는데, 이제는 짜깁고 메우는 것 외에 탐험거리가 남아 있지 않다며 시끄럽게 불평을 늘어놓곤 했다. 메우기는 충분히 했다. 재능이 아주 많았고, 기계와 전기에 빠삭했으니까. 온갖 종류의 배와 자동차를 가지고 있었고, 조종 실력 또한 최고였다.

테리가 없었다면 그 일은 절대 하지 못했을 것이다.

제프 마그레이브는 시나 식물학—혹은 그 둘 다—에 재능을 타고났지만, 집안의 반대로 적성을 살리지 못하고 의사가 되었다. 젊은 나이에 이미 실력 있는 의사였지만, 제프의 진정한 관심은 자칭 '과학의 불가사의'라고 부르는 영역에 놓여 있었다.

내 전공은 사회학이다. 물론 사회학은 다른 여러 가지 과학이 뒷받침되어야 하는데, 나는 그 모든 것에 관심이 있다.

테리는 지리학과 기상학 등 사실에 강했다. 생물학에서는 늘 제프가 테리보다 한 수 위였고, 나는 친구들이 무슨 주제를 놓고 이야기하건 어떤 식으로든 인간사와 연관되어 있기만 하다면 상관없었다. 사실 그렇지 않은 주제란 거의 없다.

우연한 기회에 우리 셋은 대규모 과학 탐사에 참여하게 되었다. 탐사대에는 의사가 필요했고, 그것을 핑계 삼아 제프는 방금 개업한 병원의 문을 닫았다. 그들에게는 테리의 경험과 기계, 그리고 돈도 필요했다. 나로 말하자면, 테리의 연줄로 들어갔다.

우리 탐험대는 커다란 강에서 뻗어 나가는 천 개의 지류
와 거대한 배후지를 훑고 다니며 지도를 만들고 야만족의 언어
를 연구하고 온갖 기이한 식물과 동물을 발견하려는 계획을 가
지고 있었다.

하지만 이 이야기는 그 탐사에 대한 이야기가 아니다. 그
건 그저 우리 탐험의 시작점에 불과했다.

처음 내 흥미를 불러일으킨 것은 안내인들의 이야기였다.
나는 언어에 재주가 있어서 많은 언어를 알 뿐만 아니라 배우
기도 쉽게 배웠다. 그런데다 우리와 동행한 통역사의 실력이
좋았던 덕분에 드문드문 흩어진 이곳 지방 부족들의 전설과 민
간 신화를 꽤 많이 알게 되었다.

강과 호수, 습지, 빽빽한 숲이 뒤얽힌 어두컴컴한 지대들
을 지나 저 너머 커다란 산맥에서 뻗어 나와 여기저기서 느닷
없이 솟구치는 기다란 지맥들과 마주치며 상류로 올라가면 올
라갈수록, 나는 이 야만인들 사이에 저 멀리 위쪽에 자리한 기
이하고 무시무시한 여인국에 대한 이야기가 더 많이 퍼져 있다
는 사실을 눈치챘다.

위치에 대해서는 "저쪽 위", "저쪽", "저 위쪽"이라는 말
밖에 못 했지만, 그 전설들의 요점은 모두 똑같았다. 남자라고
는 없고 오로지 여자들과 여자아이들만 사는 기이한 나라가 있
다는 것이었다.

그들 중 그 나라를 본 사람은 이제껏 아무도 없었다. 남자
가 그곳에 가는 것은 위험하며 죽음을 자초하는 짓이라고 그들
은 말했다. 하지만 탐색에 나선 몇몇 용감한 사람이 그곳―커
다란 나라, 커다란 집들, 모두 여자뿐인 수많은 사람―을 보았
다는 옛이야기들은 있었다.

그 외 다른 사람들은 간 적이 없었을까? 아니, 상당히 많은 사람이 갔지만 아무도 돌아올 수 없었다. 거기는 남자들이 갈 곳이 아닌 듯했다. 다들 그 점에 대해서는 확신하는 것 같았다.

친구들에게 이 이야기를 들려주자 말도 안 된다며 웃어넘겼다. 당연히 나도 그랬다. 야만인들의 망상이 어떤 식인지 나는 잘 알고 있었다.

하지만 탐험대가 탐사 지역의 끝 지점에 이르러 (최고의 탐험대도 언젠가는 다 그래야만 하듯이) 방향을 틀어 다시 고국으로 돌아갈 일만 앞둔 바로 그날, 우리 셋은 무언가를 발견했다.

우리의 주 야영지는 강 본류, 혹은 우리가 본류라고 생각한 강 안쪽으로 튀어나온 모래톱 위에 있었다. 지난 몇 주 동안 보아 왔던 것과 똑같이 진흙탕 색에다 물맛도 똑같은 강이었다.

우리 마지막 안내인은 반짝반짝한 눈에 총기가 넘치는 똑똑한 친구였는데, 어쩌다 이 친구에게 그 강 이야기를 하게 되었다.

안내인은 강이 하나 더 있다고 했다. "저 건너, 짧은 강, 단물, 빨강 파랑."

그 말에 흥미가 생긴 나는 내가 제대로 이해했는지 알아보고 싶어서 들고 다니던 빨간색 파란색 연필을 안내인에게 보여 주며 다시 물었다.

그는 맞다며 남서쪽 방향에 놓인 강을 가리켰다. "강, 좋은 물, 빨강 파랑."

옆에 있던 테리가 그 친구가 가리키는 것을 살피더니 관심을 보였다.

"뭐라는 거야, 밴?"

내가 말해 주자 테리는 곧바로 흥분했다.

"거리가 얼마나 되는지 물어봐."

안내인은 멀지 않다고 손짓했다. 내 생각에 두 시간, 아니면 세 시간 정도 될 것 같았다.

"가자." 테리가 재촉했다. "우리 셋이서만. 어쩌면 정말로 뭔가를 발견할 수도 있어. 진사*가 있을지도 몰라."

"인디고**일지도 모르지." 제프가 나른한 미소를 지으며 말했다.

아직 이른 아침이어서 이제 막 아침 식사를 마친 참이었다. 우리는 밤이 되기 전에 돌아오겠다는 말을 남기고 조용히 야영지를 떠났다. 실패할 경우에는 잘 속는 사람들이라는 소리를 듣고 싶지 않았고, 내심 우리끼리 근사한 발견을 했으면 싶었다.

가는 데 족히 두 시간, 아니, 거의 세 시간이 걸렸다. 그 야만인 혼자라면 훨씬 더 빨리 갈 수 있었을 것이다. 나무와 물, 늪지가 온통 뒤얽혀 우리끼리 왔다면 절대 통과하지 못했을 곳이었다. 하지만 길이 하나 있었고, 테리는 나침반과 수첩을 들고 방향을 기록하고 길잡이가 될 지표를 표시하려고 애썼다.

조금 뒤 우리는 일종의 습지대 호수에 도착했는데, 어찌나 넓은지 그 주위를 둘러싼 숲이 호수 저 너머로 나지막하고

---

\* 수은 황화물로 주홍색을 띠는 광석.

\*\* 남색 염료.

흐릿하게 보일 정도였다. 안내인은 거기서 우리 야영지까지 보트를 타고 갈 수 있지만 "멀고, 하루 종일" 걸릴 것이라고 말했다.

이곳 물은 우리가 떠나온 강물보다 좀 맑았지만, 호숫가만 보고는 잘 판단할 수가 없었다. 우리는 호수 가장자리를 따라 30분 정도 더 이동했고, 앞으로 갈수록 땅은 점점 더 단단해졌다. 잠시 뒤 숲으로 우거진 곳의 한 모퉁이를 돌자 상당히 다른 풍경이 눈앞에 펼쳐졌다. 가파른 벌거숭이산이 갑자기 모습을 드러낸 것이다.

"동쪽으로 길게 뻗은 지맥 중 하나야." 테리가 찬찬히 살피며 말했다. "산맥에서 수백 마일 정도 떨어져 있을 수도 있어. 그런 식으로 불쑥 나타나거든."

우리는 호수에서 벗어나 절벽 쪽으로 곧장 나아갔다. 도착하기도 전에 물 흐르는 소리가 들렸고, 안내인은 자기가 말했던 강을 의기양양하게 가리켰다.

강은 짧았으며 절벽 표면 틈새에서 쏟아지는 좁다란 폭포에서 흘러내리고 있었다. 단물이었다. 안내인이 물을 꿀꺽꿀꺽 들이켰고, 우리도 그렇게 했다.

"눈 녹은 물이야." 테리가 말했다. "산 저 안쪽에서부터 흘러나오는 게 분명해."

하지만 빨갛고 파란 물이라더니, 물은 푸르스름한 녹색을 띠고 있었다. 안내인은 전혀 당황한 기색이 아니었다. 그는 주위를 조금 뒤지고 다니더니 강 옆에 고여 있는 잔잔한 웅덩이 하나를 보여 주었다. 웅덩이 가장자리를 따라 붉은색 얼룩들이 있었다. 정말이었다. 푸른색 얼룩들도 눈에 띄었다.

테리가 확대경을 꺼내더니 쭈그리고 앉아 조사하기 시작했다.

"화학 물질 종류인데, 지금 여기서는 잘 모르겠어. 내 눈에는 염료 같아 보이는데. 저 위 폭포 옆으로 더 가까이 가 보자." 그가 재촉했다.

우리는 가파른 경사를 기어올라 떨어져 내리는 물 아래서 거품을 일으키며 요동치는 웅덩이 가까이에 다가갔다. 이곳 가장자리를 조사해 보았더니 반박의 여지 없는 색상의 흔적들을 찾을 수 있었다. 게다가 제프가 갑자기 뜻밖의 전리품을 치켜들었다.

그것은 누더기 조각, 올 풀린 기다란 천 조각에 불과했다. 하지만 무늬가 있는 잘 짜인 직물이었고, 물에 젖었는데도 바래지지 않은 선명한 주홍색이었다. 우리가 아는 한 그런 직물을 만드는 야만족은 없었다.

안내인은 흥분하는 우리를 보고 흡족해하며 차분히 비탈에 서 있었다.

"하루는 파랑, 하루는 빨강, 하루는 초록." 그는 이렇게 말하며 쌈지에서 밝은색 천 조각을 꺼냈다.

"내려온다." 그가 폭포를 가리키며 말했다. "여자 나라, 저 위."

그 말에 흥미가 동했다. 우리는 바로 거기서 휴식을 취한 다음 점심을 먹었고 정보를 더 얻으려고 안내인에게 질문을 퍼부어 댔다. 하지만 안내인이 들려준 이야기는 이미 다른 사람들이 다 해 준 것에 불과했다. 여인들의 나라, 남자는 없고, 아기들도 모두 여자아이뿐인 나라. 남자들이 갈 곳이 못 되는 위험한 곳. 보러 간 사람들은 있었지만 돌아온 사람들은 아무도 없는 곳.

그 말에 테리가 작정하고 덤빌 태세를 보였다. 남자들이 갈 곳이 못 된다고? 위험하다고? 테리는 당장 폭포를 기어오르기라도 할 기세였다. 하지만 안내인은 혹여 그 가파른 절벽을 올라갈 방법이 있다 하더라도 절대 올라가지 않으려 했고, 우리도 밤이 되기 전에 일행에게 돌아가야 했다.

"이 이야기를 해 주면 다들 여기 더 머무를지도 모르잖아." 내가 말했다.

하지만 테리가 발걸음을 멈췄다. "이봐, 친구들." 그가 말했다. "이건 우리가 찾아낸 거라고. 저 잘나신 늙은 교수들한테는 얘기하지 말자. 같이 갔다가 돌아오는 거야. 우리끼리만. 그리고 우리끼리 작은 탐험을 하는 거지."

우리는 감탄하면서 그를 바라봤다. 소속도 없는 한 무리의 젊은이가 완전히 아마존 같은 미지의 나라를 발견하다니 뭔가 매력적인 이야기였다.

물론 그 이야기를 믿은 것은 아니다. 하지만 그래도!

"이 지역 어떤 부족도 그런 천은 만들지 않아." 내가 누더기 조각을 꼼꼼하게 살피며 말했다. "저 위 어딘가에서 사람들이 실을 잣고 천을 짜고 염색을 하고 있는 거야. 우리만큼이나 잘."

"그것은 문명이 상당히 발달했다는 뜻일 텐데, 밴. 그런 나라가 있는데 알려지지 않았을 리가 없어."

"음, 모르지. 피레네산맥 위 어딘가에 있는 유서 깊은 공화국이 뭐더라, 안도라? 그 나라에 대해 아는 사람들은 아주 극소수지만, 천 년 동안 자기들끼리 아주 잘 살아왔어. 그리고 몬테네그로도 있잖아. 그 조그만 멋진 나라 말이야. 이렇게 거대한 산맥이라면 몬테네그로 같은 나라 열두어 개 정도는 족히 숨어 있을지 몰라."

우리는 야영지로 돌아올 때까지 그 문제를 놓고 열띤 토론을 했다. 돌아오는 항해 도중에도 남몰래 조심스럽게 토론했다. 그 뒤 테리가 탐험 준비를 하는 동안에도 우리끼리의 토론은 여전히 계속됐다.

테리는 열정이 넘쳤다. 테리가 부자여서 정말 다행이었다. 그렇지 않았다면 탐험을 시작하기 위해 몇 년 동안이나 돈을 구하러 다니고 홍보를 해야 했을지도 모르고, 그랬다면 이 일은 대중의 흥밋거리, 신문에서 놀려 먹기 좋은 기삿감이 되었을 것이다.

하지만 T. O. 니컬슨은 자기 소유의 대형 증기 요트를 고쳐서, 특별 제작한 대형 모터보트를 싣고 '위장한' 복엽기*도 챙겨 넣을 수 있는 능력자였다. 사교란에 조그맣게 기사가 실린 것 외에는 사람들의 주목도 끌지 않았다.

우리는 식량과 예방약, 온갖 물자를 챙겼다. 테리의 예전 경험이 이 일에 크게 도움이 되었다. 전혀 흠잡을 데 없는 채비였다.

우리는 가장 가까운 안전한 항구에 요트를 대 둔 뒤, 수로 안내인을 데리고 우리 셋이서만 모터보트를 타고 그 끝도 없는 강을 거슬러 올라갈 계획이었다. 그리고 지난번 탐험대가 마지막으로 야영했던 장소에 도착하면, 수로 안내인을 두고 우리끼리 그 맑은 강을 따라 올라가며 미지의 땅을 찾아보기로 했다.

모터보트는 넓고 얕은 호수에 정박해 두려 했다. 보트에는 꼭 맞게 만들어져 조개껍질처럼 닫히는, 얇지만 단단한 특별한 보호 덮개가 있었다.

* 두 개의 날개가 나란히 겹쳐진 비행기.

"저 원주민들은 보트 안에 들어가지도, 보트를 망가뜨리지도, 움직이지도 못해." 테리가 자랑스럽게 설명했다. "호수에서 비행기를 출발시키고, 보트는 여기 남겨 둬서 돌아올 기지로 삼자."

"만약 돌아온다면 말이지." 내가 쾌활하게 암시했다.

"숙녀분들이 잡아먹을까 봐 겁나냐?" 테리가 비웃었다.

"이 숙녀들에 대해서는 잘 모르잖아." 제프가 느릿느릿 말했다. "독화살 같은 걸 든 신사들로 이루어진 분견대가 있을지도 모르지."

"가고 싶지 않으면 안 가도 돼." 테리가 냉정하게 말했다.

"가라고? 날 못 가게 하려면 법원의 금지 명령서를 가져와야 할걸!" 제프와 나 둘 다 그 점에 있어서는 확고했다.

하지만 긴 여행 내내 우리는 의견 차로 옥신각신했다.

항해야말로 토론하기에는 안성맞춤의 시간이었다. 이제 대화를 엿듣는 사람들도 없으니 우리는 갑판 의자에 축 늘어져 빈둥거리며 끝도 없이 이야기를 할 수 있었다. 다른 할 일도 없었다. 아는 사실이 절대적으로 부족하다 보니 오히려 토론 범위가 더 넓어졌다.

"신분증은 요트 정박지의 영사한테 두고 가자." 테리가 계획했다. "만약 우리가, 어, 한 달이 지나도 돌아오지 않으면 구조대를 보낼 수 있게."

"토벌대지." 내가 주장했다. "숙녀분들이 우리를 잡아먹으면 보복을 해야 하잖아."

"마지막으로 머물렀던 장소를 쉽게 찾을 수 있을 거야. 내가 그 호수와 절벽과 폭포를 지도로 대충 만들었거든."

"그래, 하지만 그 사람들은 어떻게 올라오는데?" 제프가 물었다.

"당연히 우리랑 같은 식으로 오는 거지. 소중한 미국 시민 셋이 저 위에서 실종된다면 다들 어떻게든 쫓아올 거야. 그 아름다운 나라의 눈부신 매력은 차치하고라도 말이지. 그곳을 '페미니지아'라고 부르자." 테리가 말을 멈췄다.

"네 말이 맞아, 테리. 이 이야기가 알려지면 강에는 탐험대가 득실거리고 비행선이 모기떼처럼 날아오르겠지." 그런 생각을 하자 웃음이 터졌다. "옐로프레스* 씨를 안 끼워 주다니 우리가 큰 실수를 한 거야. '살려 줘요!' 얼마나 멋진 제목이야!"

"별로!" 테리가 엄하게 말했다. "이건 우리 파티라고. 우리끼리만 찾으러 가는 거야."

"정말 거길 발견한다면, 정말 그렇게 되면 어떻게 할 작정이야?" 제프가 온화하게 물었다.

제프는 온순한 사람이었다. 내가 보기에 제프는 그 나라—그런 나라가 만약 있다면 말이다—를 장미꽃과 아기들과 카나리아와 정리함 같은 것이 흐드러진 곳으로 생각하는 듯했다.

테리는 오직 여자, 여자, 여자들만 가득한 이상화된 여름 리조트 같은 곳에 있는 자신의 모습을 마음속으로 그려 보고 있었다. 뭐, 테리야 다른 남자들이 있을 때도 여자들에게 인기가 많은 사람이니 앞으로 일어날 일에 대해 기분 좋은 상상을 하는 것도 놀랄 일은 아니었다. 누워서 멋진 콧수염을 만지작거리며 길고 푸른 파도가 지나가는 것을 쳐다보는 그 눈빛을 보면 테리가 하는 상상들이 내 눈으로 보듯 빤했다.

* 흥미 위주의 선정적 신문인 황색신문(yellow press)을 의인화한 것이다.

하지만 그때 나는 우리 앞에 놓인 상황을 그 둘보다는 훨씬 더 명확히 판단할 수 있다고 생각했다.

"둘 다 틀렸어." 내가 주장했다. "그런 곳이 있다면—사실 그렇게 믿을 근거가 정말로 좀 있는 것 같은데—그곳은 일종의 모계 원칙에 기반할 거야. 남자들은 자기들끼리 별개의 집단, 여자들보다 사회적으로 덜 발달된 집단을 구성하면서 매해 한 번 방문을 하는 거야. 소위 결혼 방문이지. 이런 식의 사회가 과거에 존재했다고 알려져 있어. 단지 여기서는 계속 남아 있을 뿐인 거지. 극도로 고립된 계곡이나 높은 고원에 위치해 태곳적 관습이 살아남은 거야. 그게 전부야."

"그럼 남자아이들은?" 제프가 물었다.

"아, 애들이 대여섯 살 무렵이 되자마자 남자들이 데려가는 거야."

"그럼 안내인 모두가 그렇게 장담하던 위험 이론은?"

"충분히 위험해, 테리. 우린 엄청나게 조심해야 할 거야. 그 정도 수준의 문명을 이룬 여자들이라면 자기방어 능력도 꽤 갖추고 있고 불순한 방문객들도 환영하지 않을 테니까."

우리는 이야기하고 또 이야기했다. 끝도 없이 이야기했다.

그리고 사회학적 지식을 내세우며 아무리 젠체해도 오리무중이기는 나도 친구들과 마찬가지였다.

나중에 알게 된 것을 놓고 생각해 보면, 여자들의 나라는 이럴 거라며 확신했던 의견들은 그저 우스꽝스러울 뿐이었다. 스스로에게든 서로에게든 이것은 다 쓸모없는 추측에 불과하다는 말은 할 필요도 없었다. 우리는 할 일이 없었고, 그래서 바다를 건너오면서도, 강을 따라 올라가면서도 계속 추측을 했다.

"그럼직하지 않다는 건 인정하지만", 우리는 이렇게 엄숙히 운을 떼며 또다시 토론을 시작하곤 했다.

"자기들끼리 싸워 댈 거야." 테리가 우겼다. "여자들은 늘 그래. 질서나 조직 같은 건 절대 기대할 수 없어."

"천만의 말씀." 제프가 말했다. "거긴 수녀원장 휘하의 수녀원 같을 거야. 평화롭고 정다운 자매애 공동체 말이야."

그 말에 내가 코웃음 쳤다.

"수녀들이라니! 네가 말하는 평화로운 자매 공동체는 다 순종 서약을 한 독신녀라고, 제프. 이 사람들은 그냥 여자에다 어머니야. 모성이 있는 곳에는 자매애는 별로 없는 법이야."

"그렇고말고, 서로 다투기나 하겠지." 테리가 동의했다. "또 발명이나 진보를 기대해서는 안 돼. 아마 끔찍하게 원시적일 거야."

"그 천은?" 제프가 말을 꺼냈다.

"아, 천! 여자들이란 늘 실을 자아 왔잖아. 하지만 딱 거기까지야. 봐 보라고."

우리는 따뜻한 환대를 받을 것이라는 테리의 소박한 생각을 놀려 댔지만 그는 꿈쩍도 하지 않았다.

"두고 봐." 그는 고집했다. "그 여자들 모두와 친해진 다음 편을 갈라 서로 대결하게 할 테니까. 난 순식간에 왕이 되어 있을걸. 휴! 솔로몬이 와도 상대가 안 될 거야!"

"그러면 우리는 어떻게 되는 거야?" 내가 물었다. "재상 같은 거 안 되나?"

"위험을 감수할 수는 없지." 테리가 엄숙하게 단언했다. "너희들이 혁명을 일으킬 수도 있잖아. 그러고도 남아. 너희는 참수형에 처하거나 활을 쏴서, 아니면 뭐든 거기서 잘 쓰는 처형 방법으로 죽여 버려야겠어." "알지? 처형은 직접 해야 할 걸." 제프가 씩 웃었다. "억센 흑인 노예도 맘루크*도 없을 테 니까! 게다가 우린 둘인데 넌 혼자잖아. 안 그래, 밴?"

제프와 테리는 생각이 너무나 달라서 때로 나는 그 둘이 부딪치는 것을 막느라 애를 먹었다. 제프는 최고의 남부 스타일 로 여자를 이상화했다. 기사도 정신과 감수성 같은 것들이 넘쳐 흘렀다. 제프는 좋은 사람이었고, 자기 이상에 따라 행동했다.

테리도 그렇다고 말할 수 있을 것이다. 테리의 여성관을 이상이라는 고상한 말로 불러 줄 수 있다면 말이다. 나는 늘 테 리를 좋아했다. 테리는 굉장히 남자다운 남자로 관대하고 용감 하고 똑똑했다. 하지만 우리 대학 동창 중 자기 여자 형제를 테 리와 기꺼이 맺어 줄 사람은 아무도 없을 것이다. 우리 기준이 굉장히 엄격해서가 아니었다, 절대! 테리는 '도가 지나친 사람' 이었다. 나중에야 뭐, 자기 인생은 당연히 자기가 책임지는 것 이라고 생각하고 더 이상 간섭하지 않았지만.

혹시 미래에 생길지도 모를 아내나 자신의 어머니, 혹은 친구들의 미모의 친척을 제외한다면, 테리는 예쁜 여자들은 단 지 가지고 놀 장난감이고 못생긴 여자들은 고려할 가치조차 없 다고 생각하는 것 같았다.

가끔은 테리의 그런 생각들이 정말로 불쾌했다.

그런데 제프에게도 인내심이 다하는 때가 있었다. 그는 여 자들에 대해 지나친 장밋빛 환상을 품었다. 나는 물론 몹시 과 학적인 시각에서 중간 입장을 지켰고 여성의 생리학적 취약점 에 대해 박식한 의견을 펴곤 했다.

* 이슬람 사회의 비무슬림 노예 군인.

당시 우리는 그 누구도 여성 문제에 대해 '진보적' 시각을 가지고 있지 않았다.

그래서 우리는 농담과 논쟁과 추측을 해 댔고, 끝없는 여행 끝에 마침내 예전 야영지에 도착했다.

강을 찾는 것은 어렵지 않아서, 그 근처를 따라 어슬렁거리다 보니 강까지 왔고, 거기서부터 호수까지는 배를 타고 갈 수 있었다.

호수에 도착해 반짝이는 호수의 넓은 품으로 미끄러져 나와, 우리 쪽으로 튀어나온 높은 회색빛 곶과 수직으로 떨어지는 하얀 폭포가 똑똑히 보이기 시작하자 정말로 흥분이 되었다.

그 순간에도 암벽을 끼고 돌면서 걸어 올라갈 만한 길이 있는지 찾아보자는 이야기를 했지만, 숲이 우거진 늪지 때문에 그 방법은 어려울 뿐 아니라 위험해 보였다.

테리는 그 계획에 강경하게 반대했다.

"이봐, 그건 말도 안 돼! 그건 이미 결정했잖아. 걸어가면 몇 달이 걸릴 수 있다고. 그럴 식량도 없고. 안 돼. 위험을 무릅쓸 수밖에 없어. 무사히 돌아오면 좋은 거고. 아니라면 뭐, 우리가 어쩌다 실종되는 최초의 탐험가도 아니잖아. 우리를 뒤따를 사람들도 수두룩하고."

그래서 우리는 커다란 복엽기를 조립해 과학적으로 압축시킨 짐을 실었다. 카메라는 물론이고 쌍안경과 농축 식량도 실었다. 주머니에는 자잘한 필수품을 넣었고, 총도 당연히 챙겼다. 무슨 일이 일어날지 모르는 법이니까.

우리는 '그 땅의 지형'을 파악하고 기록해 두려고 우선 위로, 위로, 위로 올라갔다.

울창한 진녹색 수해(樹海)에서 높다란 지맥이 가파르게 솟구쳐 올라와 있었다. 지맥은 양쪽으로 뻗어 나가 저 멀리 아득한, 접근이 불가능해 보이는 눈 덮인 산봉우리까지 이어진 것 같았다.

"첫 번째 여행은 지리 탐사를 하는 걸로 하자." 내가 제안했다. "지형을 파악하고 다시 여기로 내려와 연료를 보충하는 거야. 이렇게 엄청난 속도라면 저 산맥까지 갔다가 돌아올 수도 있어. 그러면 배에 지도 같은 걸 남길 수도 있잖아. 구조대를 위해."

"그거 괜찮은 생각인데." 테리가 동의했다. "그럼 이 몸이 여인국의 왕이 되는 건 하루 미루도록 하지."

우리는 경계선을 따라 둘러보며 오랜 시간 비행했다. 가까이 자리한 곳 끝부분을 돌아 최고 속도로 삼각지대의 한쪽 면을 따라 올라간 다음, 높은 산맥이 갈라지는 지점에서 밑변을 가로질러 달빛을 이용해 다시 호수로 돌아왔다.

"그렇게 작지 않은 왕국이네." 지도를 대충 그리고 측량을 끝내자 다들 동의했다. 비행 속도에 견주어 크기를 꽤 가늠할 수 있었다. 그리고 측면—과 뒤쪽 끝에 있는 얼음 덮인 능선—으로 볼 때, 제프 말마따나 "그 안까지 들어가다니 꽤 진취적인 야만인들"일 것 같았다.

물론 우리는 그 나라 자체도 보았다. 그것도 아주 열심히. 하지만 비행기가 너무 높이, 너무 빨리 날아서 많은 것을 살필 수가 없었다. 경계 지역에는 숲이 우거진 것 같았지만, 안쪽에는 넓은 평원이 있었고 사방에 공원 같은 초원과 탁 트인 공간들이 있었다.

도시들도 있었다. 내가 보기에는 그랬다. 그 모습은, 음, 다른 나라와 다를 바 없이 문명화된 도시 같았다는 말이다.

오랜 시간 비행을 한 뒤라 잠을 자야 했지만, 다음 날에는 일찌감치 나가 다시 한번 산꼭대기 나무들 위로 부드럽게 날아 올라간 다음 넓고 아름다운 땅을 마음껏 바라보았다.

"아열대 기후야. 최고의 기후 같아. 조금만 올라와도 기온이 이렇게 달라지다니 멋지네." 테리는 숲의 초목들을 살펴보고 있었다.

"조금 올라왔다고? 이런 걸 조금이라고 하는 거야?" 내가 물었다. 계기판들은 고도를 정확히 가리키고 있었다. 해안에서 부터 오랫동안 서서히 올라오다 보니 우리가 깨닫지 못했던 것이다.

"엄청나게 복 받은 땅이군." 테리가 계속해서 말했다. "자, 이제 사람들을 좀 볼까. 경치는 충분히 봤으니까."

우리는 그 나라를 4등분으로 나눠 왔다 갔다 가로지르며 나지막이 비행했다. 어느 정도가 그때 본 것이고 어느 정도가 나중에 알게 된 지식으로 보충한 것인지 이제는 기억나지 않지만, 흥분한 와중에도 그 정도는 알 수 있었다. 완벽하게 가꾸어져 심지어 숲조차 관리된 느낌이 드는 땅이었다. 나라 전체가 거대한 공원, 아니, 더 분명하게 말하자면 거대한 정원처럼 보였다.

"가축은 안 보이네." 내가 말했지만, 테리는 대답이 없었다. 우리는 마을을 향해 다가가고 있었다.

고백하지만, 잘 닦인 깨끗한 도로나 근사한 건물, 질서 정연하고 아름다운 조그만 마을은 우리의 안중에도 없었다. 다들 쌍안경을 꺼냈다. 심지어 테리마저 비행기가 나선을 그리며 미끄러지도록 내버려 둔 채 황급히 쌍안경을 눈에 갖다 댔다.

윙윙거리는 추진기 소리를 들은 사람들이 집 밖으로 달려 나오고 들판에서 모여들었다. 날렵한 사람들이 날째게 달리며 떼 지어 몰려왔다. 그 사람들을 뚫어져라 쳐다보다가 다시 상승할 시점을 놓칠 뻔했다. 한참을 위로 올라가는 동안 아무도 말이 없었다.

"맙소사!" 테리가 한참 만에 입을 열었다.

"저긴 여자들뿐이야. 그리고 아이들이랑." 제프가 흥분해서 강조했다.

"하지만 저 사람들 모습은, 세상에, 여긴 문명국이야!" 내가 주장했다. "분명 남자들이 있을 거야."

"당연히 남자들이 있고말고." 테리가 말했다. "자, 남자들을 찾아보자고."

제프는 그 나라를 좀 더 살펴본 다음 비행기에서 내리자고 제안했지만, 테리는 그 말은 들으려고도 하지 않았다.

"우리가 지나온 저쪽에 괜찮은 착륙 장소가 있어." 테리가 고집했다. 그곳은 착륙하기에 더할 나위 없이 좋은 지형이었다. 호수가 내려다보이는 넓고 평평한 바위로, 안쪽에서는 보이지 않았다.

안전한 곳을 찾아 기다시피 힘겹게 내려오는 길에 테리가 말했다. "이걸 금방 찾아내진 못할 거야. 서둘러, 친구들. 저 무리에 예쁜 여자들이 몇 명 있었다고."

물론 그것은 현명하지 않은 생각이었다.

나중에야 쉽게 깨달았지만, 휙휙 날아다니는 비행기를 두고 두 발로 걸어 다니기 전에 그 나라를 좀 더 충분히 살펴보는 것이 최선책이었다. 하지만 우리는 세 명의 젊은이였다. 정말 그런 나라가 있을지 반신반의하면서 1년이 넘도록 이야기만 해 왔는데, 이제 그 나라에 정말로 와 있었다.

그곳은 충분히 안전하고 문명화된 곳처럼 보였고, 위를

올려다보던 수많은 얼굴은, 비록 몇몇은 겁에 질려 있었지만, 굉장히 아름다웠다. 그 점에 대해서는 우리 모두 의견이 일치했다.

　"가자고!" 테리가 앞으로 나아가며 외쳤다. "아, 얼른! 허랜드로 가는 거야!"

# 2장
# 경솔한 전진

우리가 착륙한 바위에서 그 마지막 마을까지의 거리는 10 내지 15마일 정도 될 것 같았다. 마음은 조급했지만, 그래도 숲을 따라 조심해서 가는 것이 현명하리라는 판단이 들었다.

테리마저도 남자들이 있을 것이라고 확신하며 열의를 자제했고, 우리는 각자 탄약을 넉넉히 챙겼다.

"남자들은 수도 적고 어딘가 숨어 있을지도 몰라. 제프 말대로 모계사회 같은 곳이어서. 그래서 말인데, 남자들은 저기 산위에서 살면서 여자들을 이쪽에 두는 걸 수도 있어. 일종의 국립하렘*인 거지! 하지만 어딘가 남자들이 있다고. 아기들 봤지?"

사람들을 구분할 수 있을 정도로 지면 가까이 갔을 때 사방에 있던 크고 작은 아이들을 우리 모두가 봤다. 어른들에 대해서는 옷차림만으로 단언하기는 어렵지만, 그래도 남자라고 확신할 만한 사람은 하나도 없었다.

"난 '먼저 낙타를 묶어 놓은 다음 신을 믿어라'라는 아랍속담이 늘 마음에 들어." 제프가 속삭였다. 그래서 우리는 모두 손에 무기를 든 채 경계 태세로 숲을 따라 나아갔다. 테리는 전진하면서 주위 숲을 자세히 살폈다.

---

* 궁궐의 후궁이나 가정의 규방 등 이슬람 사회에서 남자들의 출입이 금지된 장소를 가리킨다.

"문명 얘기가 나왔으니 말인데," 테리가 흥분을 억누르며 나지막하게 외쳤다. "이렇게 잘 가꿔진 숲은 이제껏 본 적이 없어. 심지어 독일에서도 못 봤다고. 봐. 죽은 가지라곤 하나도 없어. 덩굴도 모양이 잘 잡혀 있고. 정말로! 이것 좀 봐." 그는 걸음을 멈추고 주위를 둘러보더니 제프에게 수종을 살펴보라고 했다.

두 사람은 나를 지표 삼아 거기 남겨 두고 양쪽으로 갈라져 잠시 주변을 살펴보러 갔다.

"거의 모두가 식용이야." 그들이 돌아와서 말했다. "나머지는 다 질 좋은 재목이고. 이게 숲이라고? 이런 건 채소 농원이지!"

"식물학자가 옆에 있으니 좋네." 내가 맞장구를 쳤다. "약용 식물은 정말 전혀 없어? 관상용이나?"

사실 두 사람 말이 맞았다. 이 거대한 나무들은 마치 양배추처럼 아주 정성껏 가꿔져 있었다. 상황이 달랐다면 숲속 사방에서 산림을 가꾸고 과일을 따는 아름다운 여인들과 마주쳤겠지만, 비행기는 너무 별나게 눈에 띄고 조용하지도 않은 데다 여자들이란 조심성이 많은 법이니 어쩔 수 없는 일이다.

숲을 가로질러 가며 본 것들 중 움직이는 것이라고는 새들밖에 없었다. 화려한 새도 있고 노랫소리가 고운 새도 있었는데, 그 모든 새가 어찌나 길이 잘 들었는지 사육에 대한 우리의 기존 지식이 거의 부정당하는 느낌이었다. 적어도 간간이 조그만 빈터와 마주치기 전까지는 그랬다. 맑은 샘 옆 그늘에 조성된 빈터들에는 돌을 깎아 만든 의자와 식탁이 놓여 있었는데, 그 옆에는 어김없이 야트막한 새 물통이 자리하고 있었다.

"이 사람들은 새는 안 죽이나 봐. 고양이는 분명 죽이는데." 테리가 말했다. "남자들이 있는 것이 분명해. 쉿!"

분명 무슨 소리가 들렸었다. 새 노랫소리와는 전혀 다른, 숨죽인 웃음소리 같은 것이 났지만, 그 조그맣고 행복한 소리는 곧 사라져 버렸다. 우리는 사냥개들처럼 서 있다가 재빨리 쌍안경을 꺼내 들고 주위를 샅샅이 살펴보았다.

"멀리까지 갔을 리가 없어." 테리가 흥분해서 말했다. "이 큰 나무에 올라간 거 아냐?"

우리가 조금 전 들어온 빈터에는 굵은 가지들을 너도밤나무나 소나무처럼 겹겹이 겹쳐진 부채 모양으로 길게 늘어뜨린 아주 크고 아름다운 나무가 한 그루 서 있었다. 둥치가 땅바닥에서 20피트 정도 높이까지 다듬어져 마치 거대한 우산 같았고, 그 주위를 둘러싸고 의자들이 놓여 있었다.

"봐." 테리가 계속해서 말했다. "사람이 올라갈 수 있게 나뭇가지 끝부분들을 조금씩 남겨 뒀어. 분명히 저 위에 누가 올라가 있어."

우리는 조심스레 나무 가까이 다가갔다.

"눈에 독화살 안 맞게 조심해." 내가 말했지만, 테리는 그대로 돌진해 의자 등받이 위로 훌쩍 뛰어오르더니 나무 밑동을 잡았다. "심장에 맞을 확률이 더 높을걸." 그가 대답했다. "우와! 저것 좀 봐!"

우리는 얼른 달려가 위를 쳐다보았다. 저 위 가지들 사이에 뭔가가, 하나 이상의 뭔가가 나무줄기에 미동도 없이 착 달라붙어 있다가, 우리가 나무를 기어오르기 시작하자 세 사람으로 갈라져 날렵하게 위쪽으로 달아났다. 더 높이 오르자 우리 위쪽에서 사방으로 흩어지는 형상들이 흘끗 보였다. 우리가 남자 셋이 한꺼번에 올라갈 수 있는 한계점까지 다다르자, 그들은 나무줄기를 버리고 바깥쪽으로 움직여 기다란 가지 하나에 한 사람씩 균형을 유지하며 자리를 잡았다. 나뭇가지들이 그들의 무게에 눌려 흔들흔들거렸다.

우리는 어찌할 바를 몰라 잠시 멈췄다. 더 가까이 쫓아가면 나뭇가지가 두 사람의 무게를 이기지 못하고 부러져 버릴 것이다. 가지를 흔들어 떨어뜨릴 수도 있겠지만, 다들 그렇게 하고 싶지는 않았다. 나뭇잎 사이로 비치는 부드러운 고지대의 햇살 속에서 우리는 급히 나무를 타고 오르느라 가빠진 숨을 돌리고, 추적 대상을 유심히 관찰하면서 잠시 휴식을 취했다. 그들은 술래잡기를 하는 개구쟁이 아이처럼 두려운 기색이라고는 전혀 없이 커다랗고 화려한 새처럼 그 위태로운 횃대에 가볍게 앉아 솔직하고 호기심 가득한 눈으로 우리를 빤히 쳐다보았다.

"아가씨들!" 제프가 큰 소리로 부르면 그들이 날아가 버리기라도 할 것처럼 나지막이 속삭였다.

"복숭아들!" 테리가 마찬가지로 소리 죽여 덧붙였다. "복숭아, 살구, 천도복숭아! 휘익!"*

남자들이 저렇게 눈부신 미모를 가졌을 리가 없으니 그들은 당연히 여자들이었다. 그래도 처음에는 확신이 들지 않았다.

우리 눈앞에 있는 여자들은 모자도 쓰지 않은 채 짧고 윤

---

* 우리말에서도 복숭아를 흔히 예쁜 여자에 비유하는데, '남자 중의 남자' 테리도 영어에서 그 비슷한 의미가 담긴 복숭아부터 시작해 이와 유사한 과일 이름을 되는대로 불러 보다 캣콜링의 전형적 요소인 휘파람으로 마무리하고 있다.

기 나는 머리를 풀어헤치고 있었고 가볍고 튼튼한 소재로 만든 튜닉과 반바지 비슷한 옷에 깔끔한 각반을 차고 있었다. 그들은 앵무새처럼 화사하고 평온하며 위험이라고는 감지하지 못한 태도로 편안하기 이를 데 없이 가지 위에서 흔들거리며 자기들을 바라보는 우리를 빤히 쳐다보다 먼저 한 사람이, 다음 순간 모두 다 즐거운 웃음을 터뜨렸다.

그러더니 그들 사이에서 부드러운 대화가 폭포처럼 오고 갔다. 억양도 없이 단조로운 야만인들식이 아니라 듣기 좋고 명징하고 유창한 언어였다.

우리가 친절하게 마주 웃으며 모자를 벗어 보이자, 그들은 다시 즐거운 웃음을 터뜨렸다.

그러자 자기 전문 분야를 만난 테리가 손짓 발짓을 해 가며 정중하게 몇 마디 하더니 손가락으로 우리를 가리키며 소개하기 시작했다. 그가 또렷한 발음으로 "제프 마그레이브 씨"라고 소개하자, 제프는 갈라진 커다란 가지 위에서 최대한 우아한 자세로 고개 숙여 인사했다. "밴다이크 제닝스 씨." 나도 인상적으로 손을 들어 경례하려다가 하마터면 균형을 잃고 떨어질 뻔했다.

다음으로는 테리가 그 넓은 가슴에 손을 얹고 자기소개를 했다. 그는 이럴 경우에 단단히 대비를 해 두었기 때문에 아주 멋들어진 절을 할 수 있었다.

그들은 또다시 즐거워하며 웃어 댔고, 나와 가장 가까이 있던 여자가 테리를 따라 했다.

"셸리스." 그녀가 파란 옷 입은 여자를 가리키며 또렷하게 말했다. 장미색 옷을 입은 여자를 "알리마"라고 소개하고는, 테리의 인상적인 자세를 고스란히 본떠 우아하면서도 튼튼한 손을 금녹색 조끼 위에 얹더니 "엘라도어"라고 인사했다. 즐거운 일이었지만, 여자들에게 조금도 더 다가가지는 못했다.

"여기 이렇게 앉아서 말이나 배우고 있을 수는 없잖아." 테리가 불평했다. 테리가 여자들에게 더 가까이 오라고 한껏 매혹적으로 손짓해 보았지만, 그들은 유쾌하게 고개를 젓기만 했다. 그럼 다 같이 내려가자고 손짓으로 제안해도 여전히 재미있다는 듯이 고개만 저었다. 그러더니 엘라도어가 오해의 여지가 전혀 없는 분명한 손짓으로 우리를 하나하나 가리키면서 여기서 내려가라는 뜻을 분명히 전달했다. 게다가 그저 나무에서 내려가는 것뿐만 아니라 여기서 완전히 떠나라는 듯이 유연한 팔을 휙 휘둘러 보였다. 그 암시에 이번에는 우리가 고개를 저었다.

"미끼를 써야겠군." 테리가 씩 웃었다. "너희들은 어떤지 모르겠지만, 나는 다 준비를 해서 왔지." 그가 안주머니에서 조그만 자주색 벨벳 상자를 꺼내 찰깍하고 열더니, 그 안에서 길고 반짝거리는 물건을 들어 보였다. 진짜라면 족히 100만 달러는 될 듯한 형형색색의 커다란 보석들로 만들어진 목걸이였다. 그는 햇살을 받아 반짝거리는 목걸이를 높이 들어 올려 흔들더니 가장 가까이에 있는 여자를 향해 팔을 한껏 뻗으며 이 사람, 저 사람에게 번갈아 권했다. 나뭇가지가 갈라져 나오는 지점에 단단히 버티고 서서 한 손으로는 나무를 꽉 붙들고 다른 손으로는 반짝이는 유혹거리를 흔들며 가지를 따라 팔을 멀리 내밀었지만 최대한 뻗지는 않았다.

여자가 눈에 띄게 동요하는 모습을 보이더니 잠시 망설이다 동료들에게 무언가 말을 건넸다. 그들은 자기들끼리 작은 소리로 재잘거리며 대화를 나눴는데, 하나는 분명 조심하라고

하고 다른 하나는 부추기는 것 같았다. 그러더니 그녀가 살며
시 느릿느릿 다가왔다. 키 크고 팔다리가 길어 균형 잡힌 체격
을 갖춘, 강인하고 날쌔 보이는 알리마였다. 두려움 없는 커다
랗고 아름다운 눈에는 한 번도 꾸지람이라고는 들어 본 적 없
는 아이의 눈처럼 의심의 기색이 전혀 없었다. 그녀는 장신구
에 홀린 아가씨라기보다는 재미있는 게임에 홀딱 빠진 남자아
이처럼 흥미진진해했다.

다른 두 사람은 조금 더 뒤로 물러나 나뭇가지를 꽉 붙든
채 이 광경을 지켜보고 있었다. 테리의 미소는 흠잡을 데가 없
었지만, 나는 그 눈빛이 마음에 들지 않았다. 그 눈빛은 당장
에라도 펄쩍 달려들 태세의 짐승 같았다. 앞으로 벌어질 일이
눈에 훤히 보였다. 툭 떨어지는 목걸이, 갑자기 와락 움켜잡는
손, 테리가 붙잡아 끌어당기는 순간 여자가 내지르는 날카로운
비명. 하지만 그런 일은 일어나지 않았다. 여자가 흔들거리는
화려한 목걸이를 향해 오른손을 쭈뼛쭈뼛 뻗자, 그는 목걸이를
조금 더 자기 쪽으로 당겼다. 다음 순간, 여자는 왼손으로 전광
석화처럼 목걸이를 낚아채더니 순식간에 그 아래 나뭇가지로
뛰어내렸다.

테리도 여자를 잡아채려 했지만 헛손질로 허공만 움켜쥐
었고, 그 바람에 하마터면 나무에서 떨어질 뻔했다. 다음 순간,
눈부신 세 여자는 믿을 수 없이 빠른 속도로 그 자리에서 사라
져 버렸다. 그들은 커다란 가지 끝에서 아래쪽 가지들로 훌쩍
훌쩍 뛰어내리며 물 흐르듯 나무에서 내려갔고, 그사이 우리도
최대한 신속하게 나무를 타고 내려갔다. 저 멀리 사라져 가는
즐거운 웃음소리를 쫓고, 숲속 넓은 공터 사이로 한순간 획 보
였다 사라진 모습을 따라 그 뒤를 쫓았지만, 야생 영양을 뒤쫓

는 것처럼 소용없는 짓이었다. 결국 우리는 숨을 헐떡대며 멈춰 섰다.

"소용없어." 테리가 숨을 몰아쉬며 말했다. "가지고 가 버렸어. 이럴 수가! 이 나라 남자들은 완전히 달리기 선수겠군!"

"나무에서 생활하는 주민들이 분명해." 내가 엄숙하게 말했다. "문명인이면서 여전히 나무에서 살다니, 특이한 사람들이군."

"그런 식으로 하지 말았어야지." 제프가 불만을 토로했다. "아주 우호적으로 나왔는데, 겁을 줘 버렸잖아."

불평해 보았자 이제는 소용도 없었고, 테리는 아무 잘못도 인정하려 들지 않았다. "바보 같은 소리." 그가 말했다. "그 여자들은 그걸 기대했다고. 여자들이란 누가 쫓아오는 걸 좋아하는 법이야. 자, 저 마을로 가 보자. 아마 거기 가면 있을 거야. 어디 보자, 내 기억으로는 이쪽 방향이고 숲에서 멀지 않았는데."

숲 가장자리에 도달한 우리는 망원경으로 주위를 정찰했다. 4마일쯤 떨어진 곳에 마을이 있었다. 제프의 주장대로 온 나라의 집이 다 분홍색이 아니라면 앞서 본 그 마을이 맞다고 우리는 결론 내렸다. 우리 발치에서부터 넓은 초록 들판과 잘 가꿔진 정원이 완만한 경사를 이루며 저 멀리까지 펼쳐져 있었고, 여기저기 굽이치며 이어진 잘 닦인 길과 그 옆으로 난 좁다란 길이 보였다.

"저기 봐!" 갑자기 제프가 고함을 질렀다. "저기 그 여자들이 가고 있어!"

아니나 다를까 밝은색 형체 세 개가 드넓은 초원을 가로질러 마을 가까이로 날렵하게 달려가고 있었다.

"그사이에 어떻게 저렇게 멀리까지 갔지? 그 여자들일 리가 없어." 내가 주장했다. 하지만 망원경으로 살펴보니, 적어도 옷차림으로 봐서는 나무에 올라갔던 그 예쁜 세 아가씨가 확실했다.

테리는 그 여자들이 집들 사이로 사라질 때까지 계속 지켜보았다. 그것은 우리 모두 마찬가지였다. 그러더니 망원경을 내려놓고 긴 한숨을 내쉬며 우리를 향해 돌아섰다. "세상에, 너무 멋진 여자들이잖아! 나무도 잘 타고! 달리기도 잘하고! 무서워하는 것도 없다니. 이 나라 딱 마음에 들어. 앞으로 가 보자."

"모험을 하지 않으면 얻는 것도 없는 법." 내가 말하자, 테리가 이것이 더 좋다고 했다. "겁쟁이는 절대 미인을 얻지 못한다."

우리는 탁 트인 들판으로 나와 힘차게 걸어갔다. "남자들이 있을지도 모르니까 계속 경계하는 게 좋을 거야." 내가 제안했지만, 제프는 황홀한 꿈에 빠져서, 테리는 몹시 실질적인 계획을 짜느라 정신이 온통 팔려 있었다.

"완벽한 도로야! 완전히 천국 같은 나라군! 저 꽃들 좀 보라고!"

늘 열광 잘 하는 제프의 말이었지만, 우리도 전적으로 동감이었다.

도로는 단단한 가공 소재 같은 것으로 닦여 있었는데 빗물이 빠져나갈 수 있도록 살짝 경사졌고, 커브와 경사, 배수구 모두 유럽 최고의 도로처럼 완벽했다. "이래도 남자가 없다고, 어?" 테리가 조소하며 말했다. 도로 양편에는 나무가 두 줄로 늘어서서 보도에 시원한 그늘을 드리웠다. 나무들 사이에는 관목과 넝쿨이 심겨 있었는데 모두 과실수였고, 길가에는 군데군

데 의자와 조그만 샘이 있었고, 사방에 꽃이 흐드러지게 피어
있었다.

"여기 숙녀들을 우리 나라에 데리고 가서 미국 공원 조경
을 맡겼으면 좋겠다." 내가 제안했다. "정말 굉장한 곳이군."
우리는 샘가에서 잠시 쉬면서 잘 익은 듯한 과일을 따서 맛본
다음 계속해서 걸어갔다. 겉으로는 유쾌하게 허세를 떨고 있지
만, 사방에서 느껴지는 고요한 힘에 다들 감동하고 있었다.

이곳 사람들은 분명 뛰어난 기술을 갖추고 있고 능률적이
며 꽃집 주인이 제일 비싼 난초를 돌보듯이 자기 나라를 가꾸
고 있었다. 우리는 부드러우면서도 눈부시게 청명한 하늘 아래
끝없이 늘어선 나무가 드리워 준 상쾌한 그늘 속에서 어떤 위
협도 받지 않고 걸어갔다. 평온한 정적을 깨뜨리는 것은 새소
리뿐이었다.

곧 우리가 찾던 마을이 기다란 언덕 기슭에 자리하고 있는
모습이 보였다. 우리는 걸음을 멈추고 마을을 살펴보았다.

제프가 긴 한숨을 내쉬며 말했다. "집들이 모여 있는 모습
이 저렇게 아름다울 수 있다니 믿을 수가 없어."

"분명 건축가와 조경사가 엄청 많은가 봐." 테리도 동의
했다.

나도 깜짝 놀랐다. 내 고향은 캘리포니아로, 그보다 아름
다운 곳은 세상 어디에도 없다. 하지만 마을 이야기로 들어가
면…. 나는 제프처럼 예술적 안목이 높은 것은 아니지만, 고향
에 있을 때 사람들이 자연을 망쳐 가며 만들어 놓은 흉물들을
보며 종종 한탄하곤 했다. 하지만 이곳은 어떠한가! 집은 대부
분 연한 장밋빛 돌로 지어졌고 간혹 가다 새하얀 집이 있었는
데, 푸른 숲과 정원 사이사이 자리한 모습이 마치 분홍색 산호
로 만든 묵주가 끊어져 흩어져 있는 듯했다.

"저기 커다란 흰 건물은 분명 공공 기관일 거야." 테리가 단언했다. "여긴 야만인의 나라가 아니야. 그렇지만 남자들이 없다고? 친구들, 아주 정중하게 가 봐야 할 것 같아."

그 마을의 색다른 모습은 다가갈수록 더욱 인상적이었다. "박람회장 같네." "너무 예뻐서 진짜 같지가 않아." "궁전은 많은데, 보통 집은 어디 있지?" "아, 작은 집도 많긴 한데⋯." 그곳은 정말이지 우리가 이제껏 본 어떤 마을과도 달랐다.

"먼지 한 톨 없어." 제프가 갑자기 말했다. "연기도 안 나고." 그가 조금 뒤 덧붙였다.

"소음도 전혀 없어." 내가 말했지만, 테리는 코웃음 쳤다. "그야 우리 때문에 다들 숨어 있느라 그런 거지. 조심해서 들어가는 게 좋을 거야."

하지만 그 무엇도 테리를 막을 수 없었다. 그래서 우리도 계속 걸어갔다.

모든 것이 아름답고 질서 정연하고 완벽하게 깨끗했고 내 집처럼 편안한 느낌이 충만했다. 마을 중심부로 갈수록 집이 점점 밀집되면서 서로 붙은 채 이어져, 공원과 탁 트인 광장 사이사이 무더기를 이루며 궁전처럼 서 있었다. 마치 조용한 잔디밭에 선 대학 건물들 같았다.

다음 순간, 모퉁이를 돌자 넓게 포장된 공간이 나오더니 서로 바짝 붙은 채 질서 정연하게 대오를 이루고 서 있는 한 무리의 여자들이 보였다. 우리를 기다리는 것이 분명했다.

우리는 순간 걸음을 멈추고 뒤를 돌아보았다. 뒤쪽 길도 어깨를 나란히 한 채 착착 행진해 오는 또 한 무리의 여자들로 막혀 있었다. 달리 갈 곳을 찾지 못한 우리는 계속 앞으로 걸어갔고, 곧 밀집 대형을 이룬 수많은 여자에게 둘러싸였다. 온통 여자들이긴 했지만⋯.

젊지가 않았다. 늙지도 않았다. 여자라는 의미에서 아름답
지도 않았다. 사나운 기색은 전혀 없었다. 그런데도 그 고요하
고 진중하면서도 현명하고 두려움 없고 확신과 결의에 찬 얼굴
들을 하나하나 보고 있자니, 뭔가 기묘한 느낌이 들었다. 아주
어릴 때 느꼈던 기분이었다. 그 기억을 좇아 과거로, 과거로 거
슬러 간 나는 드디어 그것이 무엇인지 깨달았다. 어린 시절 자
주 느꼈던 다 망했다는 절망감, 내 짧은 다리로 아무리 기를 써
보았자 지각을 면할 수 없다는 사실을 깨달았을 때 느꼈던 바
로 그 절망감이었다.

제프도 마찬가지 심정이었다. 그를 보면 알 수 있었다. 우
아하고 친절한 부인 집에서 장난을 치다 딱 걸린 남자애, 아
주 어린애가 된 기분이었다. 하지만 테리는 전혀 그렇게 보이
지 않았다. 그는 눈을 이리저리 바쁘게 굴리며 숫자를 파악하
고 거리를 재고 탈출 가능성을 판단하고 있었다. 그는 사방에
서 우리를 빽빽이 에워싼 채 저 멀리까지 늘어선 대열을 살펴
보며 내게 소리 죽여 중얼거렸다. "장담하는데, 이 여자들 전부
다 마흔은 넘었어."

하지만 늙은 여자들은 아니었다. 다들 건강해 보이는 발그
레한 혈색에 자세가 곧고 차분했으며 권투 선수처럼 단호하고
가볍게 서 있었다. 그들에게는 무기가 없고 우리에게는 있었지
만, 총을 쏠 생각은 전혀 없었다.

"차라리 우리 숙모들을 쏘는 게 낫지." 테리가 다시 투덜
거렸다. "도대체 우리한테 뭘 원하는 거야? 심각해 보이는데."
하지만 무거운 분위기에도 불구하고 테리는 자기가 평소 잘 쓰
던 전술을 사용하기로 작정했다. 그는 한 가지 지론으로 무장
하고 온 터였다.

테리는 사람들의 환심을 사는 예의 그 환한 미소를 띠며 몇 걸음 걸어 나가 앞쪽에 선 여자들에게 고개 숙여 공손히 인사했다. 그러고는 또 하나의 공물을 꺼냈다. 아주 얇은 재질에 폭이 넓고 부드러운, 색감과 무늬가 화려해 내 눈에도 예뻐 보이는 스카프였다. 그는 맨 앞 행렬의 대장으로 보이는, 웃음기 없는 키 큰 여자에게 깊이 고개 숙여 절하며 그 스카프를 내밀었다. 여자는 답례의 의미로 정중하게 고개를 끄덕이며 스카프를 받더니 뒤에 선 여자들에게 넘겼다.

테리는 한 번 더 시도했다. 이번에 꺼낸 것은 지구상의 어떤 여자라도 좋아할 만한 반짝이는 라인스톤* 왕관이었다. 그는 이 모험의 동반자로 제프와 나를 포함하는 짧은 연설을 한 다음, 다시 한번 고개 숙여 인사하며 왕관을 바쳤다. 선물은 또다시 넘겨져 전처럼 시야에서 사라졌다.

"젊은 여자들이면 좋으련만." 그는 소리 죽여 투덜댔다. "이런 늙어 빠진 대령 무리한테 도대체 무슨 말을 하겠어?"

그간 온갖 토론과 추측을 해 오면서 우리는 무의식적으로 늘 이 여자들이 다른 것은 몰라도 나이는 젊을 것이라고 가정했었다. 남자들이라면 대부분 그러리라고 생각한다.

우리는 관념적으로 '여자'란 젊으며 당연히 매력적이라고 가정한다. 여자가 나이가 들면 전성기를 마감하고 대부분은 한 남자의 소유가 되고, 그것이 아니면 아예 주목을 받지 못한다. 그런데 이 훌륭한 여인들은 다들 할머니라 해도 무방함에도 혈기가 왕성했다.

우리는 긴장한 기색이 있는지 살폈다. 전혀 없었다.

* 모조 다이아몬드.

혹시 두려움은? 그런 기색도 전혀 없었다.

불안, 호기심, 흥분도 없었다. 우리 눈에 보이는 것은 아주 침착한 여자 의사들로 이루어진 자경단이라고 해도 될 법한 사람들뿐이었다. 왜 여기 있느냐고 우리를 비난하려는 것이 분명했다.

그중 여섯 명이 앞으로 나와 우리 양옆에 하나씩 서더니 따라오라는 표시를 했다. 어쨌거나 우선은 하라는 대로 하는 것이 좋겠다는 생각이 들어 우리는 그들을 따라 걸었다. 여자들은 우리 양옆에 한 사람씩 바싹 붙어 걸었고, 나머지는 앞과 뒤, 양쪽에서 밀집 대형을 이루고 걸어갔다.

우리 앞에서 커다란 건물의 문이 열렸다. 벽이 아주 육중하고 두꺼운, 고풍스럽고 인상적인 거대한 건물이었는데, 마을의 다른 건물들과는 달리 회색 돌로 지어져 있었다.

"이건 아니지!" 테리가 우리에게 다급하게 말했다. "여기 따라 들어가선 안 돼. 다 같이, 지금―."

우리는 발걸음을 멈췄다. 그러고는 큰 숲 방향을 가리키면서 당장 저기로 돌아가겠노라는 뜻을 몸짓으로 전달하기 시작했다.

많은 것을 알게 된 지금, 우리 셋이서, 안하무인에다 뻔뻔한 애송이에 불과한 인간 셋이서 호위병이나 방어책 하나 없이 미지의 나라로 밀고 들어갔던 일을 생각하면 웃음이 난다. 우리는 남자가 있으면 싸우면 되고 여자만 있으면 아무 방해도 되지 못하리라 생각했던 것 같다.

제프는 여자를 덩굴처럼 남자에게 딱 달라붙어 사는 존재로 보는 온화하고 낭만적이며 낡아 빠진 여성관의 소유자였다. 테리는 세상에는 자기가 원하는 여자와 자기가 원하지 않는 여자, 딱 두 부류밖에 없다는 확고하고 실리적인 이론을 가지고 있었다. 그가 여자들을 구분하는 기준은 호감과 비호감이었다. 수적으로야 후자가 더 많았지만, 그들은 무시해도 되는 사람들이었다. 사실 테리는 그 여자들에 대해서는 생각조차 한 적이 없었다.

그런데 지금 여기에는 그런 여자들이 수두룩하게 모여 있었다. 테리가 무슨 생각을 하든 관심도 없고, 테리에 대해 확고한 계획을 가지고 있으며, 그 계획을 강행할 능력이 차고 넘치는 여자들이었다.

그제야 우리는 열심히 머리를 굴렸다. 설사 같이 가지 않을 방법이 있다 해도 안 가겠다고 거부하는 것은 현명한 처사가 아닌 듯했다. 방법은 하나뿐이었다. 양측 모두가 문명인다운 예의로 여길 법한 우호적 태도로 임하는 것이다.

하지만 일단 건물 안으로 들어가면 이 단호한 여자들이 우리한테 무슨 짓을 할지 알 길이 없었다. 하다못해 평화적 구금도 내키지 않았고, 감금이라고 부르면 더 끔찍해 보였다.

그래서 우리는 걸음을 멈추고는 바깥에 있는 편이 더 좋다는 뜻을 전달하려고 애썼다. 그중 한 여자가 우리 비행기를 그린 그림을 들고 다가오더니 우리가 자기들이 본 공중에서 온 방문객이 맞는지 손짓으로 물었다.

우리는 그렇다고 했다.

그들은 또다시 그림을, 그리고 저 너머 들판 이쪽저쪽을 가리켰지만, 우리는 비행기가 어디 있는지 모르는 척했다. 사실 우리도 정확히 몰랐기 때문에 아무 방향이나 대충 가리켰다.

다시 한번 그들이 우리더러 앞으로 걸어가라고 손짓으로 지시했다. 여자들이 문 주위에 빽빽하게 모여 있었기 때문에 남은 길이라고는 똑바로 비워 놓은 통로 하나뿐이었다. 우리 주위에도 뒤에도 그들이 단단한 무리를 이루고 있으니, 앞으로 걸어가거나… 싸우는 수밖에 없었다.

우리는 대책을 논의했다.

"평생 여자들이랑 싸워 본 적이 한 번도 없어." 테리가 크게 동요하며 말했다. "그래도 저 안에는 절대 안 들어가. 몰이당하는 가축처럼 안으로 떠밀려 들어가지는 않을 거라고."

"그렇다고 싸울 수야 없잖아." 제프가 설득했다. "저런 알 수 없는 옷차림을 하고 있어도 다들 여자야. 착한 여자들이기도 하고. 선하고 강하고 분별 있는 얼굴들을 하고 있잖아. 내 생각엔 들어가야 할 것 같아."

"그랬다간 절대 못 나올지도 몰라." 내가 말했다. "강하고 분별 있다고? 맞아. 하지만 선한 사람들인지는 잘 모르겠어. 저 얼굴들 좀 보라고!"

우리가 함께 논의하는 동안 그들은 쉬어 자세로 서 있었지만 한순간도 경계를 늦추지 않았다.

그 태도는 엄격한 규율을 따르는 군인과는 달랐다. 강제적인 분위기가 전혀 없었다. 테리가 쓴 '자경단'이라는 용어가 딱 들어맞는 표현이었다. 그들은 공통의 필요나 위기를 해결하기 위해 급히 모인, 완전히 한마음으로 하나의 목표를 위해 움직이는 강인한 시민처럼 보였다.

이제껏 나는 그 어디에서도 이런 특징을 가진 여자들은 본 적이 없었다. 생선 가게나 시장에서 일하는 여자들이 이들과 힘은 비슷하게 셀지 몰라도, 그 힘은 거칠고 둔했다. 이 여자들은 딱 운동선수 같았다. 가벼우면서도 강했다. 대학교수, 교사, 작가 등 수많은 여자들은 머리는 이들과 비슷하게 좋을

지 몰라도 종종 긴장되고 불안한 표정을 짓는 데 비해, 이들은 뛰어난 지성에도 불구하고 암소들처럼 평온했다.

우리는 그들을 유심히 살폈다. 지금이 결정적인 순간이라고 다들 느꼈다.

대장이 뭐라고 명령을 내리며 우리에게 오라고 손짓하자, 주위를 둘러싸고 있던 무리가 한 걸음 더 가까이 다가왔다.

"빨리 결정해야 해." 테리가 이야기했다.

"난 들어가는 쪽에 한 표." 제프가 말했다. 하지만 2 대 1로 밀리자 제프는 우리와 뜻을 함께하기로 했다. 우리를 보내 달라는 손짓을 다시 한번 절박하게, 하지만 애원조로는 보이지 않게 해 보았지만 아무 소용 없었다.

"지금 뛰어, 다들!" 테리가 말했다. "뚫고 나가지 못하면 내가 공포탄을 쏠게."

다음 순간, 우리는 런던 경찰의 삼중 저지선을 뚫고 국회의사당으로 진입하려는 여성참정권 운동가들과 아주 비슷한 상황에 놓였다.

이 여자들의 단합은 놀라웠다. 그래 봤자 소용없다는 것을 곧 깨달은 테리가 일순 여자들을 뿌리치더니 권총을 꺼내 공중에 대고 발사했다. 여자들이 총을 잡는 순간, 그가 한 번 더 발사했다. 비명 소리가 들렸다.

순식간에 우리 셋은 각각 팔과 다리, 머리를 잡은 여자들에게 하나씩 붙들렸다. 우리는 다리를 벌린 채 무력한 아이처럼 번쩍 들려 옮겨졌다. 발버둥 쳐 보았지만 아무 소용이 없었다.

우리는 그렇게 들려 안으로 이동했다. 다들 남자답게 고군분투했으나 아무리 기를 쓰고 저항해도 여자처럼 꽉 붙잡혀 꼼짝도 할 수 없었다.

단단히 붙들린 채 우리는 층고가 높고 꾸밈새 없는 회색
홀 안으로 옮겨졌고, 재판권을 가진 것처럼 보이는 회색 머리
의 위엄 있는 여자 앞까지 왔다.

여자들 사이에서 잠시 대화가 오가더니, 느닷없이 단호한
손이 우리를 덮쳐 젖은 천으로 입과 코를 막았다. 어지러운 달
콤한 향이 났다. 마취제였다.

# 3장
# 기묘한 감금

나는 죽음처럼 깊고 건강한 아이의 잠처럼 상쾌한 수면에서 서서히 깨어났다.

마치 깊고 따뜻한 바닷물 속에서 위로, 위로 솟구쳐 올라 환한 빛과 살랑거리는 공기에 가까이, 더 가까이 다가가는 듯한, 혹은 뇌진탕 뒤에 의식이 돌아오는 것 같은 느낌이었다. 언젠가 처음 가 보는 험한 산악 지대를 여행하다 말에서 떨어진 적이 있는데, 꿈의 장막들이 하나씩 걷히면서 의식이 돌아오던 정신적 경험이 생생히 기억났다. 주위에서 두런거리는 목소리들이 어렴풋이 들리기 시작하고 눈에 덮여 반짝이는 거대한 산맥의 산봉우리들이 눈에 들어왔을 때, 나는 이 또한 곧 사라질 것이라고, 이제 곧 우리 집에 누운 내 모습을 보게 되리라고 생각했다.

이번에 의식이 돌아올 때도 딱 그런 식이었다. 집과 증기선, 보트, 비행기, 숲의 기억, 잡힐 듯 말 듯 소용돌이치는 환상이 파도처럼 밀려 나가다가 마침내 하나하나 다 사라지더니, 눈이 번쩍 뜨이면서 머리가 맑아졌다. 무슨 일이 있었는지 깨달았다.

가장 강렬하게 든 느낌은 온몸이 너무나 편안하다는 것이었다. 나는 완벽한 침대에 누워 있었다. 침대는 길고 널찍하고 매끄럽고 단단하면서도 부드럽고 평탄했으며, 최고급 리넨과 따뜻하고 가벼운 퀼트 담요, 보기만 해도 황홀한 침대 덮개가 갖춰져 있었다. 시트가 15인치 정도 접혀 있으나, 발을 마음대로 죽 뻗어도 시트 밖으로 나가지 않고 온몸을 따뜻하게 덮어 주었다.

하얀 깃털이 된 듯 가볍고 깨끗한 기분이었다. 시간이 좀 지나서야 내 팔다리가 어디 있는지 감지되고, 중추에서부터 말단까지 생생한 생명력이 퍼져 나가는 것을 느낄 수 있었다.

층고가 높고 폭이 넓은 커다란 방이었다. 높다란 많은 창문에 처진 블라인드 사이로 초록 햇살을 머금은 맑은 공기가 들어왔다. 방은 비율과 색, 보기 좋은 수수함, 모든 면에서 아름다웠고, 바깥 정원에서는 꽃향기가 났다.

나는 꼼짝도 않고 누워 있었다. 기분도 좋고 정신도 말짱했지만 무슨 일이 일어났는지 제대로 깨닫지 못하고 있었는데, 그 순간 테리의 목소리가 들렸다.

"맙소사!"

나는 고개를 돌렸다. 방에는 침대 세 개가 놓여 있었다. 그러고도 남을 정도로 넓은 방이었다.

테리는 평소처럼 경계하는 태도로 사방을 둘러보며 일어나 앉았다. 테리의 목소리가 컸던 것은 아니지만, 그 소리에 제프도 잠에서 깼다. 우리 모두 일어나 앉았다.

테리는 다리를 휙 휘둘러 침대 밖으로 내리고 자리에서 일어나더니 힘차게 기지개를 켰다. 그는 솔기가 없고 아주 편안해 보이는 기다란 잠옷 차림이었고, 우리도 마찬가지였다. 침대 옆마다 신발이 놓여 있었는데, 원래 우리 신발과는 전혀 달랐지만 아주 편안하고 보기에도 좋았다.

우리가 입고 온 옷을 찾아보았지만, 방 안에는 없었다. 주머니에 넣어 둔 잡다한 물건들도 하나도 보이지 않았다.

문이 살짝 열려 있었는데 아주 근사한 욕실이 보였다. 수건과 비누, 거울 등 편의 용품들이 넉넉히 갖추어졌고, 우리가 가져온 칫솔과 빗, 수첩도 있었다. 다행히 손목시계도 있었지만 옷은 찾아볼 수 없었다.

커다란 방을 다시 살펴보니 바람 잘 통하는 넓은 옷장이 있었지만, 그 안의 수많은 옷 중에도 우리 옷은 없었다.

"전략 회의다!" 테리가 요구했다. "다시 침대로 와 봐. 어쨌거나 침대는 괜찮네. 자, 과학도 친구, 우리 상황을 냉정하게 따져 보자고."

테리가 지칭한 건 나였지만, 자못 감동한 기색의 제프가 대답했다.

"우릴 전혀 해치지 않았어!" 그가 말했다. "죽여 버린다거나, 어, 무슨 짓이라도 할 수 있었는데도 말이지. 이렇게 몸이 가뿐한 적은 처음이야."

"그건 여기가 모두 여자뿐이고," 내가 의견을 피력했다. "아주 문명화된 곳이란 뜻이지. 아까 난투 와중에 네가 한 사람을 찬 거 알지? 비명 소리가 들리던데. 게다가 다들 정신없이 발길질을 해 댔고."

우리를 보며 씩 웃고 있던 테리가 쾌활하게 물었다. "이 숙녀분들이 우리한테 무슨 짓을 했는지 이제 알겠냐? 우리 물건을 싹 다 가져갔다고. 옷도 실오라기 하나 안 남기고 몽땅 다. 고도로 문명화된 이 여자분들이 우리를 무슨 갓난아기처럼 발가벗기고 씻겨서 침대에 눕힌 거지."

제프는 진짜로 얼굴이 빨개졌다. 그는 시인의 상상력을 가지고 있었다. 테리도 종류는 다르지만 상상력이 풍부했다. 종류가 다르기로는 나도 마찬가지였다. 나는 늘 과학적 상상력을 가지고 있다고 자부해 왔고, 말이 나온 김에 덧붙이자면 그것이야말로 가장 고차원적인 상상력이라고 생각한다. 사실에 근거하고 있다면―그리고 자기 혼자서만 간직한다면―어느 정도의 자부심은 품어도 되는 법이다.

"반항해 봤자 소용없어." 내가 말했다. "어차피 우린 잡힌 몸이고, 저 여자들한테 전혀 악의가 없다는 건 분명해. 포로 신세가 된 여느 영웅처럼 탈출 계획이나 짜는 수밖에. 그동안은 이 옷을 입을 수밖에 없어. 선택의 여지가 없으니."

물론 연극에 나오는 단역 배우 같은 기분이 들기는 했지만, 옷은 극도로 단순하고 절대적으로 편했다. 일부 남자들이 입는 원피스형 잠옷 비슷하게 어깨를 덮으면서 무릎 아래까지 내려오는 얇고 부드러운 면 속옷과 무릎 바로 아래까지 올라오는 양말 비슷한 것이 있었는데, 양말 위쪽이 고무줄로 처리되어 흘러내리지 않고 속옷 끝부분을 덮는 형태였다.

옷장 안에는 더 두꺼운 원피스형 속옷도 많았는데, 무게가 다양하고 탄탄한 소재로 만들어져 정 급하면 그것 하나만 입어도 될 것 같았다. 무릎 길이의 튜닉과 긴 가운도 있었다. 말할 것도 없이 우리는 튜닉을 선택했다.

우리는 즐거운 마음으로 목욕을 하고 옷을 입었다.

"그다지 나쁘지 않네." 테리가 긴 거울에 비친 자기 모습을 보며 말했다. 우리가 마지막으로 이발을 한 이후로 테리 머리는 좀 길었고, 거기 있는 모자들은 깃털만 없을 뿐이지 동화 속 왕자가 쓰는 모자 같았다.

그 옷은 일부를 제외하면 지금까지 본 모든 여자가 입고 있던 복장이었다. 처음 비행기를 타고 지나가면서 쌍안경으로 흘깃 봤던, 밭에서 일하던 여자들은 처음 두 가지만 입고 있었다.

나는 어깨 쪽을 정돈하고 팔을 죽 뻗으며 말했다. "이 여자들 엄청나게 실용적인 옷을 만들었네. 그건 인정해 줘야겠어." 그 점은 우리 모두 동의했다.

"자, 이제," 테리가 선언했다. "잠도 푹 잤고, 개운하게 목욕도 했고, 옷도 입었고, 좀 중성인 같은 느낌이 들긴 하지만 정신도 차렸어. 고도로 문명화된 이 숙녀분들이 우리한테 아침을 줄 것 같아?"

"당연히 주고말고." 제프가 자신 있게 주장했다. "우릴 죽일 작정이었으면 벌써 죽였겠지. 분명 손님 대접을 받게 될 거야."

"구원자로 환영받으면서 말이지." 테리가 말했다.

"희귀종으로 연구 대상이 되거나." 내가 말했다. "여하튼 뭘 먹어야지. 그러니 자, 출격이다!"

출격은 쉽지 않았다.

욕실 문은 우리 방으로만 통했고 방에는 출구가 딱 하나밖에 없었는데, 크고 육중한 그 문은 잠겨 있었다.

우리는 가만히 귀를 기울였다.

"밖에 누가 있어." 제프가 말했다. "문을 두드려 보자."

그래서 문을 두드렸더니 문이 열렸다.

밖에는 커다란 방이 또 하나 있었는데, 방 한쪽 끝에는 큼지막한 식탁이, 벽을 따라서는 긴 벤치나 소파가 놓여 있었고 작은 식탁과 의자도 보였다. 모두 견고하고 튼튼하고 구조가 단순하며 사용하기 편했다. 게다가 아름답기까지 했다.

이 방에는 많은 여자들, 정확히 열여덟 명의 여자가 있었는데, 그중 몇 명은 우리가 정확히 기억하는 얼굴들이었다.

테리가 실망의 한숨을 푹 내쉬었다. "대령들이잖아!" 그가 제프에게 속삭이는 소리가 들렸다.

하지만 제프는 앞으로 걸어 나가 몹시 예를 갖추어 고개 숙여 인사했다. 우리 모두가 그렇게 인사하자, 키가 껑충한 여자들도 정중한 경례로 화답했다.

배가 고프다는 것을 알리려고 애처로운 몸짓을 할 필요도 없었다. 작은 식탁들 위에는 이미 음식이 차려져 있었고, 여자들이 근엄한 표정으로 우리에게 앉으라고 청했다. 식탁마다 두 사람 몫의 음식이 차려져 있었다. 우리는 각자 그중 한 여자와 마주 보고 앉았고, 각각 다섯 명의 건장한 여자가 식탁 근처에서 방해되지 않게 지켜보았다. 이 여자들에게 질릴 시간은 차고 넘쳤다!

아침 식사는 푸짐하지는 않았지만 한 끼 식사로 충분한 양이었고 굉장히 맛있었다. 여행으로 단련된 우리는 색다른 것을 마다하지 않았고, 처음 보는 맛있는 과일들과 크고 고소한 견과류, 기가 막히게 조그만 케이크로 구성된 식사는 정말로 만족스러웠다. 마실 물과 코코아 비슷한 아주 맛있고 따뜻한 음료도 있었다.

그러더니 우리가 식사를 완전히 마치기도 전에 바로 그 자리에서 다짜고짜 교육이 시작되었다.

접시 옆마다 작은 책 한 권이 놓여 있었다. 우리와 활자는 물론 종이와 제본도 달랐지만 인쇄된 진짜 책이었다. 우리는 호기심을 가지고 그 책을 꼼꼼히 살폈다.

"소뵈르*의 망령이군!" 테리가 투덜댔다. "자기네 말을 가르칠 참이야!"

---

    * 어린아이가 언어를 습득할 때처럼 시범과 물건, 그림 등을 이용하여 외국어를 가르치는 '직접 교수법'을 창안한 랑베르 소뵈르(1827-1907)를 가리킨다.

우리는 정말 그들의 언어를 배워야 했고, 그뿐 아니라 우리 말도 가르쳐야 했다. 이를 위해 준비한 것이 틀림없는 깔끔한 세로줄로 칸을 나누어 놓은 빈 공책이 놓여 있었는데, 우리가 어떤 단어를 배워서 거기에 적을 때마다 그들은 그 옆에 우리 말 단어도 적도록 시켰다.

우리가 공부해야 했던 책은 아이들이 읽기 수업용으로 쓰는 교재가 분명했다. 교재뿐만 아니라 자기들끼리 자주 방법을 의논하는 것으로 봐서 외국인에게 자신들 언어를 가르치거나 외국어를 배워 본 경험이 전혀 없는 것 같다고 우리는 결론 내렸다.

하지만 그들은 부족한 경험을 비범한 재능으로 메꾸었다. 그 명민한 이해력, 우리가 겪는 어려움을 순식간에 파악하고 바로바로 해결해 주는 능력에 우리는 계속해서 놀라움을 금치 못했다.

물론 우리도 그만큼 노력할 자세가 되어 있었다. 그들의 언어를 이해하고 말하는 것은 우리에게 전적으로 득이 되는 일인 데다가 우리 말을 안 가르칠 이유도 없지 않은가? 나중에 대놓고 반란을 시도하기는 했지만, 그것은 딱 한 번에 불과했다.

첫 번째 식사는 꽤 즐거웠다. 우리는 함께 식사한 상대방을 각자 조용히 살폈다. 제프는 진심으로 감탄하면서, 테리는 사자 조련사나 뱀 마법사 유의 대가 같은 고도로 전문적인 시선으로 관찰했다. 나는 호기심에 가득 차서 살펴보았다.

저 5인조 무리는 혹시나 우리가 일으킬지도 모를 소요를 저지하기 위해 배치되어 있음이 분명했다. 우리는 무기도 없었고 혹여 의자 같은 것으로 위해를 가하려 한다 해도 1 대 5는 중과부적이었다. 아무리 여자들이라고 해도 말이다. 애석하지만 그것이 현실이었다. 여자들이 늘 우리를 둘러싸고 있는 것이 유쾌하지는 않았지만, 우리는 곧 익숙해졌다.

"묶여 있는 것보다는 낫지." 우리끼리 남겨지자 제프가 달관한 어조로 말했다. "탈출할 방법은 전혀 없지만 방도 줬고, 샤프롱*이 수두룩하게 붙기는 하지만 개인적 자유도 줬잖아. 남자들 나라에 갔다면 이보다 나은 대접은 못 받았을걸."

"남자들 나라라고! 정말로 여기 남자가 없다고 믿는 건 아니겠지, 이 바보야? 남자는 분명히 있다고. 모르겠어?" 테리가 주장했다.

"그건 그래." 제프가 동의했다. "물론 그렇지만, 그래도…."

"그래도, 뭐? 이 구제 불능 감상주의자야, 도대체 무슨 생각을 하는 거야?"

"여기에는 어쩌면 우리가 듣도 보도 못한 특이한 분업 제도가 있을지 몰라." 내가 의견을 제시했다. "남자들은 여기와 떨어진 다른 마을에 살고 있거나, 여자들한테ㅡ어찌어찌ㅡ제압당해서 찍소리도 못 하고 있는지도 모르지. 하지만 남자들이 분명히 있긴 할 거야."

"그 마지막 가설 굉장하네, 밴." 테리가 이의를 제기했다. "우리를 제압해서 꼼짝달싹 못 하게 한 것처럼 했다, 이거지! 아이고, 무서워라."

"뭐, 마음대로 생각해. 어쨌거나 우린 첫날 애들을 많이 봤고, 그리고 여자들도 봤…."

---

* 사교계에 나가는 젊은 여성의 보호자로, 주로 나이 지긋한 여인이 맡는다.

"진짜 여자들이지!" 테리가 몹시 안도하며 맞장구를 쳤다. "말해 줘서 고맙다. 단언하는데, 이 나라에 정말로 저 근위대 같은 여자들만 있다면 난 창문 밖으로 뛰어내려 버릴 거야."

"창문 이야기가 나온 김에," 내가 제안했다. "이 방 창문들 이나 좀 살펴보자."

우리는 방 안에 난 창문으로 밖을 모두 내다보았다. 블라 인드도 쉽게 올라가고 창살도 없었지만 전망은 밝지 않았다.

이곳은 우리가 그 전날 경솔하기 짝이 없게 들어갔던 분홍 색 벽이 있던 마을이 아니었다. 우리 방은 가파른 암반 경사면 에 지어진 성 비슷한 건물에서 툭 튀어나온 부속채의 높은 곳 에 자리 잡고 있었다. 우리 방 바로 아래에는 과실과 꽃이 흐드 러진 정원이 있었지만, 정원을 둘러싼 높은 담이 수직으로 떨어 지는 가파른 절벽 가장자리를 따라 세워져 있었다. 절벽 높이가 어느 정도인지는 보이지 않았다. 멀리서 물소리가 들리는 게 절 벽 아래쪽에는 강이 흐르는 것 같았다.

동쪽과 서쪽, 남쪽은 보였다. 남쪽으로는 넓은 들판이 펼 쳐져 아침 햇살에 아름답게 반짝였지만, 양쪽에는 다 높은 산 이 치솟아 있었고 우리 뒤쪽도 분명 마찬가지였다.

"이건 제대로 된 요새야. 여자들은 절대 못 지어. 그건 확 실해." 테리가 말했다. 우리는 고개를 끄덕이며 동의했다. "완 전히 산속이야. 우릴 먼 곳까지 데려온 게 분명해."

"첫날 빠른 속도로 움직이는 차 같은 걸 봤잖아." 제프가 상기시켰다. "자동차가 있다면 진짜 문명화된 거지."

"문명화됐건 말건, 우리가 해야 할 일은 여기서 빠져나가 는 거야. 침대보로 밧줄을 만들어서 저 벽을 내려가자고 하고 싶지는 않지만, 정 다른 방법이 없다면 그거라도 해야지."

우리는 이 점에 모두 합의하고, 다시 여자들 이야기로 돌아갔다.

제프가 계속해서 심사숙고하며 말했다. "어쨌거나 뭔가 이상한 데가 있어. 그냥 남자들이 안 보이는 게 아니라, 남자들의 흔적조차 없다는 거야. 뭐랄까, 이 여자들의 반응은 내가 본 어떤 여자와도 달라."

"일리 있는 말이야, 제프." 내가 동의했다. "뭔가 분위기가 달라."

"우리가 남자라는 사실을 눈치도 못 채는 것 같아." 그가 계속해서 말했다. "우릴, 음, 그냥 자기들과 다를 바 없이 대해. 마치 우리가 남자라는 사실이 별거 아니라는 듯이."

나는 고개를 끄덕였다. 나도 그런 인상을 받았기 때문이다. 하지만 테리가 거칠게 말을 잘랐다.

"말도 안 돼!" 그가 말했다. "그건 나이가 많아서 그런 거야. 다 할머니들이거나 할머니뻘 나이라고. 적어도 대고모들이야. 그때 본 여자들은 여자들이지만. 안 그래?"

"맞아." 제프가 느릿느릿 동의했다. "하지만 두려워하지 않았어. 출입 금지 구역에서 들킨 남학생들처럼 그 나무를 날듯 타고 올라와서 숨었잖아. 수줍어하는 여학생들이 아니라."

"게다가 뛰는 것도 마라톤 우승자들 같았고. 그건 너도 인정하지, 테리?" 그가 덧붙였다.

테리는 날이 갈수록 뚱해졌다. 제프나 나보다 갇혀 있는 걸 더 못 견뎌 하는 것 같았고, 알리마에 대해, 얼마나 간발의 차로 알리마를 놓쳤는지에 대해 계속 장광설을 늘어놓았다. "그 여자를 잡기만 했으면," 그는 다소 잔인한 어조로 말하곤 했다. "인질로 삼아서 협상을 할 수 있었을 텐데."

하지만 제프는 담당 교사는 물론이고 감시인들과도 죽이 척척 맞았고, 나도 마찬가지였다. 나는 이 여자들과 다른 여자들 사이의 미묘한 차이를 파악해 조사하고 그 이유를 알아보는 일에 깊이 빠졌다. 외모상으로도 큰 차이가 있었다. 여기 여자들은 모두 짧은 머리를 하고 있었는데, 몇몇은 기껏해야 몇 인치 정도밖에 안 될 정도로 짧았다. 곱슬머리도 있고 생머리도 있었지만 모두 밝은색에 깔끔하고 생기발랄해 보였다.

"머리만 길었어도," 제프는 불평하곤 했다. "훨씬 더 여자다울 텐데."

하지만 어느 정도 익숙해지자 나는 짧은 머리도 마음에 들었다. 왜 사람들은 '여자의 왕관 같은 머리'는 사랑하면서 중국 남자의 변발은 좋아하지 않는 걸까? 여기에 대해서는 긴 머리는 여자의 '전유물'이라고 다들 굳게 믿고 있다는 말 외에는 설명을 내놓기 쉽지 않다. 반면, 말의 경우 암수 모두에게 '갈기'가 있고, 사자와 물소 같은 동물의 경우는 수컷에게만 있다. 하지만 나도 여자들의 긴 머리가 그리웠다. 처음에는 말이다.

우리는 꽤 즐거운 시간을 보냈다. 우리 방 창문 아래의 정원은 마음대로 돌아다닐 수 있었다. 절벽에 접한 정원은 불규칙한 모양으로 두서없이 이어지면서 꽤 길쭉하게 펼쳐졌고, 완벽하게 매끄럽고 높은 외벽은 돌을 쌓아 만든 건물까지 이어졌다. 그 커다란 돌들을 살펴보니, 이 건물 전체가 까마득히 오래전에 지어진 것이 틀림없다는 확신이 들었다. 그 건물은 거대한 돌들을 모자이크처럼 빈틈없이 딱딱 맞춰 만든, 잉카제국 이전의 페루 건축물과 흡사했다.

"이 사람들에게는 역사가 있어. 그건 확실해." 나는 다른

두 사람에게 말했다. "그리고 한때는 전사들이기도 했고. 그게
아니면 왜 요새가 있겠어?"

아까 정원을 마음대로 돌아다녀도 된다고 하긴 했지만, 우
리끼리만 있지는 못했다. 정원에는 늘 저 거북스럽게 강인한
여자들이 무리 지어 여기저기 앉아 있었는데, 다른 사람들이
책을 읽거나 게임을 하거나 분주히 뭔가 만들 때에도 한 사람
은 늘 우리를 지켜보았다.

"뜨개질하는 걸 볼 때면," 테리가 말했다. "저 여자들도 여
자라고 불러 줄 수 있을 것 같아."

"그걸로는 아무런 증명이 안 돼." 제프가 곧장 받아쳤다.
"스코틀랜드 목동들도 뜨개질을 하거든. 늘 하고 있지."

"여기서 나가면 말이야," 테리가 기지개를 켜고는 저 먼
산봉우리들을 바라보았다. "여기서 나가서 진짜 여자들, 엄마
들과 아가씨들이 있는 곳으로 가면…."

"그러면 어쩔 건데?" 내가 침울한 어조로 물었다. "우리가
여기서 나가기는 할 건지 네가 어떻게 알아?"

우리는 그것은 끔찍하다며 한마음으로 맞장구친 다음 다
시 진지하게 공부하러 돌아갔다.

"만약 우리가 얌전히 말 잘 듣고 열심히 공부한다면 말이
야," 내가 말했다. "조용히 정중하게 행동하고 예의를 지켜서
저 사람들이 우리를 두려워할 일이 없게 한다면, 그러면 우리
를 내보내 줄지 몰라. 그리고 어쨌거나 우리가 정말 탈출하게
되면 이곳 언어를 아는 건 엄청나게 중요한 일이 될 거야."

개인적으로 나는 그들의 언어에 엄청난 흥미가 있었고, 책
들이 있는 것을 보고는 그 책들을 이해해서 혹시나 존재할지도
모를 그들의 역사를 연구해 보고 싶었다.

그 언어는 말하기 어렵지 않았고, 부드럽고 듣기 좋은 데
다, 읽고 쓰기가 너무나 쉬워서 감탄하지 않을 수 없었다. 완벽
한 표음문자 체계를 이루었으며, 에스페란토*만큼 과학적이면
서도 비옥하고 오래된 문명의 특징을 모두 가지고 있었다.

우리는 원하는 대로 마음껏 공부할 수 있었고, 오락 시간
에는 정원을 돌아다니는 것뿐만 아니라 옥상과 그 아래층에 걸
쳐 위치한 커다란 체육관에도 갈 수 있었다. 여기서 우리는 키
큰 감시인들에게 진정한 존경심을 품게 되었다. 운동할 때는
옷을 갈아입을 필요 없이 겉옷만 벗으면 되었다. 처음 입는 옷
한 벌이 운동용으로 완벽하게 만들어져 몸을 완전히 자유롭게
움직일 수 있었을뿐더러, 우리 나라에서 입던 평상복보다 보기
에도 훨씬 근사하다는 점 또한 인정하지 않을 수 없었다.

"마흔이나 그 이상, 몇몇은 쉰은 됐어. 분명해. 그런데 저것
좀 보라고!" 테리가 어쩔 수 없이 감탄을 표하며 투덜거렸다.

그들이 젊은 사람만 할 수 있는 굉장한 곡예 같은 운동을
하는 것은 아니지만, 전신 단련용으로는 최고의 체계를 갖추고
있었다. 음악도 많이 써서, 음악에 맞춰 자세를 잡고 춤을 추기
도 하고 때로는 장엄하게 아름다운 행진을 하기도 했다.

제프는 크게 감명받았다. 당시에는 그런 운동이 그들의 체
육 문화에서 어느 정도 역할을 하는지 몰랐지만, 보는 것도, 같
이하는 것도 좋았다.

그렇다, 우리는 기꺼이 함께했다! 절대 강제는 아니었지만
고분고분 따르는 것이 좋을 것 같다는 생각이 들었다.

---

* 1887년 폴란드의 안과 의사 루드비크 라자루스 자멘호프(1859-
1917)가 창안해 발표한 국제 공용어.

나는 강단과 지구력이 강했고 제프는 달리기와 장애물 넘기를 잘했지만, 우리 중 제일 체력이 좋은 사람은 테리였다. 하지만 저 늙은 여자들에게 우리는 상대가 안 되었다. 그들은 사슴처럼 달렸다. 내 말은, 운동을 하는 것이 아니라 원래 걸음걸이가 그런 것처럼 달렸다. 멋진 모험을 시작한 첫날 만났던 쏜살같은 아가씨들을 생각해 보면 그것이 틀림없다고 우리는 결론 내렸다.

높이뛰기를 할 때도 사슴 같아서, 다리를 재빨리 접어 끌어올리고는 몸을 비스듬히 비틀면서 옆으로 방향을 틀었다. 나는 날개를 편 독수리처럼 팔다리를 쫙 편 채 장대를 넘는 몇몇 사람을 생각하면서 그 기술을 익혀 보려고 노력했다. 하지만 이 전문가들은 쉽게 따라잡을 수 없었다.

"내가 늙은 여자 곡예사 무리한테 꼼짝 못 하는 날이 올 줄이야." 테리가 불평했다.

그들은 게임도 했다. 꽤 여러 가지 게임이 있었지만, 처음에는 다들 별로 재미없어 보였다. 마치 두 사람이 각자 나 홀로 카드놀이를 하면서 누가 먼저 끝내는지 보는 것 같았다. 접전이 벌어지는 진짜 게임이라기보다 경주 내지는 서로 경쟁하는 시험 같았다.

나는 이 게임들에 대해 잠시 숙고해 본 다음 테리에게 이것이 이 나라에 남자가 없다는 증거라고 이야기했다. "여기는 남자용 게임이 없어." 내가 말했다.

"하지만 재미있잖아. 난 마음에 드는데." 제프가 이의를 제기했다. "그리고 확실히 교육적이고."

"교육받는 건 아주 신물이 난다." 테리가 주장했다. "이 나이에 부인학교*에 다니는 꼴이라니. 난 여기서 너무 나가고 싶다고!"

하지만 우리는 나갈 수 없었고, 교육은 신속하게 이루어졌다. 특별한 교사들에 대한 우리의 존경심도 급속히 커졌다. 그들은 다들 서로 친구처럼 지냈지만 교사가 감시인보다 더 뛰어난 자질을 가진 것 같았다. 내 담당 교사의 이름은 소멜, 제프 담당은 자바, 테리 담당은 모딘이었다. 우리는 이들과 감시인들, 우리가 만났던 세 아가씨의 이름들에서 어떤 일반 규칙을 도출해 보려고 했지만 아무런 결론에 이르지 못했다.

"듣기 좋고 대체로 짧긴 하지만, 어미에 공통점이 전혀 없어. 똑같은 게 하나도 없잖아. 하지만 아직은 뭐, 우리가 아는 사람들이 많지 않으니까."

말을 어느 정도 잘하게만 되면 물어볼 거리가 수두룩했다. 나는 그렇게 잘 가르치는 사람들은 본 적이 없었다. 소멜은 오후 2시에서 4시 사이를 제외하고는 아침부터 밤까지 항상 대기 중이었고, 언제나 한결같은 친절한 태도로 기분 좋게 가르쳐 줘서 나는 이를 매우 즐기게 되었다. 제프는 자바 양—이 나라에는 분명히 경칭 같은 것이 없는데도 제프는 붙여서 부르곤 했다—이 마음에 든다며, 꼭 고향에 있는 에스터 숙모 같다고 했다. 하지만 테리는 그들 쪽으로 넘어가기를 거부했고, 우리끼리만 있을 때면 자기 담당 교사를 조롱하곤 했다.

"지긋지긋해!" 그는 투덜댔다. "모든 게 다 지겨워. 세 살짜리 고아들처럼 여기 무력하게 갇혀서 그 사람들이 필요하다고 생각하는 걸 싫든 좋든 배워야 한다니. 망할 건방진 노처녀들 같으니라고!"

* 17, 18세기 영국에서 나이 지긋한 부인이 취학 전 아이들을 거실이나 부엌에 모아 놓고 가르치던 학교이다.

어쨌거나 교육은 계속되었다. 그들은 아름답게 만들어진 자기 나라 입체 지도를 가져와 지리 용어들을 가르쳐 주었다. 하지만 나라 바깥에 대한 정보를 물어보면 미소 지으며 고개를 젓기만 했다.

그림도 가져왔다. 책 속의 삽화뿐만 아니라 식물과 나무, 꽃, 새가 그려진 채색화들도 가져왔다. 도구와 다양한 작은 물건들도 가져와서 우리 학교에는 '자료'가 넘쳤다.

테리만 아니었으면 우리는 훨씬 더 만족스럽게 지냈을 것이다. 하지만 몇 주가 흐르고 몇 달이 지나자 테리는 점점 더 짜증이 심해졌다.

"성질 좀 그만 부려." 내가 부탁했다. "잘 지내고 있잖아. 하루하루 말이 늘고 있으니까 곧 보내 달라고 합리적으로 탄원할 수 있을 거야."

"보내 달라고?" 테리가 버럭 화를 냈다. "방과 후까지 붙들려 있던 애들처럼 보내 달라고? 나는 나가고 싶다고, 또 그럴 작정이고. 이 나라의 남자들을 찾아서 싸울 거야! 아니면 여자들이라도."

"네가 가장 관심 있는 건 여자들이겠지." 제프가 말했다. "뭘 가지고 싸울 건데, 주먹으로?"

"그래. 아니면 막대기든 돌멩이든. 하여간 싸울 거라고!" 그러면서 테리는 싸움 자세를 취하더니 제프의 턱을 살짝 쳤다. "바로 이렇게." 그가 말했다.

"어쨌거나," 그는 계속해서 말했다. "비행기로 돌아가기만 하면 여기를 떠날 수 있어."

"비행기가 거기 있다면 말이지." 내가 조심스레 말했다.

"재수 없는 소리 좀 하지 마, 밴! 비행기가 없으면, 어떻게든 방법을 찾아서 아래로 내려갈 거야. 보트는 있겠지."

테리에게는 힘든 나날이었다. 괴로움을 견디지 못한 그는 결국 탈출 계획을 세우자며 우리를 설득했다. 그것은 어렵고 몹시 위험한 일이었지만, 그는 우리가 같이하지 않겠다면 혼자서라도 가겠다고 선언했다. 당연히 우리는 그런 일은 생각조차 할 수 없었다.

테리는 주위 환경에 대해 꼼꼼히 조사를 해 둔 것 같았다. 곶 쪽으로 나 있는 우리 방의 맨 끝 창문에서는 죽 뻗은 담과 그 아래 절벽이 꽤 잘 보였다. 옥상에서는 더 많이 보였고, 심지어 어느 한 지점에서는 담 아래 나 있는 좁은 길도 슬쩍 보였다.

"요는 이 세 가지야." 테리가 말했다. "밧줄, 민첩성, 안 들키는 것."

"그게 제일 힘들지." 나는 여전히 그를 단념시킬 희망을 품고 주장했다. "밤만 빼고 늘 한두 명은 우리를 지켜보고 있잖아."

"그러니까 밤에 해야 하는 거지." 그가 대답했다. "그건 쉬워."

"그러다 혹시 잡히기라도 하면 그다음부터는 대우가 못해질 수 있다는 점도 생각해야 해." 제프가 말했다.

"그런 위험은 감수해야지. 난 갈 거야. 목이 부러지는 한이 있어도." 테리의 생각을 돌리기란 불가능했다.

밧줄 문제는 쉽지 않았다. 성인 남자를 지탱할 정도로 튼튼하면서, 정원까지, 담 너머 절벽 아래로 내려갈 수 있을 정도로 긴 밧줄이어야 했다. 여기 여자들은 밧줄에 매달려 흔들거리거나 밧줄을 타고 오르는 것을 좋아하는 듯해서 체육관에 튼튼한 밧줄이 많았지만, 우리끼리 거기 있는 적은 절대 없었다.

침구와 깔개, 옷 들을 엮어 밧줄을 만드는 수밖에 없었다. 게다가 감시인 두 명이 날마다 먼지 한 톨 없이 방 청소를 했기 때문에 밤에 방문이 닫힌 뒤에 하는 수밖에 없었다.

우리에게는 가위도, 칼도 없었지만, 테리가 꾀를 냈다. "이 여자들한테 유리잔이랑 도자기가 있잖아. 욕실에 있는 유리잔을 깨서 그걸 쓰자. '사랑하면 길을 찾는 법.'" 그가 흥얼거렸다. "모두 창문 밖으로 나가면 세 사람 키 높이로 층층이 서고 손을 있는 대로 뻗어서 밧줄을 최대 길이로 자르는 거야. 담을 넘을 때 조금이라도 더 길게 내릴 수 있게. 담 아래 길이 어디 있는지 내가 봐 뒀어. 거기 큰 나무도 하나 있어. 덩굴나무 같기도 한데, 하여간 잎사귀를 봤어."

미친 짓 같았지만, 어떤 면에서 이번 건은 테리의 탐험이었고 다들 갇혀 사는 데 지치기도 했다.

그래서 우리는 보름날을 기다려 일찍 방으로 돌아왔고 한두 시간을 불안에 떨며 남자 무게를 지탱할 튼튼한 밧줄을 만들었다.

옷장 저 안쪽까지 들어가 유리잔을 두꺼운 천으로 감싼 다음 소리 나지 않게 깨는 것은 어렵지 않았다. 깨진 유리로 가위만큼 능수능란하게는 아니어도 자를 수 있었다.

너무 늦게까지 불을 켜 둘 용기는 없었기 때문에 우리는 네 개의 창문을 통해 쏟아져 들어오는 환한 달빛 속에서 열심히, 신속하게 파괴 작업을 해 나갔다.

우리는 침구는 물론이고 커튼과 깔개, 가운, 수건에다 심지어 매트리스 커버까지, 제프 말대로 한 오라기도 남기지 않고 다 잘랐다.

그러고는 눈에 덜 띌 것 같은 맨 끝 창문에 단단히 박혀

있는 안쪽 블라인드 걸쇠에 밧줄 한쪽 끝을 묶은 다음, 둘둘 말
아 놓은 밧줄 꾸러미를 창밖으로 살살 내렸다.

"이 부분은 쉬워. 내가 마지막으로 내려갈게. 밧줄을 잘라
야 하니까." 테리가 말했다.

그래서 내가 먼저 밧줄을 타고 내려간 다음 벽에 딱 버티
고 섰다. 다음으로 제프가 내 어깨를 밟고 섰고, 다음에는 테리
가 그 위에 섰다. 그가 머리 위로 손을 뻗어 밧줄을 자르자 우
리는 약간 휘청거렸다. 그런 뒤 내가 천천히 무릎을 굽히며 땅
에 앉고 제프도 그렇게 했다. 마침내 세 사람 모두 무사히 정원
에 내려섰다. 밧줄도 대부분 수거했다.

"잘 있어, 할머니!" 테리가 소리 낮춰 속삭였다. 우리는 수
풀과 나무 그림자에 몸을 숨기며 담 쪽으로 살금살금 기어갔
다. 테리가 선견지명을 발휘해 미리 위치를 표시해 두었다. 돌
위에 돌로 긁어 놓은 표시에 불과했지만 달빛을 받아 잘 보였
다. 밧줄을 매기 적당한 크기의 튼튼한 관목 하나가 담 가까이
서 있었다.

"이번에는 내가 너희 둘을 타고 올라가서 먼저 담을 넘어
갈게." 테리가 말했다. "그러면 둘이 담 위에 올라올 때까지 밧
줄을 단단히 지탱할 수 있을 거야. 그런 다음 밧줄 끝까지 내
려가 볼게. 내가 무사히 내려가면 너희도 나를 보고 따라와. 아
니, 내가 밧줄을 세 번 휙 잡아당길게. 발 디딜 자리가 전혀 없
으면, 뭐, 도로 올라가는 거지. 그렇다고 저 여자들이 우릴 죽
이기야 하겠어."

담 위에서 아래를 자세히 살펴본 테리는 손을 흔들며 "좋
아" 하고 속삭이고는 휙 미끄러져 내려갔다. 제프가 올라가고
나도 그 뒤를 따랐다. 우리는 한 손 한 손 밧줄을 내려 잡으며

흔들흔들 내려가는 테리의 형상을 두려움에 떨며 지켜보았다. 마침내 그 형상이 저 아래 무성한 나뭇잎 속으로 사라졌다.

　　다음 순간 밧줄이 재빨리 세 번 당겨졌고, 제프와 나는 다시 자유의 몸이 되었다는 기쁨에 벅차 성공적으로 지도자의 뒤를 따랐다.

# 4장
# 모험

우리는 좁고 울퉁불퉁하고 몹시 기울어진 바위 턱에 서 있었다. 개머루 비슷하게 잎이 무성하고 넓게 퍼진 덩굴나무가 없었다면 분명 꼴사납게 굴러떨어져 무모한 목이 모두 부러지고 말았을 것이다.

"봐, 여긴 완전히 수직 경사는 아니야." 테리가 의기양양한 표정으로 흥분해서 말했다. "우리 세 사람 체중을 직접 버티진 못하겠지만, 한 번에 한 사람씩 손발로 지탱하면서 살살 미끄러져 내려가면 다음 바위 턱에 살아서 도착할 수 있을 거야."

"다시 밧줄을 타고 올라가고 싶지도 않고 여기 있기도 불편하니까, 난 찬성." 제프가 엄숙하게 말했다.

테리가 문명인답게 죽는 것이 무엇인지 보여 주겠다며 먼저 미끄러져 내려갔다. 행운은 우리 편이었다. 튜닉은 벗어 두고 그 아래 입는 옷 중 가장 두꺼운 옷을 걸치고 온 덕분에 꽤 성공적으로 절벽을 탈 수 있었다. 하지만 나는 거의 다 와서 와르르 미끄러져 떨어지다가 안간힘을 다해 겨우 두 번째 바위 턱에 안착했다. 다음 단계는 일종의 '굴뚝', 즉 비뚤비뚤 갈라져 있는 기다란 틈을 타고 내려가는 것이었다. 수없이 고통스럽게 긁히고 여기저기 멍이 들어 가며 마침내 우리는 개울에 도착했다.

개울가는 더 캄캄했지만 최대한 멀리 도망가는 것이 가장

중요하다고 생각했기 때문에 우리는 어른거리는 흰 달빛 속에
서 나뭇잎 그림자 사이를 지나 돌투성이 강바닥을 걷고 뛰고
기며 내려갔고, 동이 트기 시작해서야 할 수 없이 걸음을 멈추
었다.

　마침 익히 잘 아는 큼직하고 맛있고 껍질이 연한 견과 나
무를 본 우리는 주머니를 견과로 가득 채웠다.

　이 여자들 옷에는 온갖 주머니가 놀라울 정도로 많이 붙
어 있다는 이야기를 아직 안 했던 것 같다. 모든 옷이 다 그랬
지만, 중간에 입는 옷은 특히 지붕널이라도 얹은 것처럼 주머
니가 켜켜이 달려 있었다. 우리는 행군하는 프로이센 병사처럼
주머니가 불룩해질 때까지 견과류를 쑤셔 넣고 마실 수 있을
만큼 물을 양껏 들이켠 다음 잠을 청했다.

　그곳은 가파른 둑 저 위에 나 있는 틈새여서 대단히 편하
지도 않았고 쉽게 다가갈 수도 없었지만, 나뭇잎으로 잘 가려
진 마른땅이었다. 서너 시간을 기어 내려오느라 녹초가 된 데
다 아침을 배불리 먹은 뒤라, 다들 그 틈새에―말하자면 머리
와 발이 서로 닿게 일렬로―누워 오후 햇살에 얼굴이 익을 지
경이 될 때까지 곤히 잤다.

　테리가 발로 내 머리를 콕콕 건드렸다.

　"밴, 괜찮아? 아직 살아 있어?"

　"시퍼렇게 살아 있지." 내가 말했다. 제프도 우리 못지않
게 활력이 넘쳤다.

　돌아눕지는 못해도 기지개를 켤 정도의 공간은 있었지만,
우리는 엄호물이 되어 주는 나뭇잎들 뒤에서 한 번에 한 사람
씩 조심조심 몸을 말아 굴리며 뻐근함을 풀었다.

　낮에는 거기서 나가 보았자 소용없었다. 바깥이 훤히 보이

지는 않았지만 지금 우리가 다다른 곳이 경작지가 시작되는 지점이라는 정도는 알 수 있었다. 사방에 비상 신호가 퍼져 있을 것이 분명했다.

테리가 뜨겁고 비좁은 바위틈에 누워 혼자 킬킬댔다. 그는 우리 감시인들과 교사들이 얼마나 당혹해하고 있을지 온갖 무례한 소리를 해 대며 자세히 설명했다.

비행기를 두고 온 곳까지는 아직 한참을 더 가야 하고 비행기가 거기 있다는 보장도 없다고 말해도, 테리는 재수 없는 소리 하지 말라며 나를 가볍게 발로 차기만 했다.

"응원 못 하겠으면 초나 치지 마." 그가 항변했다. "소풍 가듯이 쉬울 거라고 한 적 없어. 그래도 난 갇혀서 사느니 남극 빙판을 건너서라도 도망칠 거야."

이내 우리는 다시 잠에 빠져들었다.

긴 휴식과 찌르는 듯이 건조한 열기가 도움이 되었다. 우리는 그날 밤 꽤 먼 거리를 이동했고, 늘 온 나라를 에워싸고 있는 험준한 숲 지대를 따라서만 움직였다. 때로 숲 바깥 경계선 가까이 갈 때면 그 너머로 까마득히 저 아래 펼쳐진 풍경이 갑자기 흘낏 보이기도 했다.

"이곳 지형은 꼭 치솟은 현무암 기둥 같아." 제프가 말했다. "저 여자들이 우리 비행기를 압수했다면 내려갈 때 아주 신이 나겠는걸!" 불길한 가능성을 시사한 대가로 제프는 즉석에서 응징당했다.

내륙 쪽은 평화로워 보였지만 밤에 달빛에 비친 모습일 뿐이었다. 낮에는 꼼짝 않고 숨어 있었다. 테리가 말했듯이 할 수 있다 해도 나이 지긋한 여자들을 죽이고 싶지는 않았고, 그렇지 않다면 발각될 경우 그들은 우리를 통째로 번쩍 들어 도로 데려갈 수 있는 사람들이었다. 그러니 조용히 숨었다가 눈에 띄지 않게 살금살금 빠져나가는 수밖에 없었다.

이야기도 별로 하지 않았다. 밤이면 장애물 마라톤 경주를 했다. '휴식을 취하지도 않았고 바위가 막는다고 멈추지도 않았으며' 걸어서 건너기에는 너무 깊지만 피해 갈 수도 없는 강은 헤엄쳐서 건넜다. 하지만 그런 경우는 딱 두 번뿐이었다. 낮에는 깊은 단잠을 잤다. 식량을 구해 먹으며 갈 수 있어서 정말 다행이었다. 숲 가장자리마저 먹을거리가 풍부한 것 같았다.

그러나 제프는 바로 그런 점이야말로 우리가 극도로 조심해야 하는 이유라고 신중하게 말했다. 언제라도 건장한 정원사나 산림 관리인, 견과류를 따러 온 사람들과 맞닥뜨릴 가능성이 있었기 때문이다. 이번에 성공하지 못하면 다음 기회는 없을 것이라고 확신한 우리는 신중하게 움직였고, 마침내 우리가 이륙했던 잔잔한 호수가 저 아래 넓게 펼쳐져 있는 지점에 이르렀다.

"괜찮아 보이는데!" 테리가 호수를 내려다보며 말했다. "자, 비행기를 못 찾는다면, 그래서 다른 방법으로 이 절벽을 내려가야 한다면 어디를 목표로 삼아야 할지는 알겠군."

절벽의 그 지점은 특히 마음에 들지 않았다. 절벽이 완전히 수직으로 치솟아 밑바닥을 보기 위해서는 머리를 쑥 내밀어야 했는데, 아득한 저 아래쪽은 초목이 울창하게 뒤엉킨 늪지 같았다. 하지만 실제로 그 정도로 위험하지는 않아서, 바위와 나무 사이를 따라 야만인처럼 기며 조심조심 움직였더니 마침내 우리가 착륙했던 평평한 지대에 도착했다. 믿을 수 없는 천운으로 우리 비행기도 그 자리에 있었다.

"세상에, 덮어 놓기까지 했네! 저 여자들이 이 정도로 분별력이 있는 줄 누가 알았겠어?" 테리가 외쳤다.

"그 정도 분별력이면 더한 것도 알 것 같은데." 내가 나지막이 경고했다. "비행기를 감시하고 있는 게 분명해."

우리는 희미해져 가는 달빛 속에서 최대한 멀리까지 주위를 살폈지만, 달빛은 도저히 믿을 수가 없었다. 하지만 동이 터오면서 익숙한 형체가 보이기 시작했다. 비행기는 캔버스 같은 두꺼운 천에 덮여 있었고, 감시인의 흔적은 전혀 보이지 않았다. 우리는 정확한 작업을 수행할 정도로 주위가 환해지자마자 재빨리 그쪽으로 달려가기로 했다.

"저게 움직이건 못 움직이건 상관없어." 테리가 선언했다. "절벽 가장자리로 밀어서 올라탄 다음 그냥 활공해서 풍덩! 하고 우리 보트 옆에 내려앉는 거야. 저기 봐. 보트 보이잖아!"

정말로 우리 보트가 잔잔하고 창백한 호수 표면 위에 회색 누에고치처럼 떠 있었다.

우리는 소리 없이 신속하게 앞으로 달려 나가 덮개의 잠금장치를 잡아당기기 시작했다.

"제기랄!" 테리가 짜증을 참지 못하고 소리 질렀다. "비행기를 자루 같은 데다 넣고 꿰매 버렸잖아! 우린 칼도 없는데!"

그 질긴 천을 잡아 끌어당기고 있는데 갑자기 무슨 소리가 들렸다. 테리가 전투마처럼 고개를 획 들어 올렸다. 분명히 깔깔거리는 웃음소리, 그렇다, 세 사람의 웃음소리였다.

그들—셀리스, 알리마, 엘라도어—이 처음 만났던 그날처럼 우리와 조금 떨어진 곳에 서서 개구쟁이 남학생들 같은 호기심 가득한 눈으로 우리를 쳐다보고 있었다.

"기다려, 테리, 잠깐 있어!" 내가 경고했다. "이건 너무 빤하잖아. 함정이 있는지 봐."

"저 사람들 착한 마음씨에 호소해 보자." 제프가 주장했다. "우리를 도와줄 거야. 칼을 가지고 있을 수도 있잖아."

"급습해 봤자 소용없어." 나는 테리를 꽉 붙들었다. "우리보다 잘 달리고 나무도 잘 탄다는 거 알잖아."

그는 마지못해 인정했다. 우리는 잠시 우리끼리 상의한 뒤 호의의 표시로 손을 내민 채 천천히 그쪽으로 다가갔다.

그들은 제자리에 가만히 서 있다가 우리가 꽤 가까이 다가가서야 멈추라는 신호를 했다. 확인해 보려고 한두 걸음 더 갔더니 그들은 즉시 뒤로 물러났다. 우리는 지정된 거리를 두고 멈춰 섰다. 그러고는 가능한 한 그들의 언어를 사용해서 우리의 어려운 처지를 설명했다. 어떻게 갇혀 있었고, 어떻게 탈출했는지─이 부분에서 온갖 손짓 발짓을 동원하자 그들은 몹시 재미있어했다─어떻게 견과류로만 연명하면서 낮에는 숨어 있고 밤에만 움직여 여기까지 왔는지 이야기했고, 이 부분에서 테리가 배가 고파 죽을 지경이라는 시늉을 했다.

테리가 배고플 리가 없다는 것을 나는 알고 있었다. 먹을거리는 풍족했고, 우리는 아낌없이 마음껏 먹었기 때문이다. 하지만 그들은 약간 마음이 움직였는지 자기들끼리 소리 낮춰 논의하더니 호주머니에서 조그만 꾸러미들을 꺼내 아주 수월하고 정확하게 우리 손에 던져 주었다.

제프가 가장 고마워했고, 테리는 과장스러운 동작으로 감탄을 표했다. 거기에 고무된 듯 그들은 남자아이들처럼 자기 실력을 자랑하기 시작했다. 우리가 그들이 던져 준 끝내주는 쿠키를 먹고 엘라도어가 우리 행동을 경계하며 지켜보는 동안, 셀리스가 저쪽으로 달려갔다. 그러고는 막대기 세 개를 균형 맞춰 세우고 그 위에 커다란 노란 견과를 올려 '돌 떨어뜨리기' 놀이 비슷한 게임을 준비했으며, 그사이 알리마는 돌멩이들을 모았다.

우리에게 돌을 던져 맞춰 보라고 재촉하기에 던져 보았지만, 너무 멀었다. 요정 같은 아가씨들의 즐거운 웃음소리를 들어 가며 몇 번이나 실패를 거듭한 뒤에야 제프가 구조물 전체를 무너뜨리는 데 성공했다. 나는 그보다 훨씬 더 오래 걸렸고, 3등을 한 테리는 있는 대로 화가 났다.

그러자 셀리스가 조그만 삼각대를 다시 세우더니 우리를 돌아보고 그것을 무너뜨린 다음 손가락으로 가리키며 짧은 곱슬머리를 세차게 흔들었다. "아니야." 그녀가 말했다. "나빠, 틀려!" 무슨 뜻인지 알 수 있었다.

셀리스가 다시 한번 막대들을 세우고 그 위에 굵직한 견과를 올려놓더니 친구들 쪽으로 돌아갔다. 그러더니 자리에 앉아 돌아가며 두 사람은 조그만 돌멩이들을 던지고, 한 명은 막대 옆에서 견과류를 올려놓았다. 부아 돋게도, 그들은 세 번에 두 번꼴로 막대기는 전혀 건드리지 않고 견과만 맞혀 떨어뜨렸다. 그들이 하도 즐거워해서 우리도 그런 척했으나 사실 전혀 즐겁지 않았다.

이 게임을 하면서 우리는 아주 친해졌지만, 나는 테리에게 갈 수 있을 때 떠나지 않으면 후회하게 될 것이라고 말했다. 우리는 칼을 달라고 사정했다. 우리가 무엇을 하려고 하는지 보여 주는 것은 어렵지 않았고, 그들은 각각 주머니에서 튼튼한 접이식 칼을 자랑스럽게 꺼냈다.

"맞아요." 우리는 간절하게 말했다. "바로 그거! 제발⋯." 알다시피 우리는 그들의 언어를 꽤 공부한 참이었다. 칼을 달라고 사정사정했지만 그들은 주려 하지 않았다. 우리가 한 걸음 다가가면 그들은 달아날 듯 가벼운 자세로 뒤로 물러났다.

"소용없어." 내가 말했다. "이리 와. 날카로운 돌 같은 거라도 찾아보자. 어떻게든 이걸 벗겨야지."

우리는 근처를 뒤져 날카로운 조각이라면 뭐든 들고 와서 마구 베었지만, 조개껍질로 범포를 자르려는 것이나 다름없었다.

덮개를 난도질하고 찔러 대던 테리가 우리에게 속삭였다. "이봐, 우린 지금 몸 상태가 꽤 좋잖아. 죽기 아니면 살기로 돌진해서 저 여자들을 잡아 보자. 그 수밖에 없어."

그들은 우리가 애쓰는 모습을 구경하려고 가까이 다가와 있었고, 그런 그들을 우리는 느닷없이 기습했다. 테리 말대로 최근 받은 훈련 덕분에 우리 체력이 전보다 좋아져 있기도 했다. 그 필사적인 짧은 순간, 여자들은 겁에 질렸고 승리는 거의 우리의 것 같았다.

하지만 막 손을 뻗는 순간, 그들과 우리 사이의 거리가 확 벌어졌다. 그들이 제 속도를 찾은 것이 분명했다. 우리가 아무리 최고 속도로 무리를 감수하며 오랫동안 쫓아가도 그들은 내내 손이 닿을 수 없는 저 앞에 있을 뿐이었다.

결국 내 거듭된 권고로 다들 숨이 턱에 차서 달리기를 멈추었다.

"이건 완전히 바보짓이야." 내가 주장했다. "일부러 저러는 거라고. 돌아와, 안 그러면 후회하게 될 테니까."

우리는 올 때보다 훨씬 느린 걸음으로 돌아왔고, 실제로 후회했다.

천으로 둘둘 싸인 비행기에 와서 다시 그 덮개를 찢으려는 순간, 온 사방에서 건장한 형체들이, 우리가 너무도 잘 알고 있는 조용하고 단호한 얼굴들이 나타났다.

"하느님 맙소사!" 테리가 신음했다. "대령들이잖아! 다 끝났어. 40 대 1이라고."

싸워 보았자 소용없었다. 이 여자들은 확실히 숫자로 밀어붙였다. 훈련된 병력이라기보다 공통의 추진력으로 움직이는 군중이었다. 그들은 전혀 두려워하지 않았다. 무기도 없는 데다 적어도 100명은 되는 여자들이 열 겹으로 우리를 에워싸고 있었기에 우리는 최대한 품위를 지키며 항복했다.

당연히 더 삼엄한 감금이나 독방 감금 같은 처벌이 내려질 것이라고 생각했지만, 그런 일은 일어나지 않았다. 그들은 왜 그랬는지 다 이해한다는 듯이 우리를 그저 무단결석한 학생처럼 대했다.

우리는 돌아갔다. 이번에는 마취제를 맞지 않고 우리 자동차와 비슷하게 생긴 전기 자동차 세 대에 따로따로 실려 미끄러지듯 달려갔다. 양옆에는 각각 강인한 여자가 하나씩, 맞은편에는 세 사람이 마주 보고 앉았다.

다들 유쾌한 사람들이었고 아직 말이 어눌한 우리에게 가능한 한 말도 많이 건넸다. 테리는 뼈저리게 굴욕감을 느꼈고 모두 다 처음에는 심한 처벌을 받을까 봐 두려워했지만, 나는 이내 괜찮다는 확신이 들기 시작했고 여행을 즐기게 되었다.

차에는 익히 아는 다섯 여자가 타고 있었다. 다들 몹시 친절했고, 아주 간단한 게임을 이겼을 때의 소소한 승리감 외에는 어떤 악감정도 품은 것 같지 않았다. 심지어 그 승리감조차 예의 바르게 억누르고 있었다.

이 여행은 그들의 나라를 구경할 좋은 기회였다. 보면 볼수록 나는 이 나라가 마음에 들었다. 차가 너무 빨리 달려서 자세히 살펴볼 수는 없었지만, 막 빗자루로 쓴 마루처럼 먼지 한 톨 없는 완벽한 도로, 끝없이 늘어선 나무가 드리우는 그늘, 그 아래 피어 있는 꽃들, 다양한 매력을 품고 저 멀리까지 펼쳐진 비옥하고 기분 좋은 들판을 감상할 수 있었다.

여러 마을과 도시를 지나 달리다 보니 우리가 처음 봤던, 공원처럼 아름다운 도시가 예외가 아니라는 것을 곧 깨달았다. 하늘 높이 비행기를 타고 휙 지나가면서 담은 풍경도 절경이기는 했지만 자세하게 보이지는 않았었다. 몸싸움을 하다 붙잡혀 갔던 그 첫날에는 거의 아무것도 보지 못했다. 하지만 시속 30마일 정도의 편안한 속도로 달리는 자동차에 실려 가는 지금은 꽤 많은 것을 볼 수 있었다.

도중에 점심을 먹으러 제법 커다란 마을에 들렀는데, 거리를 천천히 달려가다 보니 더 많은 주민이 눈에 들어왔다. 지나가는 곳마다 사람들이 나와서 우리를 구경했지만, 여기는 특히 구경꾼이 더 많았다. 식사를 하러 커다란 정원 식당에 들어가 나무와 꽃 사이에 자리한 그늘진 조그만 식탁에 앉자 많은 사람의 시선이 우리에게 집중되었다. 넓은 들판이건 마을이건 도시건, 사방에 오로지 여자뿐이었다. 나이 든 여자들, 젊은 여자들, 젊지도 늙지도 않은 대다수의 여자들, 하여간 다 여자였다. 소녀들도 있었지만, 이들과 아이들은 대체로 자기들끼리 모여 있는지 눈에 잘 띄지 않았다. 학교나 놀이터 같은 곳에 많은 소녀와 아이 들이 있는 모습을 흘깃 봤는데 우리가 판단할 수 있는 한 지금까지 남자아이라고는 하나도 없었다. 우리모두 면밀히 둘러보았다. 사람들은 다들 예의 바르고 친절하고 호기심 가득한 눈으로 우리를 주시했다. 무례하게 구는 사람은 아무도 없었다. 이제는 그들이 하는 말을 꽤 많이 주워들을 수 있었는데, 기분 나쁜 이야기는 전혀 하는 것 같지 않았다.

어쨌거나 우리는 해 지기 전 예전에 머물렀던 커다란 방
으로 무사히 돌아왔다. 우리가 저질러 놓은 피해는 전혀 언급
하지 않았다. 침대는 전처럼 부드럽고 편안했고, 새 옷과 수건
들이 마련되어 있었다. 이 여자들이 취한 유일한 조치는 밤에
정원에 불을 켜 놓고 감시인을 하나 더 늘린 것뿐이었다. 그러
나 다음 날 그들이 우리에게 설명을 해 주었다. 우리를 다시 잡
으러 온 원정대에 동참하지 않았던 세 담당 교사가 그동안 열
심히 준비해 놓은 설명이었다.

그들은 우리가 비행기가 있는 곳으로 가리라는 것을, 그
외에는 살아서 내려갈 방법이 없다는 사실을 잘 알고 있었다.
그래서 우리가 탈출해도 아무도 걱정하지 않았고, 그저 주민들
에게 우리가 두 지점 사이의 숲가를 따라 이동하는 동안 잘 주
시하라는 지시를 내렸을 뿐이다. 지난 여러 밤 동안 신중한 여
자들이 강 옆 커다란 나무 위나 바위들 사이에 편안하게 앉아
우리를 지켜보고 있었던 것이다.

테리는 진절머리가 난 표정이었지만, 나는 웃겨 죽을 지
경이었다. 우리는 목숨을 걸고 무법자들처럼 숨고 헤매면서 견
과류와 과일로 연명하고 밤이면 이슬에 젖어 덜덜 떨고 낮에
는 건조한 열기에 시달리며 도망쳤는데, 그러는 내내 이 존경
스러운 여인들은 우리가 숲에서 나오기만을 기다리고 있었던
것이다.

이제 그들은 우리가 이해하는 단어를 세심하게 골라 써
가며 설명을 시작했다. 우리는 이 나라의 손님, 일종의 피보호
자 대우를 받고 있는 것 같았다. 처음에 폭력을 쓰는 바람에 한
동안 우리를 보호할 수밖에 없었지만, 우리가 언어를 익히자마
자―그리고 해를 끼치지 않겠다고 약속하면―온 나라를 구경
시켜 주겠다고 했다.

제프가 여자들에게 간절하게 장담했다. 물론 테리의 짓이
라고 고자질하지는 않았지만, 이런 짓을 저지른 것이 부끄럽고
앞으로는 잘 협조하겠다고 약속했다. 다들 언어 공부에 두 배
로 열심히 매진했다. 그들은 더 많은 책을 가져다주었고, 나는
그 책들을 진지하게 공부하기 시작했다.

"너무 유치하잖아." 어느 날 우리끼리 방에 있는데 테리가
성질을 냈다. "물론 애들 이야기책부터 시작하는 게 당연하지
만, 이젠 좀 더 재미있는 걸 읽고 싶다고."

"남자도 없는데 심금을 울리는 연애 소설이나 거친 모험
담을 바랄 수는 없잖아, 안 그래?" 내가 물었다. 남자가 없다는
가정만큼 테리를 짜증 나게 하는 일은 없었다. 하지만 그들이
준 책이나 그림 들에는 남자의 흔적조차 없었다.

"닥쳐!" 그가 으르렁댔다. "무슨 헛소리를 하는 거야! 내
가 단도직입적으로 물어볼 거야. 이젠 알 만큼 아니까."

사실 그동안 기를 쓰고 언어 공부를 한 끝에 우리는 책을
술술 읽고 읽은 내용에 대해 꽤 편하게 토론할 정도가 되었다.

그날 오후 우리는 다 함께 옥상에 모여 앉았다. 우리 셋과
담당 교사들이 탁자를 둘러싸고 앉았으며, 감시인들은 없었다.
얼마 전 폭력을 쓰지 않기로 약속하면 늘 옆에 따라붙던 감시
인들을 물리겠다는 소리를 듣고 기꺼이 그러겠다고 서약한 터
였다.

우리는 모두 비슷한 옷차림에 길이도 비슷해진 머리를 한
채 편안히 앉았다. 차이점이라고는 우리 수염뿐이었다. 수염을
기르고 싶지 않았지만, 아직까지는 수염을 자를 만한 도구를
달라고 그들을 설득할 수가 없었다.

"숙녀분들," 테리가 느닷없이 이렇게 말문을 열었다. "이
나라에는 남자가 전혀 없습니까?"

"남자요?" 소멜이 대답했다. "당신들 같은?"

"네, 남자들 말입니다." 테리가 수염을 가리키며 떡 벌어진 어깨를 뒤로 젖혔다. "남자, 진짜 남자요."

"없어요." 그녀가 평온하게 대답했다. "우리 나라에는 남자가 없어요. 지난 2000년 동안 하나도 없었어요."

그녀는 이 놀라운 사실이 전혀 놀랄 것 없는 당연한 일이라는 듯이 확고하고 진실한 표정으로 말했다.

"하지만… 그 사람들… 그 아이들은…." 테리는 그 말을 전혀 믿지 못하면서도 그렇게 말하지는 못하고 항변했다.

"아, 네." 그녀가 미소 지었다. "어리둥절한 게 당연해요. 우린 모두 어머니지만, 아버지는 없어요. 진작 이 질문을 할 줄 알았는데, 왜 안 물어봤죠?" 그녀의 표정은 여느 때와 다름없이 솔직하게 친절했고 어조에도 꾸밈이 없었다.

테리는 언어를 충분히 익히지 못해서 그런 것이라고 둘러댔지만, 내가 보기에는 그 핑계가 더 이상했다. 제프가 더 숨김없이 이야기했다.

"실례가 안 된다면, 도저히 못 믿겠다고 솔직하게 말해도 될까요?" 그가 말했다. "세상 어디에도 그런 일은 있을 수 없어요."

"그런 게 가능한 생물이 없나요?" 자바가 물었다.

"음, 물론 몇몇 하등 생물은 그렇지만."

"얼마나 하등, 아니, 얼마나 고등 생물이죠?"

"음, 일부 고등 곤충들 중에 그런 경우가 있긴 하죠. 우리는 그걸 단성 생식이라고 부릅니다. 처녀 출산이라는 뜻이죠."

그녀는 그 말을 이해하지 못했다.

"출산은 알겠어요. 하지만 처녀는 뭐죠?"

테리는 난감한 표정을 지었지만, 제프는 차분하게 질문에 대답했다. "처녀란 용어는 짝짓기하는 동물들 중 아직 짝짓기를 한 적 없는 암컷을 일컫는 말이에요."

"아, 그렇군요. 그건 수컷에게도 해당하는 말인가요? 아니면 수컷에게는 다른 용어가 있어요?"

그는 같은 용어를 쓰기는 하지만 거의 사용하지는 않는다고 대답하며 서둘러 질문을 넘겼다.

"잘 안 쓴다고요?" 그녀가 말했다. "하지만 상대가 없이는 짝짓기를 할 수 없잖아요. 그렇다면 짝짓기 하기 전에는 양쪽 모두 처녀 아닌가요? 그리고 아버지에게서만 태어나는 생물도 있어요?"

"제가 알기로는 없습니다." 그가 대답했다. 내가 진지하게 물었다.

"우리보고 여긴 2000년 동안 여자만 있었고 여자 아기만 태어났다는 말을 믿으라고요?"

"그래요." 소멜이 진지하게 고개를 끄덕이며 대답했다. "물론 우리도 다른 동물은 그렇지 않다는 걸, 어머니뿐 아니라 아버지도 있다는 걸 알아요. 당신들이 아버지라는 것, 양쪽이 다 존재하는 곳에서 왔다는 걸요. 아시겠지만 우린 당신들이 우리와 자유롭게 말하게 되어 우리에게 당신들의 나라와 그 외 세상에 대해 알려 주길 기다리고 있었어요. 당신들은 많은 걸 알고 있지만, 우린 우리 나라밖에 모르니까요."

그간 공부해 오면서 우리는 그림과 지도를 그리고 동그란 과일을 이용해 지구본을 만들어 나라들의 크기와 관계, 인구에 대해 애써 설명했다. 그 설명은 다 부족하고 개요 정도에 불과했지만 여자들은 꽤 이해했다.

이 여자들에게 받은 인상을 잘 전달하고 싶지만 내 설명이 너무나 형편없다. 그들은 무지하기는커녕 굉장히 현명했고, 이 사실을 우리는 점점 더 절실히 깨달았다. 명징한 추론, 사고의 범주와 능력에 있어서는 단연 최고였던 것이다. 하지만 그들이 모르는 것도 많았다.

그들은 차분하기 이를 데 없는 기질과 한없는 인내심, 온유한 성품을 지니고 있었다. 가장 인상적인 점은 짜증을 부리는 일이 없다는 것이었다. 그때까지는 이 한 집단밖에 관찰하지 못했지만, 이후 이것이 이들의 공통적인 특징임을 알게 되었다.

점차 우리는 우리와 함께 있는 사람들이 우호적이며 매우 능력 있는 사람들이라고 느꼈으나, 이 나라 여자들의 전반적 수준에 대해서는 어떤 결론을 내릴 수 없었다.

"할 수 있는 건 뭐든 다 가르쳐 줘요." 소멜은 단단하고 모양 좋은 손을 앞의 식탁 위에 모아 쥔 채 맑고 차분한 눈빛으로 우리를 솔직하게 바라보며 말했다. "우리도 이곳에 있는 새롭고 유익한 것들을 여러분에게 가르쳐 주고 싶어요. 2000년 만에 남자들을 만났다는 게 우리에게 얼마나 놀라운 사건인지 가히 짐작할 수 있을 거예요. 그리고 당신들 나라의 여자들에 대해서도 알고 싶어요."

그녀가 우리의 중요성을 설파하자 테리는 금세 기분이 좋아졌다. 고개를 치켜드는 모습을 보니 그 말에 얼마나 신이 났는지 알 수 있었다. 하지만 그녀가 우리 나라 여자들을 언급하자, 왠지 설명할 수 없는 이상한 기분이 들었다. '여자들'이라는 말을 들었을 때 한 번도 느껴 본 적 없는 묘한 기분이었다.

"어떻게 그런 일이 일어났는지 설명 좀 해 주세요." 제프

가 계속해서 물었다. "'2000년 동안'이라고 했잖아요. 그 전에
는 여기에 남자들이 있었다는 말입니까?"

"네." 자바가 대답했다.

잠시 동안 그들 모두 아무 말도 하지 않았다.

"우리 나라 전체 역사를 읽어 봐요. 걱정 말아요. 명쾌하
고 짧게 써 있으니까. 역사를 어떻게 서술하는지 알게 되기까
지 긴 시간이 걸렸답니다. 아, 당신들의 역사를 읽을 수 있다면
정말 좋을 텐데!"

그녀는 열의에 찬 눈을 반짝이며 우리를 하나하나 쳐다보
았다.

"정말 멋지지 않겠어요? 지난 2000년 동안의 두 역사를
비교하면서 차이점을 찾아본다면 말이에요. 어머니만 있는 이
곳과 어머니와 아버지가 있는 당신들 나라의 차이점을. 물론
우리도 새를 통해 아버지도 어머니만큼이나 유용한 존재라는
걸 알고 있어요. 거의 말이에요. 하지만 곤충을 보면 아버지는
그다지, 때로는 거의 중요하지 않아요. 당신들 나라에서도 그
렇지 않나요?"

"아, 새와 곤충은 그렇죠." 테리가 말했다. "하지만 동물은
다릅니다. 여기는 동물은 없어요?"

"고양이가 있죠." 그녀가 말했다. "그 경우도 아버지는 별
로 중요하지 않아요."

"소나, 양, 말 같은 건 없습니까?" 나는 이런 동물을 대충
그려서 보여 주었다.

"아주 오래전에는 있었어요. 이런 동물요." 소멜이 대답하
면서 일종의 양이나 라마 같은 동물을 순식간에 정확히 그려
냈다. "그리고 이런 것도." 두세 종의 개였다. 그리고 내가 그

린 형편없지만 알아볼 수는 있는 말 그림을 가리키며 "저것도 요" 하고 말했다.

"그 동물들은 어떻게 됐는데요?" 제프가 물었다.

"더 이상 필요가 없어요. 그 동물들은 자리를 너무 많이 차지했어요. 우리 땅은 모두 사람들을 먹이는 데 필요하거든 요. 아시다시피 정말 조그만 나라니까요."

"우유 없이 도대체 어떻게 삽니까?" 테리가 믿을 수 없다 는 듯이 말했다.

"우유요? 우유는 넘쳐나요. 우리 게 있잖아요."

"하지만…. 하지만…. 그러니까 제 말은 요리용…. 어른들 이 마시는 우유 말입니다." 테리가 어물거리자, 그들은 놀라면 서 살짝 불쾌한 표정을 지었다.

제프가 도와주러 나섰다. "우리 나라에서는 우유를 얻으 려 가축을 키우거든요. 고기뿐만 아니라." 그가 설명했다. "소 젖은 중요한 기본 음식입니다. 우유를 모으고 배급하는 산업도 크고요."

그들은 여전히 이해하지 못하는 눈치였다. 나는 내가 그린 소 그림을 가리켰다. "농부가 소젖을 짜고," 나는 그렇게 말하 면서 우유 통과 의자를 그린 다음 사람이 젖 짜는 시늉을 해 보 였다. "그러고 나서 우유는 도시로 운반되어 우유 배달부가 배 달해요. 다들 아침이면 집 앞에 놓인 우유를 받게 되는 거죠."

"소는 새끼가 없어요?" 소멜이 진지하게 물었다.

"아, 물론 있죠. 송아지들요."

"송아지들이 먹고 사람들도 먹을 만큼 우유가 있나요?"

한참 동안 설명한 끝에 우리는 그 상냥한 얼굴의 여자들에 게 소에게서 송아지를, 송아지에게서 자기 음식을 빼앗는 과정

을 확실히 이해시킬 수 있었다. 대화는 육류 사업에 대한 토론
으로 이어졌다. 그들은 얼굴이 하얗게 질린 채 우리 이야기를
끝까지 듣더니 양해를 구하며 서둘러 자리를 떴다.

# 5장
# 독특한 역사

이 이야기에 내가 모험을 보탤 소지라고는 없다. 이 놀라운 여자들과 그들의 역사에 관심이 없는 독자라면 이 이야기에 흥미를 느끼지 못할 것이다.

여자들만 가득한 나라에 온 세 젊은이인 우리가 무엇을 할 수 있겠는가? 앞서 말했듯 탈출을 시도했지만, 테리가 불평한 대로 시원하게 싸움 한판 못 해 보고 고분고분 잡혀 돌아왔다.

싸울 대상이 없으니 모험도 없었다. 이 나라에는 야생 동물도 없고 길들인 동물도 거의 없었다. 길들인 동물 이야기가 나온 김에 이 나라의 흔한 애완동물에 대해 잠깐 언급하는 것이 좋겠다. 물론 고양이 이야기다. 하지만 이 고양이는 엄청나다!

이 레이디 버뱅크들*이 고양이를 어떻게 했다고 생각하나? 오랜 세월에 걸친 세심한 선택과 배제 과정을 통해 그들은 울지 않는 고양이 종을 만들어 냈다! 사실이다. 이 불쌍한 말 못 하는 짐승은 배가 고프거나 문을 열어 달라고 할 때 낑낑대거나 가르랑거리거나 새끼에게 이런저런 소리를 내는 것이 고작이다.

게다가 이 고양이들은 더 이상 새를 죽이지 않게 됐다. 이

* 고양이 종을 개량한 허랜드의 여자들을 수십 종의 품종을 개량하고 만들어 낸 식물학자이자 원예가 루서 버뱅크(1849-1926)에 비유하고 있다.

들은 엄밀한 개량 과정을 통해 쥐와 두더지처럼 식량 공급에
해를 끼치는 동물만 죽이도록 만들어졌기에, 새가 수없이 많아
도 안전하다.

새에 대한 이야기를 나누던 중 테리가 그들에게 여기서도
모자에 깃털을 꽂느냐고 물었다. 그들은 그 말에 흥미를 보이
는 듯했다. 테리가 깃털과 깃 같은 온갖 간질간질한 것이 길게
삐죽 튀어나온 우리 나라 여자 모자 몇 개를 그려 보였다. 그들
은 우리 나라 여자들에 관한 것이라면 뭐든 그랬듯이 굉장히
흥미로워했다.

그들은 자기들은 땡볕 아래서 일할 때만 볕을 가리기 위
해 모자를 쓴다고 했다. 중국이나 일본에서 쓰는 것과 비슷한
크고 가벼운 밀짚모자였다. 그리고 날씨가 추울 때는 두건 종
류들을 썼다.

"하지만 장식을 위해서라면 이런 게 어울리지 않겠어요?"
테리는 깃털 모자를 쓴 여자를 최대한 예쁘게 그리며 계속해서
물었다.

그들은 전혀 동의하지 않았고, 그저 남자들도 같은 모자를
쓰느냐고 묻기만 했다. 우리는 재빨리 그렇지 않다고 말하며
남자들이 쓰는 모자를 그렸다.

"남자들은 모자에 깃털 장식을 안 하나요?"

"인디언만 해요." 제프가 설명했다. "그러니까, 야만인요."
그러고는 인디언의 전투모를 그려서 보여 주었다.

"그리고 군인도요." 내가 깃털을 단 군모를 그리며 덧붙
였다.

그들은 전율도, 반대도, 경악도 표하지 않았고, 그냥 몹시
흥미로워하며 듣기만 했다. 그리고 메모를 했다! 수없이 많은
메모를!

다시 고양이 이야기로 돌아가자. 우리는 이 성공적 품종 개량에 상당히 감탄했고, 그들의 질문─그들은 우리에게 온갖 질문을 퍼부었다─에 우리 나라에서는 개와 말, 소의 경우는 개량이 이루어졌지만 고양이는 대회용을 제외하고는 어떤 개량도 하지 않았다고 대답했다.

상냥하고 조용하고 침착하면서도 독창적인 방식으로 질문을 던지는 그들의 모습을 제대로 전달할 수 있다면 얼마나 좋을까. 그것은 그저 호기심이 아니었다. 호기심이라면, 같으면 같았지 절대 우리가 그들보다 덜하지 않았다. 그들은 우리 문명을 이해하는 데 열중했고, 그 질문에 점차 휩쓸려 가다 보면 우리도 모르게 원치 않는 고백들을 하게 되었다.

"여러분이 개량한 개들은 모두 쓸모가 있나요?" 그들이 물었다.

"그럼요, 쓸모 있죠! 사냥개, 번견, 양치기 개도 유용하고, 썰매 개는 물론이고요! 쥐잡이 개도 뭐, 쓸모는 있겠지만, 우리가 개를 키우는 건 쓸모 때문만은 아닙니다. 개는 '인간의 친구'라는 말처럼 우린 개를 사랑하거든요."

그들은 이를 이해했다. "우리가 고양이를 사랑하는 것도 그래요. 고양이는 단연 우리의 친구이자 일꾼이죠. 보다시피 얼마나 똑똑하고 다정한데요."

그것은 사실이었다. 아주 드문 몇몇 경우를 제외하고 이곳에 사는 것과 같은 고양이를 우리 고향에서 본 적이 없었다. 크고 잘생기고 매끈한 이곳 고양이는 사람 가리지 않고 붙임성이 좋았고 주인에게는 헌신적 애정을 품었다.

"새끼 고양이들을 물에 빠뜨려 죽일 때는 아주 마음이 찢어지겠어요." 우리가 말했다. 하지만 그들은 대답했다. "아, 아니에요! 여러분이 소중한 소를 아끼듯이 우리도 고양이들을 아껴요. 수컷은 암컷에 비해 수가 극히 적어서 마을마다 아주 좋은 품종으로 몇 마리만 둬요. 다들 담으로 둘러싸인 정원과 친구들 집에서 행복하게 살고 있죠. 하지만 짝짓기는 1년에 한 번 짝짓기 시기에만 해요."

"수컷에게는 좀 가혹한 거 아닙니까?" 테리가 말했다.

"아니, 안 그래요, 절대! 우린 수 세기에 걸쳐 우리가 원하는 고양이를 만들어 왔거든요. 보시다시피 우리 고양이들은 건강하고 행복하고 붙임성이 좋아요. 거기서는 어떤 식으로 개를 키우죠? 짝을 지어 같이 두나요, 아니면 수컷을 따로 두나요?"

그래서 우리는 설명했다. 음, 딱히 수컷이 문제가 아니라 아무도 암컷을 원하지 않는 것이 문제라고, 사실 우리 개들은 거의 모두 수컷이고 암컷은 아주 극소수만 살려 둔다고 말해 주었다.

그러자 진지하고 상냥한 미소를 띤 채 테리를 지켜보던 자바가 테리가 한 말을 고대로 인용해 답했다. "수컷에게는 조금 가혹한 거 아닌가요? 수컷은 짝 없이 그렇게 사는 걸 좋아해요? 거기 개도 여기 고양이처럼 하나같이 건강하고 순한가요?"

제프가 테리를 짓궂게 쳐다보며 웃었다. 사실 우리는 제프가 약간 배신자 같다고 느끼기 시작했다. 제프는 걸핏하면 변절해서 그쪽 편을 들었다. 게다가 의학적 지식 때문에 사물을 보는 시각도 어쩐지 달랐다.

"인정하기 싫지만," 제프가 말했다. "우리 나라 개는 동물 중 제일 병치레가 잦습니다. 인간 다음으로 말이죠. 기질로 말하자면, 사람, 특히 아이들을 무는 개가 좀 있어요."

그것은 순전히 심술궂은 발언이었다. 이 나라에서는 아이들이 존재의 이유였다. 우리와 대화를 나누던 사람들 모두가 순식간에 자세를 꼿꼿이 하고 앉았다. 여전히 온화하고 여전히 차분했지만 그들의 목소리에서 경악의 어조가 느껴졌다.

"그러니까 당신들 나라에서는 아이들을 무는 동물―짝이 없는 수컷―을 기른다는 말이죠? 그 수가 어느 정도 되나요?"

"큰 도시에는 수천 마리쯤 있을 테고," 제프가 말했다. "시골에는 거의 모든 집에서 한 마리씩 키우죠."

테리가 끼어들었다. "개가 다 위험하다고 생각해선 안 됩니다. 사람을 무는 개는 백 마리 중 한 마리도 안 돼요. 개야말로 아이들에게는 최고의 친구죠. 같이 놀 개가 없는 사내아이는 큰 걸 놓치는 거예요!"

"그럼 여자아이는요?" 소멜이 물었다.

"아, 여자아이들, 뭐, 여자애들도 개를 좋아하죠." 대답은 했지만 약간 김빠진 어조였다. 나중에 안 사실이지만 그들은 늘 이런 조그만 것에 주목했다.

그들은 우리에게서 조금씩, 조금씩 사실들을 끄집어냈다. 이 인간의 친구들이 도시에서 죄수처럼 갇혀 살고 있으며, 변변찮은 운동을 할 때는 줄에 매인 채 나가야 하고, 갖가지 질병에 시달릴 뿐 아니라 끔찍한 광견병의 위협을 안고 살며, 많은 경우 시민의 안전을 위해 입마개를 하고 다녀야 한다는 사실을 캐냈다. 심술궂게도 제프는 자기가 알고 있거나 읽은, 미친 개가 일으킨 상해나 사망 사고 사례를 생생하게 묘사해 덧붙였다.

그들은 그런 일에 대해 비난을 하지도, 호들갑을 떨지도 않았다. 이 여자들은 판사처럼 침착했다. 그저 기록을 할 뿐이었다. 모딘이 적은 내용을 우리에게 읽어 주었다.

"제가 사실을 정확하게 적었는지 말해 줘요." 그녀가 말했다. "여러분 나라에서는…. 그런데 다른 나라에서도 마찬가지인가요?"

"네." 우리는 인정했다. "문명국 대부분이 다 그래요."

"대부분의 문명국에서는 더 이상 별 쓸모없는 동물을 키우는데…."

"개들은 집을 지켜 줍니다." 테리가 주장했다. "강도가 들어오려 하면 개가 짖거든요."

그러자 그녀는 '강도'라고 적고는 계속해서 읽었다. "그이유는 사람들이 이 동물을 사랑하기 때문이다."

이 시점에 자바가 끼어들었다. "이 동물을 그렇게 사랑하는 사람들이 남자인가요, 여자인가요?"

"둘 다죠!" 테리가 주장했다.

"똑같이요?" 그녀가 물었다.

그러자 제프가 말했다. "말도 안 돼, 테리, 대체로 남자가 여자보다 개를 더 좋아한다는 거 너도 알잖아."

"그 이유는 사람들, 특히 남자가 이 동물을 너무나 사랑하기 때문이다. 이 동물은 갇혀 있거나 줄에 묶여 있다."

"왜죠?" 갑자기 소멜이 물었다. "우리도 새끼가 너무 많이 태어나는 걸 막기 위해 수고양이들을 가둬 두긴 하지만, 줄로 묶어 놓지는 않아요. 마음껏 뛰어놀 수 있는 넓은 공간에 두거든요."

"비싼 개는 풀어놨다가 도둑맞는 수가 있거든요." 내가 말했다. "개가 길을 잃을 경우를 대비해 주인 이름을 적은 개 목걸이를 채워 둬요. 게다가 싸움이 붙으면 덩치 큰 개가 비싼 개를 쉽게 죽여 버릴 수도 있거든요."

"그렇군요." 그녀가 말했다. "개들끼리 만나면 싸운다. 그런 일이 흔한가요?" 우리는 그렇다고 인정했다.

"이들은 갇혀 있거나 줄에 묶여 있다." 그녀는 잠시 멈추었다가 다시 물었다. "개는 달리는 걸 좋아하지 않나요? 빨리 달리는 게 개의 천성 아닌가요?" 이 또한 우리는 인정했다. 제프가 계속 심술궂게 설명을 덧붙였다.

"남자든 여자든 개를 줄에 묶어 산책시키는 걸 보면 전 늘 양쪽 다 참 보기 딱하다는 생각이 들더라고요."

다음 질문은 이랬다. "개도 고양이처럼 깔끔한 습관을 가지도록 기르나요?" 제프가 개들이 거리에서 파는 잡화나 길거리 전반에 어떤 영향을 미치는지 말해 주자, 그들은 차마 믿기 힘들어했다.

이 나라는 네덜란드 주방만큼이나 깔끔했고 위생 문제에서도…. 하지만 그 문제를 더 설명하기 전 이 나라의 놀라운 역사에 대해 기억나는 데까지 이야기를 시작하는 것이 좋겠다.

여기서는 우리가 그들의 역사를 배울 수 있었던 기회에 대해 간략히 설명하겠다. 잃어버린 그 꼼꼼하고 자세한 기록을 고스란히 되풀이하려 하지는 않겠다. 그저 다 합쳐서 족히 6개월을 그 요새에 억류되어 있었고 그다음에는 어느 쾌적한 도시에서 3개월을 보냈다고만 말해 두려 한다. 테리는 끝도 없이 넌더리를 냈지만, 젊은 여자는 전혀 없고 '대령들'과 어린아이들만 있는 도시였다. 그러고는 3개월을 더 감시하에 지냈기에 늘 교사나 감시인, 혹은 둘 다가 함께 있었다. 하지만 이 석 달은 그 아가씨들과 정말로 친해지는 즐거운 시간이었다. 따로 한 장은 할애해야 할 만큼 굉장한 시기였다! 그러니 그 이야기는 나중에 제대로 써 보도록 하겠다.

우리는 그들의 언어를 거의 완전히 습득했고, 그래야만 했다. 그들은 우리 언어를 훨씬 더 빨리 익혀서 우리 학습 속도를 높이는 데 이용했다.

늘 읽을거리를 지니고 다니는 제프는 작은 책 두 권, 소설과 조그만 시 선집을 가지고 있었고, 나는 온갖 정보가 가득한, 작고 두꺼운 포켓용 백과사전 한 권을 소지하고 있었다. 이 책들을 우리와 그들의 학습용으로 사용했다. 우리가 책을 읽을 실력이 되자마자 그들은 수많은 책을 가져다주었고, 나는 역사책부터 살펴보기 시작했다. 그들이 일구어 낸 기적의 기원을 알고 싶었기 때문이다.

기록에 따르면 그 일은 이렇게 시작되었다.

지리적으로 보자면, 서력기원 즈음에는 이곳에 바다로 통하는 길이 있었다. 정당한 이유가 있기 때문에 어디인지는 말하지 않겠지만, 뒤쪽을 벽처럼 둘러싼 산맥들 사이로 꽤 완만한 통로가 존재했다. 내가 보기에 이 사람들은 분명 아리아족 혈통이고, 한때는 고대 최고의 문명과 교류하기도 했다. 그들은 '백인'이지만 햇빛과 외부 공기에 끊임없이 노출된 까닭에 우리의 북방 인종보다 피부가 약간 가무잡잡했다.

당시 이 나라 영토는 통로 너머 저쪽 땅과 해안가까지 포함하고 있어서 지금보다 훨씬 넓었다. 선박과 무역, 군대, 왕도 있었다. 그 시절에는 그들도—그들이 우리를 지칭할 때 너무나 평온하게 사용하는 용어인—양성 인종이었기 때문이다.

시작은 다른 나라들에서도 흔히 일어나는 일련의 역사적 불운이었다. 전쟁이 터져 인구가 격감하고 사람들은 해안가에서 쫓겨 고지로 올라갔다. 결국 수많은 남자가 죽고, 얼마 남지 않은 사람들은 이 오지를 차지하고 수년 동안 산악 통로를 방어하며 이곳을 지켰다. 아래쪽에서 공격해 올 소지가 있는 곳들에는 자연 요새를 강화해 우리가 보았듯 도저히 기어오를 수 없는 안전한 곳으로 만들었다.

당시 모든 나라가 그랬듯 이 나라에도 일부다처제와 노예 제가 있었다. 산속 나라를 지키기 위한 싸움이 세대를 거치며 계속되는 동안 우리가 갇혔던 성채와 다른 건물들이 건설되었는데, 그 오래된 건물들 중 일부는 아직도 여전히 사용 중이다. 크고 단단한 바윗덩어리로 지어져 자체 무게로 버티는 이 건물들은 지진이 아니고서는 파괴될 수 없을 정도로 튼튼했다. 당시에는 솜씨 좋은 기술자가 많았던 것이 틀림없다.

그들은 살아남기 위해 용감히 싸웠지만, 증기선 회사에서 말하는 '불가항력'에 맞설 수 있는 나라는 없다. 전 병력이 사력을 다해 산악 통로를 방어하는 사이 화산이 폭발하면서 국지적 지진들이 발생했고, 그 결과 유일한 출구였던 통로가 완전히 막히고 말았다. 통로 대신 깎아지른 듯 높은 능선이 그들의 땅과 바다 사이에 새로이 솟아났다. 그들은 벽처럼 둘러싼 산속에 갇힌 신세가 되었고, 얼마 없는 병력은 몽땅 그 벽 아래 매몰되었다. 노예를 제외하고는 거의 모두가 몰살당했다. 그러자 노예들이 이 기회를 이용해 반란을 일으켜 어린 남자아이 하나 남기지 않고 남아 있는 주인들을 모조리 죽였다. 나이 든 여자들과 어머니들도 다 죽여 버렸다. 젊은 여자들과 여자아이들만 데리고 나라를 차지할 생각이었던 것이다.

하지만 이 잇따른 불행은 분노한 처녀들이 감내하기에는 너무나 엄청난 일이었다. 남아 있는 처녀는 많았지만, 향후 지배 계급이 될 노예의 수는 얼마 되지 않았다. 그래서 이 처녀들은 항복하는 대신 죽기 살기로 들고일어나 잔인한 정복자들을 모두 살해해 버렸다.

『타이터스 앤드러니커스』*처럼 들리겠지만, 이것이 그들의 기록에 적힌 내용이다. 그 여자들은 미치기 일보 직전이었을 것이다. 어떻게 그들을 비난할 수 있겠는가?

이제 이 아름다운 고지대 정원 국가에는 한 무리의 히스테리 상태 처녀들과 나이 지긋한 여자 노예들 외에는 문자 그대로 아무도 없었다.

그것이 약 2000년 전의 일이었다.

처음에는 다들 한동안 깊은 절망의 나락에 빠졌다. 그들과 오랜 적들 사이를 가로막고 치솟은 높은 산들은 탈출구 또한 막아 버렸다. 위로도 아래로도 밖으로도 나갈 길이 없으니, 그저 그 자리에 있는 수밖에 없었다. 죽어 버리자는 사람들도 나왔지만 대다수는 생각이 달랐다. 분명 대체로 씩씩했던지 사는 데까지 살아 보자고 결심했다. 젊은이라면 응당 그렇듯이 운명을 바꿀 만한 일이 생길 것이라는 희망도 버리지 않았다.

그래서 그들은 일을 시작해 죽은 사람들을 묻고 밭을 갈고 씨를 뿌리고 서로를 보살폈다.

죽은 사람들을 묻는다는 이야기가 나왔으니 생각난 김에 적어 두겠다. 이 나라에서는 목축을 중단한 것과 동일한 이유로 13세기경 화장 제도를 도입했다. 여분의 땅이 없었기 때문이다. 우리 나라에서는 여전히 매장한다는 이야기를 듣더니 그들은 몹시 놀라면서 그 이유를 물었고 우리 대답에 크게 실망했다. 우리는 육신이 부활한다고 믿는다고 했더니, 그들은 우리가 믿는 신은 오랫동안 부패한 육신은 부활시켜도 재는 부활시키지 못하느냐고 물었다. 사랑하는 사람들을 태우는 것에 사

* 잔혹한 복수를 다룬 셰익스피어의 비극.

람들이 저항감을 느낀다고 말했더니, 썩어 가도록 두는 것이 그보다 낫느냐고 물었다. 이 여자들은 정말이지 불편할 정도로 말과 생각에 조리가 있었다.

여하튼 이곳에 남게 된 초창기 여자들은 최대한 땅을 깨끗이 정리하고 생계를 꾸려 나가기 위한 작업에 착수했다. 남은 일부 여자 노예가 자기들이 아는 기술을 가르쳐 줘서 큰 도움을 주었다. 그들에게는 그 당시 남겨 둔 기록과 온갖 도구와 세간들, 아주 비옥한 땅이 있었다.

학살을 피해 목숨을 부지한 몇몇 젊은 부인들이 격변 이후에도 몇 명의 아기를 낳았다. 하지만 그중 사내아기는 둘뿐이었고 둘 다 죽고 말았다.

5년, 10년을 함께 일해 오면서 그들은 점점 더 강해지고 현명해졌고 서로 간에 정이 돈독해졌다. 그러던 어느 날 기적이 일어났다. 젊은 여자 하나가 아기를 낳은 것이다. 당연히 모두들 어딘가 남자가 있는 것이 분명하다고 생각했지만 아무리 찾아도 남자라고는 없었다. 그러자 그들은 이것은 신들이 직접 내린 선물이 분명하다고 결론짓고 이 자랑스러운 어머니를 모성의 여신 마이아의 신전에 모신 다음 엄중히 감시했다. 그곳에서 몇 년이 흐르는 사이 이 경이로운 여인은 출산을 계속한 끝에 총 다섯 명의 아기를 낳았다. 모두 여자아이였다.

나는 사회학과 사회심리학에 늘 깊은 관심을 가지고 있었기 때문에 이 고대 여인들이 처했던 진짜 상황을 최선을 다해 마음속에서 재구성해 보았다. 당시 이곳에는 500, 600명 정도의 여자가 있었는데, 다들 규방에서 자랐다. 하지만 지난 몇 세대 동안 초인적 투쟁의 분위기 속에서 자라 온 터라 기질이 다소 강인해졌던 것이 틀림없다. 그러다 보호자 없는 끔찍한 신

세가 되어 자기들끼리 남겨지게 되자, 똘똘 뭉쳐 서로를 보듬
고 어린아이들을 돌보며 새로운 시련 속에서 자신들도 모르던
힘을 키워 나가기 시작했다. 사랑하고 보살펴 줄 부모뿐만 아
니라 자기 아이를 가질 희망조차 잃어버린, 고통을 통해 단단
해지고 노동을 통해 강해진 이들에게 이제 새로운 희망의 서광
이 비쳤다.

마침내 여기에 어머니가 존재하게 된 것이다. 모든 사람에
게 일어난 일은 아니었지만, 이 힘을 이어받기만 한다면 이곳
에서 새로운 종족이 시작될 수도 있었다.

마이아의 다섯 딸들, 신전의 아이들, 미래의 어머니들—
그들은 사랑과 희망과 숭배에서 우러나온 모든 칭호를 그들에
게 갖다 붙였다—이 어떻게 자랐을지는 충분히 상상할 수 있
을 것이다. 여자들로만 이루어진 이 조그만 나라 전체가 이 아
이들을 사랑으로 품고 키우면서, 끝없는 희망과 그만큼이나 끝
없는 절망 사이를 오가며 과연 이 아이들도 어머니가 될지 지
켜보았다.

그랬다! 그들은 스물다섯 살이 되자마자 아이를 낳기 시
작했다. 어머니와 마찬가지로 그들도 각각 다섯 명의 딸을 낳
았다. 곧 스물다섯 명의 새로운 여자들, 독자적 어머니들이 생
겨났고, 온 나라에는 비탄과 담대한 체념 대신 자랑스러운 기
쁨이 흘러넘쳤다. 남자를 기억하는 늙은 여자들이 차례차례 죽
어서 사라지고 이곳에 남겨졌던 최초의 여자들 중 가장 어린아
이까지 죽었을 무렵에는 처녀 생식을 통해 아이를 낳는 155명
의 여자가 새로운 인종을 만들어 나가고 있었다.

그들은 사라져 가는 최초의 세대가 헌신적 보살핌을 통해
남겨 준 모든 것을 물려받았다. 이 조그만 나라는 아주 안전했
다. 농장과 정원은 모두 최대치로 식량을 생산했고, 남아 있는

산업도 잘 정비되어 있었다. 과거에 대한 기록은 잘 보존되었고, 나이 든 여자들은 수년에 걸쳐 자신들이 아는 기술과 지식 모두를 물려주기 위해 최선을 다해 자매와 어머니를 가르쳤다.

이것이 허랜드의 시작이었다! 한 어머니에게서 내려온 하나의 가족! 그 어머니는 125명의 증손녀가 태어나는 것을 지켜보며 모두의 여왕이자 사제, 어머니로 백 살까지 살다가 그 누구도 누려 보지 못했을 고귀한 긍지와 충만한 기쁨을 안고 죽었다. 혈혈단신 새로운 종족을 만들어 낸 것이다.

최초의 다섯 딸은 거룩한 고요, 경외심 가득한 기대, 마음 죄는 기도 속에서 성장했다. 그들에게 어머니가 되고 싶다는 간절한 바람은 개인적 기쁨일 뿐만 아니라 나라의 희망이었다. 그들이 낳은 스물다섯 명의 딸은 더 큰 희망과 더 넓고 풍성한 시야를 가지고 온 국민의 헌신적인 사랑과 보살핌 속에서 신성한 자매들로 성장했고, 위대한 임무를 수행할 날을 고대하면서 열정적인 청춘을 보냈다. 그리고 마침내 그들만 남겨지는 날이 왔다. 백발이 성성한 최초의 어머니가 세상을 떠나자, 다섯 명의 딸과 스물다섯 명의 사촌, 125명의 육촌으로 한 가족이 구성되어 새로운 종족이 시작되었다.

분명 이곳 여자들도 인간이지만, 우리가 잘 이해할 수 없었던 것은 여자에게서만 태어난 이 초(超)여인들이 어떻게 남성적 특질들—물론 우리는 그런 것들은 찾지도 않았다—뿐만 아니라 우리가 늘 여자의 본질이라 생각해 온 특성들을 없애 버렸는가 하는 점이었다.

남자를 후견인이자 보호자로 여기는 전통은 완전히 사라졌다. 이 건장한 여자들은 두려워할 남자가 없으니 보호받을 필요도 없었다. 또, 이 안전한 나라에는 맹수도 없었다.

물론 그들에게도 우리가 그토록 찬양하는 어머니의 본성, 즉 모성애가 있었고 최고치까지 끌어올려졌다. 자매애도 마찬가지였지만, 그들의 관계 속에서 이를 실제로 보면서도 도저히 믿기 힘들었다.

의심 많은 테리는 이 이야기를 믿으려 들지 않았고, 우리끼리 있을 때면 대놓고 비웃기까지 했다. "헤로도토스*만큼 고색창연한 데다 참으로 신뢰가 가는 전통이야!" 그는 말했다. "여자들 집단이 퍽도 그렇게 똘똘 뭉쳐 살았겠다! 알다시피 여자들이란 조직이 안 되는 사람이야. 서로 싸움질이나 해 대고 끔찍하게 시기하는 게 여자들이라고."

"하지만 이 새로운 여자들은 질투할 사람도 없었다고. 그걸 잊지 마." 제프가 느릿느릿 말했다.

"그거 그럴싸한 이야기네." 테리가 코웃음 쳤다.

"네가 더 그럴싸한 이야기를 만들어 보지그래?" 내가 물었다. "여기엔 정말로 여자들, 오로지 여자밖에 없어. 너도 이 나라에 남자의 흔적조차 없다는 건 인정하잖아." 그건 우리가 이 나라에 상당히 오래 머문 이후의 일이었다.

"그건 인정해." 테리가 불만스레 으르렁댔다. "그게 큰 잘못이라고. 남자들이 없으니 우선 재미가 없어. 진짜 스포츠도, 경쟁도 없잖아. 그뿐만 아니라 이 여자들은 여자답지가 않아. 너도 안 그렇다는 거 알잖아."

그런 식의 이야기는 늘 제프의 심기를 건드렸고, 나도 점차 제프의 편을 들게 되었다. "그럼 넌 유일한 관심사가 어머

---

* 인류 최초의 역사서 『역사』(B.C. 440)를 저술한 고대 그리스의 역사가(B.C. 484?-B.C. 425?).

니가 되는 데 있는 이 여자들을 여자답지 않다고 보는 거야?"
그가 물었다.

"그렇다마다." 테리가 응수했다. "아버지가 될 가능성이라
곤 손톱만큼도 없는 마당에 모성애 따위가 남자에게 무슨 쓸모
가 있어? 게다가 남자들끼리만 모여 앉아서 감정이니 뭐니 떠
드는 게 무슨 소용이야? 남자는 여자에게 '모성애' 말고도 훨
씬 더 많은 걸 바란다고!"

우리는 가능한 한 테리를 참아 주려고 애썼다. 그가 이렇
게 폭발한 시기는 '대령들' 사이에서 9개월을 살았을 무렵이었
다. 실패했던 탈출 소동을 제외하면 체육 시간 말고 재미있는
흥밋거리라고는 전혀 없었다. 넘치는 에너지를 분출할 사랑이
나 투쟁, 위험도 없이 그렇게 오랜 시간을 보낸 것은 처음이었
을 테니, 테리는 있는 대로 성질이 나 있었다. 제프나 나는 이
생활이 그렇게 따분하지 않았다. 나는 지적 호기심에 푹 빠져
서 갇힌 생활이 전혀 지겹지 않았고, 제프로 말하자면, 착한 그
녀석은 자기 담당 교사와 함께 있는 것을 아가씨와 함께 있는
것처럼 즐거워했다. 나로서는 모를 일이지만.

테리의 비난은 사실이었다. 모성이라는 본질적 특성이 문
화 전체의 주조를 이루고 있으면서도 이 여자들에게는 우리가
생각하는 '여성성'이 현저히 부족했다. 이에 나는 우리가 너무
나 좋아하는 '여성적 매력들'이 사실은 전혀 여성적인 것이 아
니라 남성성이 반영된 것뿐이라는 확신을 즉각 얻었다. 남자들
을 즐겁게 해 주기 위한 목적으로 발달되었을 뿐, 발달 과정에
서의 진정한 성취에는 전혀 필요하지 않은 특징들인 것이다.
하지만 테리의 생각은 전혀 달랐다.

"어디 나가기만 해 봐라!" 그는 중얼거렸다.

제프와 나 모두 테리에게 주의를 주었다. "이봐, 테리, 이 친구야! 조심 좀 해! 저 여자들이 우리한테 정말 잘 대해 주긴 했지만, 그때 그 마취제 잊지 않았지? 이 처녀들의 땅에서 무슨 나쁜 짓을 했다가는 저 노처녀 아줌마들에게서 복수를 당하게 될 거라고! 자, 기운을 내! 영원히 이러고 있지야 않겠지."

그럼 다시 역사 이야기로 돌아가자.

그들은 즉시 아이들을 위한 계획 설립과 시설 확충에 돌입했다. 다들 모든 힘과 지혜를 그 하나의 목적을 위해 바쳤다. 모든 아이는 자기의 최고 임무가 무엇인지 철저히 인식하며 자라났다. 그들은 이미 교육과 어머니가 아이들의 형성 과정에 얼마나 큰 영향을 미치는지 잘 알고 있었다.

그들은 굉장한 이상을 품고 있었다! 아름다움과 건강, 힘, 지성, 덕이 그들의 이상이었고, 이를 위해 기도하고 노력했다.

이 나라에는 적이 없었다. 모두가 자매이자 친구였다. 눈앞에는 아름다운 땅이 펼쳐져 있었고, 마음속에서는 멋진 미래가 그려지기 시작했다.

그들에게 남겨진 종교는 고대 그리스 신화 비슷해서 수많은 신과 여신이 있었지만, 전쟁과 약탈의 신들에게는 완전히 관심을 잃고 점차 모신(母神)에게 전적으로 집중했다. 그들이 지성을 더 갖추면서 이 종교는 일종의 모성 범신론으로 변화했다.

여기 열매를 맺는 어머니 대지가 있었다. 씨앗이든 달걀이든 그들의 수확물이든, 그들이 먹는 모든 것이 모성의 열매였다. 그들은 모성에 의해 태어나고 모성에 의해 살았다. 그들에게 삶은 그저 모성의 기다란 한 주기였다.

하지만 그들은 단지 반복하는 것만이 아니라 개선시켜 나갈 필요가 있다는 사실을 일찌감치 깨달았고, 그 문제, 즉 최고의 인간을 만드는 일에 모두의 지혜를 모았다. 처음에는 더 우수한 아기를 낳기를 바랐지만, 점차 그들은 아무리 서로 다르게 태어난다고 해도 진정한 성장은 나중에, 교육을 통해 이루어진다는 것을 깨달았다.

그때부터 일들이 바쁘게 돌아가기 시작했다.

이 여자들이 이룩한 업적의 진가를 알기 위해 더 많이 공부하면 할수록 우리 남자들이 성취한 것이 예전처럼 자랑스럽게 느껴지지 않았다.

이 나라에는 전쟁이 없었다. 왕도, 사제도, 귀족도 없었다. 이 여자들은 자매였고, 경쟁이 아니라 협력을 통해 함께 성장했다.

우리가 경쟁에 대해 좋게 말하려고 애쓰자 그들은 몹시 흥미를 보였다. 사실 진지하게 질문을 던지는 그들의 태도에 우리는 그들이 곧 우리 세상이 틀림없이 자신들 나라보다 낮다는 사실을 믿을 준비가 되어 있다고 생각했다. 그들은 아직 확신이 없어서 더 알고 싶어 했지만, 흔히 있을 법한 오만한 태도는 전혀 찾아볼 수 없었다.

우리는 경쟁의 이점에 대해 말하며 자랑을 늘어놓았다. 경쟁이 어떻게 능력을 개발시키는지, 경쟁이 없다면 "성실히 일하게 만들 자극제"가 없을 거라는 둥 떠들어 댔다. 테리는 특히 이 마지막 사항을 강조했다.

"성실히 일하게 만들 자극제라니요?" 그들은 이제 우리에게는 너무나 익숙해진 그 의아한 표정을 지으며 되풀이했다. "자극제? 성실히 일하게 만들기 위해서? 여러분은 일하는 걸 좋아하지 않아요?"

"일할 필요가 없으면 아무도 일하려 하지 않을걸요." 테리가 단언했다.

"아, 어떤 남자도 안 한다고요?* 그럼 그게 남녀 간의 차이점 중 하나란 말인가요?"

"그게 아니에요!" 그가 다급하게 말했다. "누구도, 그러니까 남자든 여자든 누구도 보상 없이는 일하지 않을 거란 말을 하는 겁니다. 경쟁이야말로… 노동의 원동력이죠."

"우린 그렇지 않아요." 그들이 상냥하게 설명했다. "그래서 이해하기가 어렵네요. 그러니까, 예를 들어서, 거기서는 경쟁이란 자극제가 없다면 어머니도 자식을 위해 일하지 않을 거란 말인가요?"

테리는 그런 뜻이 아니라고 시인했다. 어머니야 당연히 집에서 아이들을 위해 일하겠지만, 남자가 해야만 하는 세상일은 그와는 달라서 경쟁 요소가 필요하다고 말했다.

모든 교사가 굉장히 흥미 있어 했다.

"알고 싶은 게 너무 많아요. 여러분은 온 세상에 대해 들려줄 거리가 무궁무진한데, 우리는 이 조그만 나라밖에 모르니까요! 게다가 거기에는 서로 사랑하고 도울 두 개의 성이 있잖아요. 분명 풍요롭고 근사한 세계일 거예요. 말해 줘요. 여기에는 없고 남자가 한다는 그 세상일이란 게 뭐죠?"

"아, 전부 다죠." 테리가 젠체하며 말했다. "우리 나라에서

* '남자(man)'가 '인간'을 의미하는 영어의 관례적 용례임을 알 리 없는 허랜드의 여자들이 '아무도(no man)'라는 단어를 문자 그대로 '어떤 남자도(no MAN)'라는 의미로 이해해 테리를 당황하게 만드는 이 장면을 통해 길먼은 언어에 뿌리박힌 성차별적 요소를 유머러스하게 고발하고 있다.

는 남자가 모든 걸 합니다." 그는 넓은 어깨를 쫙 펴고 가슴을 내밀었다. "우리 나라에서는 여자가 일하게 두지 않아요. 여자는 사랑과 숭배와 존중을 받으며 가정에서 아이들을 돌봐요."

"'가정'이 뭔가요?" 소멜이 약간 생각에 잠긴 어조로 질문했다.

하지만 자바가 간절히 물었다. "이것부터 말해 줘요. 어떤 여자도 일을 하지 않나요, 정말로?"

"음, 있긴 합니다." 테리가 인정했다. "일부 여자는 일을 해야 해요. 가난한 여자들요."

"그런 여자가 당신들 나라에는 얼마나 되죠?"

"700, 800만 정도 될 겁니다." 제프가 언제나처럼 짓궂게 대답했다.

# 6장
# 불쾌한 비교

나는 당연히 늘 우리 나라를 자랑스럽게 생각했었다. 겸손하게 말한다 해도, 내가 아는 그 어떤 나라나 민족과 비교해도 미국이 최고로 보였다.

하지만 총명하고 정직하고 악의라고는 조금도 없는 아이가 초롱초롱한 눈으로 던진 순진한 질문들이 종종 사람의 자존감을 구겨 놓듯이, 이 여자들도 악의나 빈정거림이라고는 조금도 찾아볼 수 없는 태도로 우리가 기를 쓰고 피하고 싶은 토론거리들을 끊임없이 들고나왔다.

이제 우리 언어가 상당히 유창해진 데다 그들의 역사를 많이 읽고 우리 역사에 대해서도 대략 설명해 준 터라, 그들은 더 집요하게 질문을 던질 수 있었다.

그래서 제프가 '여성 임금노동자'의 숫자를 자백하자, 그들은 즉시 총인구와 그중 성인 여자의 비율에 대해 물었고 우리 나라 인구가 고작 2000만 명 정도밖에 되지 않는다는 것을 알아냈다.

"그럼 적어도 그 나라 여자의 3분의 1이 — 아까 뭐라고 했죠? — 임금노동자군요? 그런데 그 사람들이 다 가난하단 말이죠. 가난하다는 게 정확히 뭔가요?"

"가난 문제라면 우리 나라가 세계 최고죠." 테리가 말했다. "우리 나라에는 구세계에 있는 비참한 빈민이나 거지가 없거든요. 정말입니다. 유럽에서 온 사람들은 우리더러 가난이 뭔지도 모른다고 해요."

"우리도 그래요." 자바가 대답했다. "그러니 좀 설명해 줘요."

테리는 사회학자는 이 사람이라며 내게 그 문제를 떠넘겼다. 나는 자연법칙이 요구하는 생존 투쟁과 그 투쟁 속에서 벌어지는 적자생존에 대해 언급했다. 그러고는 경제적 투쟁에서도 적자가 정상에 도달할 기회가 가장 많으며, 특히 우리 나라에서는 아주 많은 사람이 그 기회를 누린다고 계속해서 설명했다. 또 극심한 경제 위기 상황에서는 당연히 최하층 계급이 가장 큰 타격을 받게 되며, 극빈 계층 중에서도 여자가 어쩔 수 없이 노동 시장으로 내몰리게 된다고 말했다.

그들은 여느 때와 마찬가지로 메모를 하며 열심히 귀를 기울였다.

"그렇다면 3분의 1 정도가 극빈 계층에 속하는군요." 모딘이 심각하게 말했다. "그리고 3분의 2가—아까 너무나 아름다운 말로 설명했었는데, 뭐라 그랬더라?—'사랑과 존중을 받으며 가정에서 아이들을 돌보는' 사람이고요. 이 하층 계급 3분의 1은 아이들이 없겠네요?"

제프—그는 그 여자들만큼이나 위험한 인물이 되어 가고 있었다—가 오히려 그 반대로 가난할수록 아이를 더 많이 낳는다고 엄숙하게 대답했다. 그러고는 이 또한 자연의 법칙이라고 설명했다. "생식은 개체화와 반비례하거든요."

"이 '자연법칙'이 당신들 나라에 있는 법의 전부인가요?" 자바가 온화하게 물었다.

"천만에요!" 테리가 항의했다. "우리 나라에는 수천 년도 전에 만들어져 내려오는 법체계가 있다고요. 물론 여기도 그렇겠지만." 그가 정중하게 말을 맺었다.

"아니, 그렇지 않아요." 모딘이 말했다. "우리 나라에는 100년이 넘는 법은 하나도 없고, 대부분 20년도 안 돼요. 이제 몇 주만 지나면," 그녀는 계속해서 이야기했다. "여러분에게 조그만 우리 나라를 보여 주면서 궁금해하는 모든 걸 설명해 드리죠. 여러분이 이곳 사람을 만나 봤으면 해요."

"이곳 사람도 정말로 여러분을 만나고 싶어 하고요." 소멜이 덧붙였다.

이 소식에 테리는 얼굴이 환하게 밝아지더니, 우리를 선생 삼아 다시 시작된 그들의 질문 공세에 기꺼이 대답했다. 정말이지 우리가 아는 것도 거의 없고 참고할 책도 없다는 점이 다행이었다. 그렇지 않았으면 우리 모두 아직도 거기서 그 열성적인 여자들에게 바깥세상에 대해 가르치고 있을지도 모른다.

지리학이라는 것은 산 너머에 거대한 바다가 있다는 예로부터 전해 내려오는 말과 자기들 눈으로도 볼 수 있는 저 아래 끝없이 펼쳐진 평원의 울창한 숲, 그게 다였다. 하지만 고대 상황—'대홍수 이전'이 아니라 그들을 완전히 고립시켜 버린 대지진 이전—에 대한 얼마 안 되는 기록 덕분에 다른 민족과 나라가 존재한다는 사실은 알고 있었다.

지질학에 대해서는 거의 무지했다.

인류학의 경우, 그들이 알고 있는 사실은 다른 민족의 존재에 대한 좀 전의 자투리 정보와 저 아래 어둑어둑한 숲속에 사는 종족들의 야만성 정도였다. 그럼에도 불구하고 그들은 우리가 다른 행성에 대해 추론하듯 다른 곳에도 문명이 존재하고 발달했으리라 예측하고 있었다. (그들의 추론과 연역 능력은 경이로울 정도로 예리했다!)

우리가 처음 정찰 비행에 나서 복엽 비행기를 타고 그들 머리 위에서 윙윙 날아다녔을 때 그들은 단박에 그 비행기를 '다른 어딘가'에 존재하는 고도 문명의 증거로 받아들였고, 우리가 화성에서 '유성을 타고' 온 방문객을 환영할 준비를 하듯 조심스럽고도 간절한 마음으로 우리를 맞이할 채비를 했다.

그들은 (자신들의 역사를 제외한) 역사에 대해서는 고대의 전설 말고 아무것도 아는 것이 없었다.

천문학에 대해서는 꽤 많은 실용적 지식을 가지고 있었다. 이는 매우 오래된 과학이었고, 그와 더불어 수학에서도 놀라울 정도로 광범위한 지식과 재주를 갖추고 있었다.

생리학은 상당히 잘 알았다. 사실 탐구 대상이 가까이 있고 머리만 쓰면 되는 좀 더 간단하고 구체적인 과학 분야의 경우 그들은 놀라운 성과를 이루어 냈다. 과학이 예술과 만나거나 산업과 합쳐지는 혼종 분야들과 더불어 화학, 식물학, 물리학에 대해서는 모르는 것이 없을 정도여서 그에 비하면 우리는 초등학생이 된 기분이었다.

그 나라를 자유롭게 돌아다닐 수 있게 되자마자, 그리고 더 공부하고 질문해 본 결과, 우리는 이 나라 사람들은 한 사람이 아는 것은 다른 모든 사람도 상당 수준까지 알고 있다는 사실을 발견했다.

나중에 도시 여자들뿐만 아니라 이 나라에서 가장 고지대에 위치한 전나무 울창한 계곡에 사는 산골 소녀들부터 햇볕에 그을려 가무잡잡한 평야 지대 여자들과 날렵한 산림 관리인에 이르기까지 온 나라 사람과 이야기를 나누어 보았는데, 어디에

사는 사람이건 지적 수준은 똑같이 높았다. 물론 이곳 사람도 전문화되어서 한 분야에 대해 다른 사람보다 훨씬 더 많이 아는 사람도 존재하지만, 우리 나라와 비교했을 때 모든 사람이 모든 분야—그러니까 이 나라에서 알고 있는 모든 분야—에 대해 더 많은 지식을 가지고 있었다.

우리는 '전반적으로 높은 지식 수준'과 '의무 교육'을 자랑하지만, 이들이 가진 기회를 고려하면 이곳 사람의 교육 수준이 우리보다 훨씬 높았다.

우리의 설명과 나름 최선을 다해 그린 그림과 모형을 바탕으로 그들은 바깥세상에 대한 대체적인 개요를 세워 놓고 배워 나가면서 세부 사항을 채웠다.

그들은 커다란 지구본을 만든 다음, 내가 가지고 있던 귀중한 연감을 참조하여 지도들을 임시로 대충 표시했다.

배우러 온 여자들은 무리 지어 앉아 열심히 제프의 말에 귀를 기울였고, 제프는 지구의 지질학적 역사를 대략 설명한 다음 다른 나라들 사이에서 이 나라가 차지하는 위치를 보여 주었다. 그들은 내 포켓용 참고서에서 나온 사실과 수치를 이용해 상대적 위치를 아주 정확하게 파악해 냈다.

테리마저 이 일에 흥미를 두기 시작했다. "계속 이렇게 하다 보면 오만 여학교와 대학교에서 강연을 하게 해 줄 거야. 어때?" 그는 우리에게 넌지시 말했다. "그런 청중 앞에서 권위자가 되는 건 거부하고 싶지 않은걸."

실제로 나중에 대중 강연을 부탁받긴 했지만, 우리가 기대했던 청중을 대상으로 하는 강연도, 예상했던 목적의 강연도 아니었다.

그들이 우리를 데리고 한 일은, 뭐랄까, 마치 나폴레옹이 무지몽매한 농부 몇 명에게서 군사 정보를 캐내는 것 같았다. 그들은 무슨 질문을 해야 하며, 거기서 얻은 정보를 어떻게 사용해야 하는지 잘 알았다. 우리 나라에 거의 필적하는 정보 전달 장치가 있어서 우리가 강연장에 들어갔을 때는, 우리가 담당 교사들에게 말했던 내용들이 잘 정리된 요약본을 이미 철저히 숙지한 데다가 대학교수들마저 겁먹을 정도의 메모와 질문을 준비한 청중이 와 있었다.

청중은 젊은 아가씨들도 아니었다. 젊은 여자들과의 만남이 허락된 것은 좀 더 시간이 지난 뒤의 일이었다.

"우릴 어떻게 할 작정인지 이야기 좀 해 주면 안 됩니까?"

어느 날 테리가 차분하고 친절한 모딘에게 그 특유의 으름장을 놓으며 성질을 부렸다. 처음에 그는 걸핏하면 버럭거리며 사납게 날뛰었지만, 그들에게는 그것이 세상에서 제일 재미있는 일이라도 되는 듯했다. 그럴 때면 그들은 그를 둘러싸고 마치 전시회라도 보는 것처럼 정중하지만 흥미진진하게 지켜보곤 했다. 그래서 테리도 성질을 죽이고 분별 있게 행동하기는 했으나, 완전히 새사람이 된 것은 아니었다.

그녀가 부드럽고 차분하게 알렸다. "해 드리고말고요. 다잘 아는 줄 알았는데. 여러분에게서 최대한 많은 걸 배우려 애쓰고, 여러분이 우리 나라에 대해 알고 싶은 만큼 가르쳐 드리고 있는 중이죠."

"그게 다라고요?" 그가 우겼다.

그녀가 수수께끼 같은 미소를 지었다. "상황에 따라서요."

"어떤 상황요?"

"대체로 여러분에게 달려 있어요." 그녀가 대답했다.

"왜 우리를 이렇게 갑갑하게 가둬 두는 겁니까?"

"젊은 여자가 많은 곳에 여러분을 마음대로 돌아다니게 하는 게 안전하지 않은 것 같아서요."

테리는 그 말을 듣고 정말 좋아했다. 내심 그도 그런 생각을 하고 있었기 때문이다. 그래도 그는 그 질문을 더 밀어붙였다. "두려워할 게 뭐 있습니까? 우린 신사라고요."

그녀가 다시 살짝 미소 지으며 물었다. "'신사'는 늘 안전한 건가요?"

"정말로 우리가 여기 아가씨들을 해칠 거라 생각하시는 건 아니죠?" 그는 '우리'를 한껏 강조하며 말했다.

"아, 그게 아니에요." 그녀가 깜짝 놀라며 황급히 대답했다. "그 반대를 말하는 거예요. 이곳 사람이 여러분을 해칠까 봐서요. 혹시라도 여러분이 누군가를 다치게 한다면 100만 명의 어머니와 맞서야 할 테니까요."

테리가 어찌나 놀라고 분개하는지 제프와 나는 그만 웃음을 터뜨리고 말았지만, 그녀는 계속해서 상냥한 어조로 이야기했다.

"아직 잘 이해를 못 하시는 것 같네요. 모든 사람이 어머니이거나 어머니가 될 이곳에서 여러분은 그저 남자 셋에 불과해요. 우리에게 어머니가 된다는 건 굉장한 의미를 갖고 있어요. 그런 의미는 여러분이 설명해 준 그 어떤 나라에서도 찾을 수 없더군요. 전에," 그녀가 제프를 바라보며 말했다. "여러분은 형제애를 굉장히 중요하게 생각한다고 말했는데, 제가 보기에는 그것도 실제적인 표현과는 거리가 멀던데요?"

제프가 안타깝다는 듯이 고개를 끄덕였다. "아주 멀죠⋯." 그가 말했다.

"우리가 가진 모성애는 완전히 실질적으로 사용되고 있어요." 그녀가 계속해서 말했다. "이 나라의 기원을 이루는 자매애와 사회 발전을 위한 더 고귀하고 깊은 화합을 제외하면 오로지 모성애뿐이죠.

우리 모든 생각의 중심이자 초점에는 우리 아이들이 있어요. 우리가 이루어 나가는 발전의 모든 단계에서 아이들에게, 그리고 우리 민족에게 미칠 영향을 고려해요. 우린 어머니니까요." 그녀는 마치 그것이 모든 것을 설명해 준다는 듯이 되풀이해서 언급했다.

"그 사실이, 여자라면 다 공통적으로 가지고 있게 마련인 모성애가 왜 우리한테 위험이 된다는 건지 이해가 가지 않는군요." 테리가 고집스레 말했다. "어머니들이라면 공격으로부터 아이들을 보호할 거라는 말이잖아요. 그야 당연하죠. 어떤 어머니라도 다 그럴 겁니다. 하지만 우린 야만인들이 아니라고요. 어떤 어머니의 아이도 다치게 하는 일은 없을 겁니다."

그들은 서로서로 쳐다보며 살짝 고개를 저었지만, 자바는 제프를 돌아보며 우리가 납득할 수 있도록 좀 도와 달라고 부탁했다. 제프가 우리보다 더 잘 이해하는 것처럼 보인다는 것이다. 그래서 제프가 나섰다.

이제는 나도 안다. 아니, 적어도 그때보다는 많이 이해한다. 하지만 그러기까지 오랜 시간과 성실한 지적 노력이 필요했다.

그들이 말한 모성애란 이런 것이었다.

태초에 이곳은 고대 이집트나 그리스처럼 고도로 발달한 사회였다. 그러다 한순간 남성적인 모든 것을 잃게 되었고, 처음에는 인간의 모든 능력과 안전도 다 사라졌다고 생각했다. 그러던 어느 날 이 처녀 생식 능력이 생겨났다. 아이들의 번영이 여기에 달려 있었기 때문에 그때부터 대대적이고도 섬세한 협동이 시작되었다.

누가 봐도 명백한 이 여자들의 단결력을 테리는 아주 오랫동안 인정하지 못하고 난감해했다. "그건 불가능해!" 그는 우기곤 했다. "여자는 협동할 수가 없어. 천성이 그렇다고."

우리가 분명한 사실을 들이밀면 그는 "헛소리!" 또는 "사실 같은 소리 하고 있네. 장담하지만 그건 불가능해!"라며 응수하곤 했다. 제프가 막시류를 끌어들이고서야 우리는 겨우 테리의 입을 다물게 만들 수 있었다.

"'게으른 자여, 개미에게 가서'* 좀 배워라." 제프가 의기양양하게 말했다. "개미는 협동 정신이 끝내준다고. 넌 절대 못 이겨. 이 나라는 딱 거대한 개미집 같은 곳이야. 너도 알다시피 개미집이란 건 그냥 전체가 육아실이야. 벌은 또 어떻고? 벌도 서로 협동하고 사랑하잖아?

새들이 봄을 사랑하거나
벌들이 세심한 왕을 사랑하듯이

그 대단한 컨스터블**의 시구처럼 말이지. 새건 곤충이건 짐승이건 수컷끼리 모여서 이렇게 잘 협동하는 생물이 있으면 어디 말해 봐. 아니면 우리 세계의 남성적인 나라들 가운데 여기처럼 협동이 잘되는 나라라거나! 내가 보기에 협동 정신을 타고난 사람들은 여자야, 남자가 아니라!"

* 『구약성서』 잠언 6장 6절.
** 16세기 영국 시인 헨리 컨스터블(1562-1613).

테리는 원치 않는 많은 것을 배워야만 했다. 그럼 다시 이곳에서 일어난 일에 대한 이야기로 돌아가 내 나름의 분석을 말해 보겠다.

그들은 아이들을 위해 긴밀한 상호 협조 체제를 마련했다. 물론 최고의 성과를 내기 위해서는 전문화를 해야 했다. 아이들에게는 어머니뿐만 아니라 방적공과 직조공, 농부, 정원사, 목수, 석수도 필요했다.

그러다 국토 과밀 문제가 생겨났다. 30년마다 인구가 다섯 배로 증가하다 보면 나라는 금세 한계에 다다르게 된다. 이렇게 조그만 나라는 특히 더하다. 그들은 방목하던 소들을 재빨리 없앴고, 그 와중에 마지막까지 남은 가축은 아마 양들이었을 듯하다. 또한 세상 그 어느 곳보다 뛰어난 집약적 농업 체계를 구축해, 온 숲의 나무를 과실수와 견과수로 대체했다.

하지만 아무리 애를 써도 그들은 이내 심각한 '인구 압박' 문제에 직면하고야 말았다. 사람들이 진짜로 넘쳐나게 되자 그와 함께 어쩔 수 없이 삶의 질도 저하되었다.

이 여자들은 그 상황에 어떻게 대처했을까?

그들의 선택은 상스러운 인간이 서로를 이기기 위해 끊임없이 몸부림쳐 대는 '생존 투쟁'이 아니었다. 그 경우 소수는 일시적으로나마 꼭대기에 올라가도 다수는 끝없이 짓밟혀 희망조차 없는 타락한 하층 빈민이 된다. 그 누구도 고요와 평화를 누리지 못하며 정말로 고귀한 자질을 갖춘 사람은 좀처럼 찾기 힘든 세상이 되어 버리는 것이다.

그렇다고 고생하는 자국민을 건사하겠답시고 다른 사람의 땅이나 음식을 빼앗으려는 약탈 전쟁을 벌이지도 않았다.

천만에. 그들은 함께 회의해서 방안을 강구해 냈다. 정말로 명석하고 논리적이었다. 그들은 말했다. "최선을 다한다면 지금 정도의 인구는 우리가 원하는 수준의 평화, 안정, 건강, 아름다움, 발전을 지켜 나가면서 살 수 있을 거야. 좋아. 딱 그만큼의 사람만 만드는 거야."

바로 그것이다. 그들은 자기 의지와는 상관없이 무력하게 아이를 주렁주렁 낳아 온 나라를 가득 채우고는 그 아이들이 서로 끔찍하게 싸우면서 고통받고 죄짓고 죽어 가는 모습이나 바라보는, 우리가 생각하는 그런 어머니가 아니라 의식적으로 사람을 만들어 내는 어머니였다. 그들에게 모성애는 짐승처럼 맹목적인 열정이나 단순한 '본능', 완전히 개인적인 감정이 아니었다. 그것은 종교였다.

우리가 몹시 이해하기 힘들었던 그 무한한 자매애, 광대한 단결력도 모성애의 일부였다. 그것은 국가적이고 인종적이며 인간적인… 아, 어떻게 말해야 할지조차 모르겠다.

우리는 소위 '어머니'란 사람이 분홍 포대기에 싸인 귀여운 자기 아기에게만 푹 빠져 모든 아이의 공통의 필요는 고사하고 다른 사람 아이에 대해서는 조금치의 관심도 기울이지 않는 모습에 익숙하다. 하지만 이 여자들은 가장 위대한 과업—사람들을 만드는 일—을 함께 수행하고, 그 일을 아주 훌륭하게 해냈다.

그 뒤 한동안은 '부정적 우생학'*의 시대가 이어졌다. 그것은 아주 끔찍한 희생이었음이 틀림없다. 흔히 우리는 나라를 위해 기꺼이 '목숨을 바치겠다'고 하지만, 그들은 나라를 위해

---

* 열등한 형질이 유전되지 않도록 거세, 결혼 제한 등의 방식으로 출산을 억제하는 것을 말한다.

어머니가 되는 것을 포기해야만 했다. 그것이야말로 그들에게는 세상에서 둘도 없이 힘든 일이었다.

독서를 통해 이 정도 파악한 뒤 나는 더 많은 것을 알고 싶어서 소멜을 찾아갔다. 그때쯤 우리는 우정이 돈독해져 있었다. 내 평생 어떤 여자와도 그렇게 친해져 본 적은 없었다. 소멜은 몹시 편안한 사람으로, 남자가 여자에게서 바라는 상냥하고 부드러운 어머니 같은 느낌을 주면서도 내가 남성적 자질이라고 여겼던 명징한 지성과 믿음직함을 갖추고 있었다. 우리는 이미 수많은 이야기를 함께 나누었다.

"여기 보면," 내가 말했다. "인구가 너무 늘어서 인구를 제한하기로 결정한 무시무시한 시기가 있었잖아요. 우리끼리 이 일에 대해 많이 이야기해 봤는데, 여러분 입장은 굉장히 다른 것 같아서 그걸 좀 더 알고 싶어요.

어머니가 되는 것을 최고의 사회봉사이자 진정한 성사(聖事)로 만들어 대부분의 사람들에게 딱 한 번의 기회만 줬다는 부분은 이해가 돼요. 건강하지 않은 사람은 그조차 허용되지 않으며 아이를 하나 이상 낳으라고 장려하는 것은 국가에서 줄 수 있는 최고의 보상이자 영예이고요."

(이 부분에서 소멜은 이곳에서 귀족에 가장 가까운 지위는 너무나 큰 존경을 받았던 '높으신 어머니들'의 후손에게 주어진다고 설명을 덧붙였다.)

"하지만 잘 이해가 안 되는 점은 출산을 어떻게 막았느냐는 겁니다. 모든 여자가 각각 다섯 명씩 낳았잖아요. 그걸 막을 포악한 남편이 있는 것도 아니고, 태아를 죽이는 일 같은 건 분명 하지 않을 텐데…."

그 순간 소멜이 지은 끔찍하게 경악스러운 표정을 나는 결코 잊을 수 없을 것이다. 그녀는 얼굴이 하얗게 질린 채 이글거리는 눈빛을 하고 자리에서 벌떡 일어났다.

"태아를 죽이다니!" 그녀가 소리 낮춰 속삭였다. "당신 나라에서는 남자들이 그런 짓을 해요?"

"남자들이라니요!" 나는 다소 격앙된 어조로 대답하기 시작했지만, 순간 내 앞에 커다란 심연이 자리하고 있다는 것을 깨달았다. 우리 입으로 그토록 의기양양하게 자랑했던 우리 나라 여자들을 이 여자들이 어떤 식으로든 자기들보다 못하다고 생각하게 하는 것은 우리 모두 원하지 않는 바였다. 부끄럽지만 나는 대충 얼버무렸다. 타락하거나 미쳐 버린 흉악한 여자들이 영아를 살해한 경우가 왕왕 있었다고 말이다. 그리고 우리 나라에 비판할 점이 많은 것은 사실이지만, 그들이 우리와 우리 나라 상황을 더 잘 이해할 때까지 단점에 대해서는 자세히 이야기하고 싶지 않다고 했다.

나는 한참 엉뚱한 소리를 늘어놓다가 인구 제한 방법에 대한 질문으로 허둥지둥 다시 돌아왔다.

소멜은 너무 대놓고 경악스러워한 것을 미안해했고, 심지어 약간 창피해하기까지 했다. 그들에 대해 더 잘 알게 된 지금에 와서 돌이켜 보면, 참을 수 없을 정도로 혐오스러웠을 이야기와 자백을 한결같이 고상하고 정중한 태도로 들어 준 사실이 점점 더 놀랍기만 하다.

소멜의 진지하고 상냥한 설명에 따르면, 내가 생각한 대로 처음에는 모든 여자가 다섯 명의 아이를 낳았는데 나라를 건설하기 위한 간절한 바람으로 수 세기를 그렇게 보냈더니 결국 인구 제한을 하지 않으면 안 될 절박한 상황에 직면했다. 그 사실은 누가 봐도 명백했고, 모두가 그 문제에 하나같이 관심을 쏟았다.

이제 그 경이로운 능력을 얻기 위해 노심초사했던 만큼이나 그 능력을 억제하고 싶은 마음이 간절해졌다. 그들은 세대에 세대를 거듭하며 이 문제를 진지하게 고민하고 연구했다.

"이 문제를 해결하기 전까지는 식량 배급제를 실시했어요." 그녀는 말했다. "하지만 결국 해결해 냈죠. 아이를 갖기 전에 극도로 들뜨는 시기가 찾아와요. 그때는 존재 전체가 고양되면서 아이를 바라는 강렬한 열망으로 가득 차는데, 우린 그 시기를 아주 신중하게 기다리는 법을 배웠어요. 아직 어머니가 되지 않은 젊은 여자들은 종종 자진해서 그 시기를 미루곤 했고요. 마음 저 깊은 곳에서 아이에 대한 열망이 느껴지기 시작하면 머리와 몸을 있는 대로 써야 하는 일에 일부러 매진하는 거예요. 보다 중요한, 이미 태어난 아이들을 직접 돌보고 봉사하면서 그 열망을 달래곤 했죠."

그녀는 잠시 말을 멈추었다. 그녀의 현명하고 상냥한 얼굴에 깊고 경건한 애정이 흘러넘쳤다.

"우린 곧 모성애를 표출할 통로가 하나만이 아니라는 사실을 깨달았어요. 우리 아이들이 모두에게 이렇게 전적으로 사랑받는 건 누구도 원하는 만큼 아이를 갖지 못하기 때문인 것 같아요."

그 점이 너무나 애처롭게 느껴져서 나는 이렇게 말했다. "우리 나라에도 살면서 괴롭고 어려운 일이 많지만, 이건 정말 뭐라 말할 수 없이 안됐군요. 아이에 굶주린 어머니들로 가득 찬 나라라니!"

하지만 그녀는 예의 그 만족스러운 미소를 지으며 그것은 오해라고 말했다.

"우린 각자 어느 정도의 개인적 행복은 희생하며 살아요. 중요한 건 우리에게는 사랑하고 돌볼 아이들이 100만 명이나 있다는 사실이에요. 우리 아이들요."

많은 여자가 다 '우리 아이들'이라는 소리를 하는데, 그것은 정말 도무지 이해가 되지 않았다. 하지만 개미와 벌 들이라면 그런 식으로 말하지 않을까 싶기는 하다. 아마 진짜로 그렇게 말할 것이다.

어쨌든 그것이 이 여자들이 한 일이었다.

어머니가 되기를 선택한 여자는 아이에 대한 열망이 마음속에 자라도록 내버려 두고 그러면 마침내 자연스럽게 기적이 일어난다. 아이를 갖지 않기로 했을 때는 그 생각을 머릿속에서 지워 버리고 다른 아기들을 돌보는 데 모든 애정을 쏟는다.

어디 보자, 우리 나라에서는 아이들―그러니까 미성년자들―이 인구의 5분의 3을 차지하고 있는데 여기는 3분의 1 혹은 그 이하에 불과하다. 게다가 모든 아이가 똑같이 소중하다! 제왕의 유일한 후계자, 백만장자의 외동 아기, 중년 부부의 외동아이도 허랜드 아이들이 받는 숭배는 절대 경험하지 못할 것이다.

하지만 그 이야기를 하기 전 아까 하려고 했던 분석부터 먼저 마쳐야겠다.

그들은 영원히 효과적으로 인구수를 제한했고, 그 결과 충만하고 풍요로운 삶에 필요한 것을 모든 사람이 마음껏 누리게 되었다. 공간, 공기, 심지어 혼자 있을 수 있는 곳까지 모든 것이 풍부했다.

인구를 양적으로 제한했으니 이제 그들은 인구의 질을 향상시키는 작업에 착수했고 지난 1500여 년 동안 쉼 없이 노력해 왔다. 그러니 이곳 사람들이 어떻게 훌륭하지 않을 수 있겠는가?

생리학, 위생학, 위생 시설, 체육 등의 분야는 이미 오래전에 완벽한 수준에 도달했다. 질병은 완전히 자취를 감추다시피해서, 소위 '의학'은 과거에는 고도로 발달했지만 지금은 사실상 사라진 기술이 되었다. 이곳 사람들은 언제나 완벽한 환경속에서 최고의 보살핌을 받으며 깨끗하게 자라 활력이 넘쳤다.

심리학 이야기를 하자면, 이 분야에 대한 그들의 실제적지식—과 실천—처럼 우리를 놀랍게 하고 감탄하게 한 것은 없었다. 이곳 심리학에 대해 알면 알수록, 다른 종족에다 미지의 이성(異性)인 낯선 우리를 처음부터 이해하고 배려했던 그들의 절묘한 능력에 더욱더 경탄하게 되었다.

그들은 이처럼 넓고 깊고 철저한 지식을 가지고 교육 문제에 대처하고 해결했다. 그 방법에 대해서는 나중에 확실하게 설명할 기회가 있기를 바란다. 온 국민의 사랑을 받는 이곳 아이들이 완벽하게 가꿔져 화려하게 피어난 장미라면 우리 나라 보통 아이들은 들판에 굴러다니는 회전초나 다름없다. 그럼에도 그들은 전혀 '가꿔진' 것처럼 보이지 않았다. 모든 것이 타고난 것처럼 자연스럽게 체화되었기 때문이다.

지력과 의지, 공동체에 대한 애정을 꾸준히 키워 온 이들은 수 세기 동안—그들이 아는 한—인문학에도 손을 대어 이제는 굉장한 성취를 이룩한 상태였다.

이처럼 현명하고 친절하며 강인한 여인들이 살고 있는 고요하고 아름다운 나라에 근거 없는 우월감에 가득 찬 우리가 느닷없이 나타났던 것이다. 이제 그들은 우리가 충분히 길이 들고 훈련이 되어 안전하다고 판단했고, 드디어 우리는 이 나라를 둘러보고 사람들을 만나 볼 수 있게 되었다.

# 7장
# 겸손해져 가는 우리

이제 안심하고 가위를 줘도 될 정도로 충분히 길이 들고 훈련이 되었다고 생각했는지 그들이 가위를 내주었고, 우리는 최선을 다해 이발을 했다. 수염을 바싹 깎아 정리하니 긴 것보다는 확실히 한결 편안했다. 면도칼은 있지도 않으니 당연히 줄 수도 없었다.

"늙은 여자가 이렇게 많으니 면도칼이 있을 법도 한데." 테리가 비웃었다. 이에 제프가 얼굴 털이 이 정도로 전혀 없는 여자들은 처음 본다고 지적했다.

"마치 남자들이 없으니 그 점에서는 더 여자다워지기라도 한 것 같아." 그가 말했다.

"뭐, 그렇다면 딱 그거 하나뿐이야." 테리가 마지못해 동의했다. "이렇게 여자답지 못한 여자들은 처음 본다고. 아이 하나 낳는다고 해서 소위 어머니다운 상냥함이 길러지는 건 아닌가 봐."

테리가 생각하는 어머니다움이란 아기를 품에 안거나 '슬하에 아이들을 거느린' 채 온통 그 아기나 아이 생각만 하고 있는, 그런 통상적인 개념이었다. 사회를 지배하고 모든 기술과 산업에 영향을 미치며 모든 아이를 절대적으로 보호하고 가장 완벽하게 보살피고 교육하는 개념으로서의 모성은 테리에게 어머니답게 느껴지지 않는 것 같았다.

우리는 이곳 옷에 아주 익숙해졌다. 이 옷들은 우리 옷만큼이나—어떤 면에서는 더—편안했고 모양새는 부정할 수 없이 한결 나았다. 주머니들도 완벽했다. 두 번째로 입는 중간 옷은 주머니로 누벼져 있다시피 했는데, 아주 절묘한 위치에 달려 손은 닿기 편하면서 몸을 불편하게 하지는 않았다. 주머니들의 위치 때문에 옷은 더 튼튼해졌고 바느질로 장식적 효과까지 더해졌다.

이제껏 봐 온 다른 많은 것과 마찬가지로 여기에도 해로운 영향을 전혀 받지 않으면서 높은 예술성과 실용적 지성을 함께 발휘하는 그들의 솜씨가 잘 드러났다.

우리에게 주어진 상대적 자유를 누리는 첫 단계는 안내자와 함께 이 나라를 둘러보는 것이었다. 우리를 둘러싸고 있던 다섯 명의 감시인은 이제 없었다! 담당 교사들만 우리와 동행했고, 우리는 그들과 아주 사이가 좋았다. 제프는 자바를 숙모처럼 따랐고, 혹여 차이점이 있다면 "그 어떤 숙모보다 더 유쾌하다"는 점이라고 했다. 소멜과 나도 둘도 없는 단짝, 최고의 친구였지만, 테리와 모딘은 보고 있으면 웃겼다. 모딘은 인내심을 발휘하며 테리를 정중하게 대했지만, 그것은 어떤 높은 사람, 예를 들어 노련하고 경험 많은 외교관이 어린 여학생에게 보여 주는 인내심과 예의 같았다. 테리가 터무니없이 성질을 부려도 진중하게 넘기고 상냥하게 웃어 주는—때로는 비웃는 것 같은 느낌이 들 때도 있지만 그때조차 완벽하게 정중한—모딘이나, 모딘이 순수하게 던진 질문을 덥석 물고는 거의 어김없이 의도치 않은 쓸데없는 소리까지 늘어놓는 테리가 제프와 내게는 참으로 흥미진진한 구경거리였다.

테리는 그 차분함 뒤에 우월함이 자리한다는 사실을 깨닫지 못하는 듯했다. 모딘이 논쟁을 그만두면 테리는 언제나 자기가 그 입을 다물게 만들었다고 생각했고, 그녀가 웃으면 다 자기 재치 덕분이라고 여겼다.

스스로도 인정하기 싫었지만, 테리에 대한 나의 평가는 한없이 추락했다. 제프도 같은 심정임이 분명했지만, 서로 터놓고 이야기하지는 않았다. 우리 나라에 있을 때는 테리를 다른 남자들과 비교해 평가했었고, 그의 단점을 알기는 해도 테리는 절대 유별난 유형이 아니었다. 장점도 파악하고 있었고, 그 장점들이 늘 단점들보다 돋보였다. 여자들—우리 나라의 여자들 말이다—사이에서 테리는 늘 높은 평가를 받았고, 단연코 인기가 좋았다. 그의 습성을 아는 사람들조차 그를 배척하지 않았다. 어떨 때는 '유쾌함'이라는 교묘한 말로 포장된 그의 명성이 특별한 매력이라도 된 것 같았다.

하지만 비교 대상이라고는 행복한 제프와 평범한 나밖에 없는 이곳, 고요한 지혜와 차분하게 절제된 유머 감각을 갖춘 이 여자들 사이에서 테리는 튀는 존재였다.

'남자들 사이의 남자'로는 튀지 않았다. (이렇게 말할 수밖에 없는데) '여성들'* 사이의 남자로도 튀지 않았다. 테리의 강렬한 남성성이 오히려 그 여자들의 강렬한 여성성을 잘 보완해 주는 것 같았다. 하지만 테리는 이 세계와는 전혀 조화를 이루지 못했다.

모딘은 체격이 크고 균형 잡힌 힘을 가졌지만 그 힘을 드

---

* 여기서 밴이 여자를 칭하는 단어 'females'는 성별(sex)에만 초점을 맞추는 다소 부정적 뉘앙스를 담고 있다. 우리말의 '여자'와 '여성'으로는 그 함축적 의미 차이를 전달하기 어렵지만, 적절한 뉘앙스의 단어가 없는 터라 한자로 성(性)이 포함된 여성으로 옮겼다.

러내는 일이 좀처럼 없었고, 검객처럼 방심하지 않는 고요한
눈을 가졌다. 모딘은 자기가 담당한 테리와 좋은 관계를 유지
했는데, 내가 보기에는 아무리 이 나라라 해도 모딘처럼 그 일
을 잘해 낼 사람은 많지 않을 것 같다.

우리끼리 있을 때면 테리는 그녀를 '모드'라고 부르면서
"사람은 좋지만 약간 둔하다"고 했지만, 완전한 오판이었다.
말할 필요도 없이 그는 제프의 담당 교사는 '자바'라고 불렀고,
때로는 '모카'나 그냥 '커피'라고도 불렀다. 특별히 심술기가
발동하는 날이면 '치커리'나 '포스텀'이라고도 했다.* 억지스
럽게 '섬엘'**이라고 불리는 것만 제외하면, 소멜은 그래도 이
런 식의 농담을 피해 가는 편이었다.

"여러분은 이름이 하나밖에 없습니까?" 어느 날 테리가
물었다. 한 무리의 여자들을 새로 만난 날이었는데, 다들 우리
가 알고 있는 것처럼 듣기 좋고 짧은 음절의 이상한 이름을 가
지고 있었다.

"아, 그건 아니에요." 모딘이 말했다. "살아가면서 이름을
하나 더 가지게 되는 사람이 아주 많아요. 자신을 묘사해 주는
이름요. 그건 자기가 얻는 이름이죠. 특히 의미 있는 삶을 사는
사람들의 경우는 때로 그 이름이 바뀌거나 더해지기도 해요.
지금 우리 '대지의 어머니'처럼 말이죠. 여러분 나라에서는 왕
이나 대통령이라고 부르는 분이에요. 그분은 어릴 때도 메라라
고 불렸어요. '생각하는 사람'이라는 뜻이죠. 나중에는 두가 더

---

* 자바, 모카는 모두 커피 종류이고, 치커리의 뿌리는 커피 대용으로 사
용된다. 포스텀은 포스트가 1895년 커피의 건강한 대용 식품으로 개발
한 곡물 음료이다.
** Some'el은 Some hell을 줄인 말로 완전히 지옥 같다는 의미이다.

해져서 현명한 생각을 하는 사람이라는 뜻의 '두-메라', 지금은 다들 '오-두-메라' 즉 위대하고 현명한 생각을 하는 사람이라고 불러요. 여러분도 나중에 만나 보실 수 있을 거예요."

"그럼 성은 없는 겁니까?" 테리는 약간 깔보는 태도로 계속 물었다. "가족의 성은 없어요?"

"네, 없어요." 그녀가 말했다. "왜 굳이 성을 가져야 하죠? 우린 모두 같은 근원에서 내려와서 사실 한 '가족'인데요. 아시다시피 역사가 상대적으로 짧고 제한되어서 적어도 그런 이점이 있어요."

"그래도 어머니들은 자기 아이에게 자신의 이름을 붙여 주고 싶어 하지 않을까요?" 내가 물었다.

"아뇨. 왜 그러겠어요? 아이에게는 자기만의 이름이 있는데."

"신원 확인을 위해서죠. 그래야 사람들이 누구 아이인지 알 수 있잖아요."

"우린 아주 자세한 기록을 남기고 있어요." 소멜이 말했다. "소중한 최초의 어머니로부터 누구를 거쳐 내려왔는지 모두들 자기의 정확한 계보를 알 수 있어요. 그렇게 하는 이유는 많아요. 하지만 어느 아이가 어느 어머니 자식인지 모두가 알아야 한다니, 왜 그래야 하죠?"

수많은 다른 경우와 마찬가지로 이 문제에서도 우리는 순전히 어머니 쪽의 사고방식과 아버지 쪽의 사고방식 간의 차이를 느끼게 되었다. 이곳에는 개인적 자부심에 대한 생각이 이상할 정도로 없어 보였다.

"다른 것들은요?" 제프가 물었다. "여러분이 만든 작품들, 책이나 조각상, 그런 것에는 서명 안 합니까?"

"물론 해요. 기꺼이 자랑스럽게 하죠. 책과 조각상뿐만 아니라 온갖 물건에 다 해요. 집과 가구, 때로는 접시에서도 작은 서명을 볼 수 있을 거예요. 그렇지 않으면 잊어버리기 쉬우니까. 우린 누구에게 감사해야 할지 알고 싶거든요."

"마치 소비자의 편의를 위해 서명하는 것처럼 말씀하시는군요. 만든 사람의 자부심을 위해서가 아니라." 내가 말했다.

"둘 다예요." 소멜이 말했다. "우리도 자기가 만든 물건에 자부심을 느껴요."

"그럼 왜 아이들에게는 자부심을 안 느끼죠?" 제프가 재촉하며 물었다.

"당연히 느껴요! 엄청나게 자랑스러워해요." 그녀가 강조했다.

"그럼 왜 서명을 안 하는 겁니까?" 테리가 의기양양하게 물었다.

모딘이 약간 장난기 어린 미소를 지으며 그를 돌아보았다. "완성된 제품은 개인의 것이 아니니까요. 아직 아기일 때는 간혹 '에사의 라토'라거나 '노빈의 아멜'이라고 부르기도 하지만, 그건 그저 스스럼없이 묘사하는 것뿐이에요. 기록상에서는 당연히 선대 어머니들의 계보 안에 포함되지만, 개인적으로 대할 때는 조상을 끌어들이지 않고 라토 혹은 아멜이라고 불러요."

"그런데 아이들에게 일일이 새로운 이름을 지어 줄 수 있을 정도로 이름이 많아요?"

"물론이에요. 생존해 있는 각 세대들이 쓸 정도는 충분해요."

이번에는 그들이 우리 방식에 대해 물어보았고, 우리는 처음에는 '우리 나라에서는' 이러저러하게 한다고, 그런 다음 다른 나라들에서는 다르게 한다고 설명했다. 그랬더니 어느 방식이 최고라고 입증되었느냐고 묻기에 우리가 아는 바로는 지금까지 비교해 보려는 시도가 없었다고, 다들 자기들 방식이 더 좋다는 확신하에 자기 방식을 따르며 다른 나라 방식은 경멸하거나 완전히 무시한다고 시인했다.

이곳의 모든 제도 중 가장 두드러지는 특징은 합리성이었다. 어떤 제도의 발전 과정을 추적하기 위해 기록을 뒤져 볼 때마다 내가 가장 놀랐던 점은 제도 개선을 위한 의식적 노력이었다.

그들은 일찍이 개선의 가치를 알아보았고, 개선의 여지가 있다는 사실을 쉽게 추론해 냈으며, 비판과 발명이라는 두 가지 사고 능력을 키워 나가기 위해 온갖 수고를 아끼지 않았다. 어려서부터 관찰하고 차이를 구분하고 새로운 제안을 하는 성향을 보이는 아이들에게는 그 능력을 키워 주는 특별 교육을 시켰다. 몇몇 최고위직 인물은 한두 분야를 꼼꼼하게 연구하며 그 분야를 개선해 나가는 데 전념했다.

각 세대마다 단점을 발견하고 변화의 필요성을 보여 주는 새로운 시각을 가진 사람이 꼭 나타났고, 그러면 발명가들 전체가 자신이 가진 특별한 능력을 즉시 그 문제에 발휘하여 개선안을 내놓았다.

그즈음에는 우리도 우리 방식에 대한 질문에 대답할 준비를 미리 해 놓지 않고는 이 나라의 특징에 대해 함부로 토론을 시작해서는 안 된다는 것을 깨달았다. 그래서 나는 이 의식 개선 문제에 대해서는 입을 다물었다. 우리 방식이 낫다는 것을 보여 줄 준비가 되어 있지 않았기 때문이다.

우리 마음속, 아니, 적어도 제프와 나는 이 이상한 나라와 그 경영 방식의 장점을 인정하고 감탄하는 마음이 점점 더 커져 갔다. 테리는 여전히 비판적이었다. 우리는 그 이유를 예민한 신경 탓으로 돌렸다. 테리는 확실히 신경이 곤두서 있었다.

이 나라만의 가장 또렷한 특징은 완벽한 식량 공급 체계였다. 처음 숲속을 걸었을 때부터, 비행기에서 이 땅의 일부를 봤을 때부터 눈에 띈 점이었다. 이제 이 거대한 정원을 둘러보고 그 재배 방식에 대해 들어 볼 기회가 우리에게 주어졌다.

이 나라 면적은 1만 내지 1만 2000제곱마일 정도로 네덜란드와 비슷했다. 숲이 빽빽하게 우거진 웅장한 산맥 측면은 네덜란드 정도는 몇 개라도 품을 수 있을 만큼 광대했다. 인구는 300만 정도로 많지는 않았지만 질적으로는 굉장했다. 300만은 상당히 다양한 사람이 나오기에 충분한 숫자였고, 이 사람들은 우리가 처음 생각했던 것보다 훨씬 더 광범위하고 다양했다.

테리는 이 사람들이 정말로 처녀 생식을 한다면 다들 개미나 진딧물처럼 서로 비슷할 것이라고 주장했었다. 그러면서 사람들 간에 보이는 완연한 차이야말로 분명히 남자가─어딘가에─있다는 증거라고 강조했다.

하지만 나중에 더 사적인 대화를 나누면서 교차 수정 없이 어떻게 이렇게 다른 사람들이 나올 수 있었는지를 묻자, 그들은 일부는 사소한 차이 하나하나를 다 북돋아 주는 세심한 교육 덕분이고, 일부는 돌연변이의 법칙 덕분이라고 대답했다. 그들은 식물을 재배하고 연구하며 이 법칙을 발견했고 몸소 증명해 냈다.

이곳에는 병약하거나 지나치게 큰 사람이 없었기 때문에

신체적으로는 우리보다 더 비슷비슷했다. 하나의 종족으로서는 다들 키가 크고 강인하며 건강하고 아름다웠지만, 개개인으로는 이목구비와 피부색, 표정에 아주 다양한 차이가 존재했다.

"하지만 무엇보다 중요한 건 정신, 그리고 우리가 만드는 산물의 발전이죠." 소멜이 강조하며 말했다. "여러분 경우에는 신체적 변이가 일어나면 사고와 감정, 산물도 그에 비례해서 변화하나요? 혹은 비슷하게 생긴 사람들은 생각과 직업도 유사한가요?"

우리는 확신이 들지 않아서 신체적 변이가 클수록 발전 가능성도 많지 않겠느냐고 대답했다.

"분명 그럴 거예요." 자바가 인정했다. "우리는 이 조그만 나라의 반이 사라져 버린 게 애초에 크나큰 불행이라고 늘 생각해 왔어요. 어쩌면 그게 우리가 의식 개선을 위해 이렇게 애쓰는 이유겠죠."

"하지만 획득 형질은 유전이 되지 않아요." 테리가 주장했다. "바이스만*이 이미 증명한 사실입니다."

그들은 우리가 강력하게 주장하면 절대 반박하는 법이 없었다. 그저 메모만 했다.

"만약 그렇다면 우리의 개선은 분명 돌연변이거나 오로지 교육 때문이겠군요." 그녀가 진지하게 말했다. "우리는 확실히 나아졌거든요. 어쩌면 이 모든 뛰어난 자질이 태초의 어머니에게 잠재되어 있다가 세심한 교육을 통해 발현되었을 수도 있

* 독일의 유전학자 아우구스트 바이스만(1834-1914). 라마르크의 획득형질 유전론을 부정했다.

고, 태아 때 겪는 환경의 사소한 변화에 따라 개인차가 생겼을
수도 있겠네요."

"제 생각에는 여러분이 그간 이루어 온 문화와 놀라운 정
신적 성장 덕분인 것 같습니다." 제프가 의견을 내놓았다. "우
린 진정한 정신 문화를 이루는 방법에 대해서는 거의 아무것도
모르는데, 여러분은 아주 잘 알고 계시는 것 같아요."

원인이 무엇이든 간에 그들의 지성과 행동 수준은 지금까
지 우리가 이해한 것보다 훨씬 더 높았다. 적어도 '사교적 예
의'를 갖추고 있을 때면 이 정도로 섬세하게 예의 바르고 같이
살기 좋은 사람들을 예전에도 더러 본 적 있었기 때문에, 우리
는 우리 담당 교사들이 신중하게 선택된 소수정예일 것이라고
생각했다. 나중에 이 점잖은 교양이 모두 양육에 의해 만들어
졌음을 알고는 점점 더 감탄했다. 이와 같은 문화에서 태어나
고 자라기 때문에 그런 교양을 비둘기의 온순함이나 소위 뱀의
지혜처럼 보편적으로 자연스럽게 갖춘 것이다.

고백하건대 허랜드의 그 어떤 특징보다 놀랍고 내게 큰
굴욕감을 준 것은 바로 그들의 지성이었다. 곧 우리는 이들에
게는 너무 명백하고 평범한 이런저런 일을 더 이상 거론하지
않게 되었다. 그래 봤자 우리 나라 상황을 묻는 난처한 질문들
이나 쏟아질 것이 뻔했기 때문이다.

가장 좋은 예가 식량 공급 문제에 대한 토론이었는데, 지
금부터 그 상황을 설명해 보겠다.

농업을 최대한 개선하고 주어진 면적에서 안락하게 살 수
있는 사람의 숫자를 면밀히 계산한 다음 인구수까지 제한했으
니 이제는 더 이상 할 일이 없다고 생각할지도 모른다. 하지만
그들의 생각은 달랐다. 그들에게 이 나라는 하나의 단일체로

그들의 것이었다. 그들도 하나의 단일체로 의식을 갖춘 집단이었다. 그들은 공동체의 시각에서 생각했다. 그렇기 때문에 그들의 시간 감각은 한 개인의 희망과 야망에 국한되지 않았다. 그래서 그들은 수 세기가 걸릴지도 모를 개선안을 끊임없이 고민하고 실행했다.

나는 인간이 숲 전체에 계획적으로 다른 수종의 나무를 바꿔 심는다는 일을 본 적도 없고 상상조차 하지 못했다. 하지만 이들에게는 이 작업이 안 좋은 잔디밭을 갈아엎고 새로 씨를 뿌리는 것처럼 단순하기 이를 데 없는 상식인 것 같았다. 이제 모든 나무에는 과실이, 먹을 수 있는 과실이 열렸다. 그들이 특별히 자부심을 갖는 나무가 하나 있었다. 이 나무는 처음에는 아무런 과실—즉, 인간이 먹을 수 있는 과실—이 없었지만 너무 아름다웠기 때문에 다들 그냥 남겨 두고 싶어 했다. 그들은 900년 동안 실험을 거듭했고, 이제 이 유난히 아름답고 우아한 나무에 영양가 높은 열매가 주렁주렁 달린 모습을 우리에게 보여 줄 수 있게 되었다.

그들은 일찌감치 나무가 최고의 식용 식물이라는 판단을 내렸다. 나무는 땅을 가는 노동력이 훨씬 적게 들고 동일 면적당 더 많은 식량을 생산하며 토양을 보존하고 비옥하게 하는 데도 크게 공헌하기 때문이다.

철에 맞는 작물을 잘 고려했기에 과일과 견과류, 곡식, 딸기류가 1년 내내 열렸다.

후방을 둘러싼 산맥 가까이 고지대에는 눈 내리는 진짜 겨울이 있었고, 지하로 물이 빠져나가는 호수를 낀 커다란 계곡이 자리한 남동부 쪽으로 오면 캘리포니아 기후와 비슷해서 밀감류와 무화과, 올리브가 잘 자랐다.

특히 인상적이었던 것은 토지를 비옥하게 만드는 방법이었다. 이렇게 폐쇄된 조그만 땅덩어리에서라면 보통 사람들은 오래전에 굶어 죽었거나 생존을 위해 해마다 허덕거렸을 것이라고 생각하기 쉽다. 하지만 이 주도면밀한 경작자들은 토양에서 나온 것을 몽땅 다시 토양에 공급하는 완벽한 방법을 고안해 냈다. 음식 찌꺼기, 목재와 섬유 산업에서 발생하는 식물 폐기물, 하수구에서 나온 고형물들을 적절히 처리하고 결합시켜 땅에서 나온 모든 것을 땅으로 돌려보냈다.

그 결과 건강한 숲에서 일어나는 일들이 나타났다. 바깥세상에서 흔히 보듯 토양이 점점 척박해지는 대신 이곳 숲에서는 점점 비옥한 토양이 만들어졌다.

처음 이 사실을 알고 우리가 굉장하다며 찬사를 보내자 그들은 그런 당연한 상식을 칭찬하는 데 놀란 나머지 우리 나라에서는 어떻게 하느냐고 물었다. 우리는 우리 땅이 얼마나 넓은지 언급하면서 그중 가장 비옥한 땅만 대충 사용하고 있다고—시인—하며 겨우겨우 화제를 딴 데로 돌렸다.

적어도 그때는 화제를 돌렸다고 생각했다. 나중에 알고 보니 그들은 우리 이야기를 모두 꼼꼼하고 정확하게 기록할 뿐만 아니라 우리가 말한 것과 우리가 대놓고 언급을 피한 것들을 간략하게 도표화해서 모두 적은 뒤 연구하고 있었다. 이 뛰어난 교육자들에게는 우리 상황을 단 몇 줄로 무시무시하게 정확히 평가하는 일이 정말이지 어린애들 놀이 정도에 지나지 않았다. 관찰 기록이 뭔가 굉장히 끔찍한 상황을 암시하는 것 같으면, 그들은 늘 좋은 뜻으로 해석하려고 애쓰면서 더 많은 정보를 알게 될 때까지 판단을 미루었다. 우리가 완전히 자연스럽다거나 인간 한계의 문제라고 받아들인 일을 일부 말해 주었다면, 그들은 문자 그대로 믿지 못했을 것이다. 그래서 앞서 언급했듯이 우리는 모두 우리 나라의 사회 현실을 되도록 숨기려고 암암리에 노력했다.

"빌어먹을 할망구들 사고방식!" 테리는 말했다. "저러니 남자들 세계를 이해 못 하지! 저 사람들은 인간이 아니야. 그저 한 무리의 여, 여, 여성들*에 불과해!" 테리가 그들의 처녀 생식을 인정한 뒤에 한 말이었다.

"우리 할아버지들이 그 사고방식으로 나라를 이만큼만 잘 운영해 줬으면 정말 좋겠네." 제프가 말했다. "넌 정말로 우리가 가난과 질병 같은 문제를 안고 고군분투하고 있는 걸 자랑으로 생각하는 거야? 이곳에는 평화와 풍요로움, 부, 아름다움, 선함, 지성이 있어. 난 굉장히 훌륭한 사람들이라고 생각해!"

"저 사람들한테도 결함이 있다는 걸 알게 될 거야." 테리가 고집했다. 어느 정도의 자기방어 차원에서 우리 셋은 그들의 결점을 찾기 시작했다. 그것은 이곳에 오기 전 우리의 전문 분야였다. 근거 없는 추측 늘어놓기 말이다.

"여자만 있는 나라가 있다고 쳐." 제프는 몇 번이나 이런 질문을 던졌다. "그 여자들은 어떨 것 같아?"

그리고 우리는 많은 여자의 어쩔 수 없는 한계와 결점, 악덕을 절대적으로 확신했다. 소위 여인의 '허영'에 넘어가 '프릴과 장식'을 주렁주렁 달고 있을 것이라고 생각했다. 하지만 이곳에 와 보니 그들은 중국 옷보다 더 완벽한 의복, 필요할 때는 화려하게 아름다우면서도 늘 실용적이고 무한한 품위와 세련된 취향이 드러나는 의복을 개발해 입고 있었다.

* 원문에서 테리가 쓴 단어는 부정적 의미의 'females'이다.

지루하고 순종적인 단조로운 사회일 것이라고 생각했는데, 우리 사회와는 비교도 안 되는 대담한 사회적 창의력이 넘쳤고 기계와 과학은 우리 못지않게 발달해 있었다.

속 좁은 여자들이나 있을 줄 알았는데, 이곳의 사회의식에 비하면 우리는 싸움질하는 아이들 같은 데다 저능하기까지 했다.

이곳은 우리가 생각했던 질투 대신, 우리 사회에서 그 비슷한 대응물조차 찾을 수 없는 매우 폭넓은 자매애와 공정한 지성이 지배하고 있었다.

우리가 예상했던 신경질적인 여자들 대신, 건강하고 활력 넘치고 침착한 기질의 여자들이 살고 있었다. 이러한 여자들에게 욕 같은 것은 아무리 설명해 보았자 이해시킬 수가 없었다.

이런 점은 심지어 테리마저 인정하지 않을 수 없었지만, 그래도 그는 여전히 곧 이 나라의 이면을 보게 될 거라고 주장했다.

"그래야 말이 되잖아, 안 그래?" 그는 우겼다. "모든 게 너무 부자연스러워. 직접 와서 본 게 아니었다면 말도 안 된다고 했을 거야. 자연스럽지 않은 상황에서는 분명 자연스럽지 않은 결과가 나오게 되어 있다고. 뭔가 끔찍한 것들을 보게 될 거야. 두고 봐! 예를 들어, 우리는 아직 이 사람들이 범죄자나 장애인, 노인을 어떻게 취급하는지 모르잖아. 한 번도 본 적이 없어! 분명히 뭔가 있다고!"

나도 틀림없이 뭔가 이상한 점이 있다는 생각이 들기 시작해서 이 문제에 정면으로 맞서기로 결심하고 소멜에게 질문을 던졌다.

"이 완벽한 나라에 어떤 단점이 있는지 알고 싶습니다."

나는 대놓고 물었다. "300만 명에게 아무 단점도 없다는 건 말이 안 되잖아요. 우린 이해하고 배우려고 최선을 다하고 있어요. 여러분이 생각하기에 이 독특한 문명사회가 가지고 있는 최악의 특징들은 무엇인지 말씀해 주실 수 없습니까?"

우리는 어느 정원 식당의 나무 그늘에 함께 앉아 있었다. 맛있는 식사를 막 마친 참이라 앞에는 과일이 수북이 담긴 접시가 놓여 있었다. 한쪽에는 넓은 들판이 고요하면서도 풍성함과 아름다움을 드러내며 펼쳐졌고, 반대쪽에는 사적인 대화를 하기 충분할 정도의 거리를 둔 탁자들이 여기저기 놓여 있다. 그들의 세심한 '인구 균형' 정책 덕분에 이 나라에는 사람들이 북적이는 일이 없다는 것을 여기서 말해 두어야겠다. 어디를 가나 여유로웠고 밝고 쾌적한 자유로움이 넘쳤다.

소멜은 팔꿈치를 옆의 나지막한 담장 위에 올리고 손으로 턱을 괸 채 저 멀리 아름다운 들판을 바라보았다.

"물론 우리도 결점이 있죠. 우리 모두 다." 그녀가 말했다. "어떤 면에서는 전보다 훨씬 많아졌다고도 할 수 있어요. 완벽함의 기준이 점점 더 저 멀리 달아나는 것 같거든요. 하지만 우린 낙담하지 않아요. 기록을 보면 상당히 따라잡기도 했으니까.

아무리 특별히 훌륭한 어머니 한 분에게서 시작했다고 해도 처음에는 우리도 그 이전 조상의 오랜 특성들을 물려받았고 그 특징이 간혹 튀어나오기도 했어요. 하지만 어디 보자, 지난 600년 동안은 당신들이 '범죄자'라 부르는 사람들이 이 나라에 없었어요.

물론 우리가 먼저 한 일은 가장 열등한 사람들을 교육과 개량을 통해 최대한 없애는 일이었죠."

"개량을 통해 없앤다고요?" 내가 물었다. "처녀 생식인데… 그게 어떻게?"

"자질은 좋지 않지만 여전히 사회적 의무를 중시하는 마음이 남아 있는 사람이라면, 그 마음을 공략하면서 아이를 낳는 걸 단념해 달라고 호소했어요. 최악의 자질을 가진 몇몇 사람들은 다행히도 아이를 낳지 못했어요. 하지만 그 사람들의 결함이 과한 이기심인 경우에는 당연히 자기도 아이를 낳을 권리가 있다고 주장했죠. 심지어 자기 아이가 다른 아이들보다 더 나을 거라면서요."

"그렇겠네요." 내가 말했다. "그런 생각으로 아이를 기를 테고요."

"그건 절대 허락하지 않았어요." 소멜이 조용히 말했다.

"허락?" 내가 물었다. "어머니가 자기 아이를 기르는 걸 허락한다고요?"

"물론 안 되죠." 소멜이 말했다. "그 최고의 임무를 수행하기에 적합한 사람이 아니라면요."

그 말은 이전에 내가 가졌던 확신을 뒤흔들어 놓았다.

"하지만 저는 모든 사람이 어머니가 될 수 있는 걸로 알고…."

"어머니가 되는 것, 네, 아이를 낳는 건 그렇죠. 하지만 교육은 최고의 기술이기 때문에 최고의 기술자에게만 허락되는 일이에요."

"교육이라고요?" 나는 또다시 혼란스러웠다. "전 교육 이야기를 하는 게 아닙니다. 어머니가 된다는 것은 아이를 낳는 것뿐만 아니라 돌보는 것까지 포함하잖아요."

"아이들을 돌보는 것에는 교육이 포함되고, 그 일은 가장 적합한 사람들에게만 맡겨요." 그녀는 반복해서 말했다.

"그렇게 하면 어머니와 아이를 떼어 놓는 거잖아요!" 나는 등골이 서늘해지는 충격에 휩싸여 외쳤다. 이 사람들이 아무리 여러모로 훌륭하다 해도 분명히 어딘가 결함이 있을 것이라는 테리의 예감이 온몸을 스멀스멀 뒤덮었다.

"보통은 안 그래요." 그녀가 인내심을 가지고 설명했다. "아시다시피 거의 대부분의 여자는 아이 낳는 걸 다른 무엇보다 중요시해요. 다들 그걸 강렬한 기쁨이자 최고의 영예, 가장 내밀하고 사적이며 귀중한 일로 소중히 여기고 있어요. 그래서 우리에게 육아란 심오하게 연구하고 기술적이고 치밀하게 실행하는 문화가 되었죠. 그렇기에 아이들을 사랑하면 사랑할수록 숙련되지 않은 사람에게 그 과정을 맡기고 싶지 않은 법이죠. 심지어 우리 자신일지라도."

"하지만 어머니의 사랑이란…." 나는 과감히 의견을 개진했다.

그녀는 내 얼굴을 유심히 바라보며 명쾌하게 설명할 방법을 찾아내려고 고심했다.

"전에 그곳 치과 의사 이야기를 한 적이 있죠?" 그녀가 마침내 말했다. "평생토록 다른 사람들, 심지어 때론 아이들 치아에 생긴 조그만 구멍들을 때운다는 기묘한 전문가들 말이에요."

"그래서요?" 나는 그녀가 무슨 말을 하려는 것인지 이해하지 못하고 물었다.

"여러분 나라에서는 어머니들이 모성애로 자기 아이들의 치아를 직접 때우나요? 아니면 그러고 싶어 해요?"

"설마요, 물론 아니죠." 내가 반박했다. "하지만 그건 고도로 전문화된 기술입니다. 아이를 돌보는 건 어떤 여자, 아니, 어떤 어머니라도 다 할 수 있는 일이잖아요!"

"우리 생각은 달라요." 그녀가 상냥하게 대답했다. "여기서는 가장 유능한 사람들이 그 일을 맡아요. 대다수가 그 일을 맡기를 갈망하고 노력하죠. 확실히 말씀드리는데, 그들은 정말 최고 중의 최고예요."

"하지만 아기를 빼앗긴 불쌍한 어머니는…."

"아니에요!" 그녀가 진지하게 나를 안심시켰다. "절대로 빼앗기는 게 아니에요. 아기는 여전히 어머니와 함께 있어요. 아이를 잃는 게 아니라고요. 다만 아기 어머니 혼자만 아이를 돌보지 않는 거죠. 더 현명한 사람들이 있잖아요. 아이어머니도 그걸 알아요. 같은 공부를 하고 실습을 했기 때문에 그 사람들이 정말로 더 뛰어나다는 사실을 존중해요. 아이를 위해서, 최고의 보살핌을 아이에게 줄 수 있어서 어머니는 기뻐해요."

여전히 수긍이 되지 않았다. 게다가 이것은 그저 이야기에 불과했다. 허랜드의 어머니가 어떤 존재인지는 이제부터 내 눈으로 직접 봐야 했다.

# 8장
## 허랜드의 아가씨들

마침내 테리의 야망이 실현되었다. 그들은 언제나처럼 정중한 태도로 우리에게 강연을 해 달라고 부탁하며 선택은 우리에게 맡겼다. 일반 청중과 여학생들을 대상으로 하는 강연이었다.

첫 강연 때 우리가 얼마나 옷차림과 서투른 이발에 공을 들였는지 생각난다. 특히 테리는 제프와 내가 애써 깎아 준 턱수염을 가지고 어찌나 온갖 트집을 잡아 가며 난리를 피워 대는지 결국 가위를 넘겨주며 직접 하라고 하는 수밖에 없었다. 짧은 머리에 성별 구분도 없는 옷을 입은 키 크고 강인한 이곳 여자들 사이에서 우리를 그들과 구분해 주는 거의 유일한 것이 수염이었기 때문에 우리는 턱수염에 다소 애착을 가지기 시작했다. 옷은 그들에게서 받은 다양한 옷 중에서 각자 취향에 맞는 것으로 골라 입었는데, 청중과 만나 보니 놀랍게도 그 많은 사람 중 가장 치장을 많이 한 사람은 우리, 특히 테리였다.

테리의 모습은 아주 인상적이었다. 긴 머리를 최대한 짧게 잘라 달라고 내게 부탁하긴 했지만 그래도 예전보다는 긴 머리 덕분에 강한 이목구비로 인한 인상이 좀 부드러워졌고, 넓고 느슨한 벨트가 달리고 화려한 자수가 놓인 튜닉을 입어서 마치 헨리 5세처럼 보였다. 제프는 열혈 위그노 교도* 같았고, 내

* 종교개혁 이후 프랑스의 칼뱅파 신교도를 일컫는다.

모습은 어땠는지 잘 모르겠지만 다만 굉장히 편안했다. 나중에 풀을 먹여 테두리를 빳빳하게 만들고 심을 댄 갑옷 같은 우리나라 옷을 다시 입자 허랜드의 옷들이 얼마나 편안했는지를 실감하며 무척이나 아쉬웠다.

우리는 청중을 훑어보며 우리가 아는 세 아가씨의 환한 얼굴을 찾았지만 그들은 그 자리에 없었다. 그저 배우기 위해 눈과 귀를 한껏 연 채 조용하고 진지하게 앉아 있는 수많은 아가씨뿐이었다.

우리는 일종의 세계사 개관을 하고 싶은 만큼 간략하게 설명하고 질문을 받게 되어 있었다.

"아시다시피 우린 아는 게 전혀 없어요." 모딘이 우리에게 설명했다. "아는 거라고는 우리 자신을 위해 연구한 과학, 조그만 반쪽짜리 나라에서 순전히 머리로만 이루어 낸 일뿐이에요. 그런데 여러분 세계에서는 온 세계가 발견을 나누고 발전을 도모하며 서로를 돕고 있잖아요. 그런 문명은 얼마나 근사하고 형언할 수 없이 아름답겠어요!"

소멜이 덧붙여 말했다.

"우리한테 했던 이야기를 처음부터 다시 할 필요는 없어요. 우리가 여러분에게 배운 내용들을 요약본으로 만들었고 전국에서 그걸 모두 열심히 공부했거든요. 우리가 만든 개요를 보여 드릴까요?"

당연히 우리는 그것을 읽어 보았고 깊이 감탄했다. 처음에는 우리 나라에서 통하는 아주 기본적인 상식조차 모르는 이 여자들이 아이들이나 야만인 같았다. 하지만 이들을 점점 알게 될수록, 이 여자들이 무지하다면 그것은 플라톤이나 아리스토텔레스 같은 상태의 무지일 뿐, 그 정신세계는 고대 그리스

인과 견줄 정도로 고도로 발달되어 있다는 것을 인정하지 않을
수 없었다.

그 여자들을 가르치겠답시고 어설프게 늘어놓았던 내용
으로 이 지면을 채울 생각은 추호도 없다. 중대한 사실은 그들
이 우리에게 가르쳐 준 것, 아니, 어렴풋이 슬쩍 본 그 나라의
면모이다. 게다가 그때 우리 최대 관심사는 강연의 주제가 아
니라 청중이었다.

수백 명의 젊은 아가씨가 열의에 넘치는 눈을 반짝이며
집중해서 강의를 듣고 폭포처럼 질문들을 퍼부어 댔지만, 질문
이 거듭될수록 유감스럽게도 우리는 제대로 대답하지 못하고
허둥댔다.

연단에 함께 자리하고 있으면서 가끔은 질문을, 그보다는
주로 우리 대답을 명료하게 정리해 주는 역할을 하던 특별 안
내인들이 이런 상황을 눈치채더니 저녁 공식 강연 일정을 서둘
러 마무리했다.

"우리 아가씨들이 여러분을 만나서 개인적으로 이야기를
나누고 싶다는데 괜찮겠어요?"

괜찮고말고! 우리는 다급하게 그러고 싶다고 했고, 그 말
에 모딘의 얼굴에 한순간 미소가 스쳐 지나가는 것이 보였다.
그런데 수많은 젊은 아가씨가 우리와 이야기하겠다고 기다리
고 있는 그 순간조차 불쑥 이런 의문이 들었다. '저 사람들의
시각에서는 어떨까? 저 사람들은 우리를 어떻게 생각할까?' 그
것은 나중에 알게 되었다.

테리는 기쁘게 바다에 몸을 던지는 수영 선수처럼 황홀해
하며 아가씨들 사이로 뛰어들었다. 제프는 그 교양 넘치는 얼
굴에 매우 기쁜 표정을 지으며 성체라도 받드는 것처럼 그들에

게 다가갔다. 하지만 나는 조금 전 든 생각으로 흥분된 마음이
좀 식어서 계속 상황을 지켜보았다. 나는 질문을 퍼부어 대는
진지한 아가씨들에게 둘러싸여 있는 와중에도—사실 우리 모
두 그랬다— 짬을 내어 제프 쪽을 보았는데, 어떤 아가씨들은
제프의 숭배하는 눈빛과 점잖은 태도에 끌려 그쪽으로 다가갔
지만 다소 강인한 기질의 소유자로 보이는 아가씨들은 제프를
둘러싼 무리에서 나와 테리나 내게로 왔다.

테리가 이 순간을 얼마나 고대해 왔는지, 또 고국에서 여
자들 사이에서 얼마나 인기가 많았는지 잘 알고 있었기 때문에
나는 그쪽을 더 흥미진진하게 주시했다. 물론 아주 잠깐잠깐
본 것에 불과하지만, 테리의 유쾌하고 노련한 접근에 그들은
심기가 불편한 듯했다. 지나치게 노골적인 시선에 살짝 불쾌감
을 느끼고 그가 던지는 찬사에 어리둥절해하고 난처해했다. 눈
을 내리깔며 유혹적으로 얌전하게 거부하는 대신 고개를 휙 들
고 화를 내며 얼굴을 붉히는 사람도 간혹 보였다. 여자들은 하
나둘 그에게서 등을 돌렸고 마침내 테리 주위에 남은 질문자는
몇 명 되지 않았다. 누가 봐도 가장 '여자답지' 않은 사람들이
었다.

테리는 처음에는 자기가 강한 인상을 주고 있다고 생각했
는지 기분이 좋아 보였지만, 결국은 제프와 내 쪽을 쳐다보면
서 점점 표정이 안 좋아졌다.

나는 뜻밖의 상황에 기분이 아주 좋았다. 고국에서 나는
절대 '인기 있는' 남자가 아니었다. 좋은 여자 친구들이 있었
지만, 친구 그 이상은 아니었다. 그들 또한 나와 같은 부류여서
숭배자를 몰고 다니는 식의 인기는 절대 없었다. 하지만 여기
서는 놀랍게도 나를 둘러싼 무리가 가장 컸다.

물론 이것은 내가 받은 인상들을 요약해 일반화했을 뿐이
지만, 그 첫날 저녁의 상황은 우리가 그들에게 어떤 인상을 남
겼는지 잘 보여 주는 표본이었다. 제프의—이렇게 불러도 된
다면—추종자들은 다소 감상적인 타입이었다. 하지만 이것은
내가 원하는 딱 맞는 단어는 아니다. 덜 실리적인 사람들이라
고 하는 것이 더 나을지도 모르겠다. 예술가, 윤리학자, 선생
님, 그런 사람 말이다.

테리를 둘러싼 무리에는 결국 다소 전투적인 사람들만 남
았다. 날카롭고 논리적이고 탐구심이 강하며 그다지 예민하지
않은, 딱 테리가 가장 싫어하는 유형이었다. 반면 나는 여러 사
람에게 두루 인기를 얻고 굉장히 우쭐해졌다.

테리는 노발대발했고, 그것은 우리도 이해 못 할 바는 아
니었다.

"아가씨들이라니!" 그날 저녁 일정이 끝나고 다시 우리끼
리 남게 되자 그는 화가 폭발했다. "저런 게 아가씨들이라고!"

"내가 보기엔 아주 매력적인 아가씨들이던데." 제프의 푸
른 눈은 만족감으로 몽롱했다.

"너는 뭐라고 부르고 싶은데?" 내가 부드럽게 물었다.

"선머슴이지! 딱 선머슴들이야, 거의 다. 게다가 쌀쌀맞고
불쾌하기까지 하고. 꼬치꼬치 따지기나 하는 건방진 애송이들
같으니. 그런 건 절대 아가씨들이 아냐."

그는 화가 나서 모진 말을 퍼부었고, 질투심도 적지 않게
느끼는 것 같았다. 나중에 그들이 싫어한 점이 무엇인지 알게
되자 테리도 태도를 약간 바꾸어 관계가 좀 개선되기는 했다.
그럴 수밖에 없었다. 아무리 비난을 퍼부어 보았자 그들은 아
가씨들이었고, 그곳에는 그 아가씨들밖에 없었으니 말이다! 처

음 만났던 세 아가씨만 언제나 예외였는데, 그들과는 곧 다시 만나게 되었다.

곧 시작된 구애에 대해서는 물론 내 경우를 가장 잘 설명할 수 있겠지만 그 이야기를 하고 싶지는 않다. 하지만 제프의 상황에 대해서는 조금 들은 바가 있다. 제프는 셀리스가 얼마나 비할 데 없이 완벽하며 고상한 감성을 지녔는지 경건하게 숭상하는 태도로 끝도 없이 늘어놓곤 했다. 테리는 얼토당토않게 접근했다가 퇴짜를 맞은 일이 수없이 많아서 그가 알리마를 얻겠다고 정말로 작정했을 무렵에는 꽤 현명해져 있었다. 그래도 그 관계는 순풍에 돛 단 듯이 흘러가지 않았다. 그들은 헤어지고 싸우기를 거듭 반복했고, 그러면 그는 다른 예쁜 여자에게서 위로를 받아 보려다 그를 조금도 원하지 않는 여자에게 퇴짜를 맞고 다시 알리마에게 돌아오곤 했다. 그럴수록 알리마에 대한 애정이 점점 더 깊어졌다.

그녀는 한 발짝도 양보하지 않았다. 크고 잘생긴 알리마는 강인한 여자들로 이루어진 이 나라에서도 유달리 굳세고 자긍심이 대단했고, 열의로 가득 찬 검은 눈 위를 휙 지나가는 균형 잡힌 눈썹은 솟구쳐 날아오르는 매의 넓은 날개 같았다.

나는 세 사람 모두와 친했지만 엘라도어와 가장 가까웠고, 오래지 않아 우리 두 사람 모두 그 감정이 다른 차원으로 변화했다.

엘라도어로부터, 그리고 나와 매우 기탄없이 대화를 나누는 소멜에게서 나는 방문자인 우리를 허랜드가 어떤 시각으로 바라보는지에 대해 들을 수 있었다.

이곳에 고립된 채 행복하고 만족스러운 생활을 하고 있던 그들 머리 위로 어느 날 우리 비행기가 허공을 가르며 윙윙 날아왔다.

수 마일 떨어진 곳에 있는 사람들까지 모두 그 소리를 듣고 비행기를 보았다. 이 소식은 순식간에 온 나라에 퍼졌고, 모든 도시와 마을에서 회의가 열렸다.

그들은 신속하게 다음과 같은 결론에 도달했다.

"다른 나라 사람들. 남자들일 수 있음. 분명 고도의 문명권에서 왔으며 귀중한 지식을 가지고 있음. 위험 가능성 존재. 가능하면 생포할 것. 필요하다면 길들이고 교육시킬 것. 우리 나라를 다시 양성 사회로 만들 기회가 될 수도 있음."

그들은 우리를 두려워하지 않았다. 300만, 성인만 쳐도 200만에 달하는 이 총명한 여자들이 남자 셋을 두려워할 이유가 없었다. 우리는 그들이 '여자'니까 당연히 겁이 많을 것이라고 생각했지만, 이들은 지난 2000년 동안 아무것도 겁내지 않고 살아온 나머지 천 년이 넘도록 두려움이라는 감정조차 느껴본 적 없었다.

우리는—적어도 테리는—자기 마음에 드는 여자를 고를 수 있을 것이라고 생각했다. 그들은 필요할 경우 우리를 고를 생각을—매우 신중하고 분별 있게—하고 있었다.

우리가 교육받는 내내 그들은 우리를 면밀히 관찰, 분석하여 보고서를 준비했고, 이 정보는 온 나라에 널리 배포되었다.

지난 몇 달 동안 이 나라의 모든 여자가 우리 나라와 문화, 우리 개개인의 특성에 대해 수집된 온갖 정보를 공부했다. 그러니 그들의 질문에 대답하기 어려웠던 것도 당연했다. 하지만 유감스럽게도 마침내 우리가 밖으로 나와 전시(이렇게 부르고 싶지는 않지만 사실이 그랬다)되었을 때, 우리를 차지하겠다고 몰려드는 사람은 아무도 없었다. 가엾은 테리는 드디어 '장미 꽃밭'을 마음껏 거닐게 되었다며 기분 좋은 상상에 빠졌지만, 보라! 그 장미는 모두 날카로운 평가자의 눈으로 우리를 관찰하기만 했다.

그들은 우리에게 관심을, 그것도 아주 깊은 관심을 가졌지만 그것은 우리가 바라던 관심이 아니었다.

그 태도를 이해하기 위해서는 그들이 극도로 강한 연대 의식을 지녔다는 사실을 생각해야 한다. 사랑, 다시 말해 성적인 사랑에 대해 전혀 아는 바가 없는 이들은 개인적 차원에서 연인을 고르고 있는 것이 아니었다. 이 아가씨들은 어머니가 되는 것을 인생의 목표로 여기고 이를 단순히 개인의 임무를 넘어서는 일로 찬미하고 최고의 사회봉사이자 평생의 성사(聖事)로 고대해 온 사람들이었다. 이런 그들이 이제 자연 질서를 따랐던 예전의 양성 사회로 돌아가는, 온 사회를 바꾸어 놓을 위대한 한 걸음을 내딛을 기회와 마주한 것이다.

이와 같은 근본적 고려 외에도 그들은 우리 사회에 대해 개인적 차원을 넘어서는 무한한 흥미와 호기심을 가지고 있었다. 이런 그들의 사고방식에 비하면 우리는 철부지 남학생들 같았다.

우리 강연이 성공하지 못한 것은 별로 놀랄 일도 아니었고, 우리의, 적어도 테리의 접근이 통하지 않았던 것 또한 마찬가지였다. 내가 상대적으로 성공을 거둔 이유도 들어보니 처음에는 내 자존심을 전혀 세워 주지 못했다.

"우리가 당신을 가장 좋아한 이유는," 소멜은 말했다. "당신이 우리와 가장 비슷하게 보였기 때문이에요."

'여자랑 비슷하다고?' 나는 속으로 질색했지만, 다시 생각해 보니 우리가 경멸 조로 말하는 '여자다움'과 이 나라 여자들은 전혀 공통되는 점이 없었다. 그녀는 내 생각을 빤히 읽고 있는 것처럼 나를 보며 미소 지었다.

"우리가 당신들에게 여자처럼 보이지 않는다는 것을 잘 알고 있어요. 물론 양성이 다 있을 때는 서로 구별되는 각 성만의 특징이 더욱 강해지겠죠. 하지만 분명히 인간 전반에 속하는 특징이 있잖아요, 안 그래요? 당신이 우리와 비슷하다는 건 더 인간답다는 뜻으로 한 말이에요. 그래서 당신과 있으면 편해요."

제프의 문제는 지나친 정중함이었다. 그는 여자를 이상화했고 끊임없이 그들을 '보호'하거나 그들에게 '봉사'할 기회를 찾았다. 그들은 평화롭고 강하고 풍요로운 삶을 살고 있었고, 우리는 그들에게 절대적으로 의존하는 손님이자 포로였는데도 말이다.

물론 그들이 우리 나라에 오면 온갖 장점을 다 누리게 해 주겠다고 약속할 수도 있겠지만, 이 나라를 더 많이 알아 갈수록 우리는 점차 으스대지 않게 되었다.

그들은 테리가 가져온 보석과 장신구 들을 신기한 수집품으로 소중히 여기고 돌려 보며 값어치가 아니라 세공 기술에 대해 질문했고, 누가 소유할지가 아니라 어느 박물관에 소장할지를 논의했다.

남자가 여자에게 줄 것이 전혀 없어서 기댈 것이라고는 오로지 자기의 개인적 매력뿐이라면, 그 구애에는 여러 가지 제한이 따른다.

그들은 두 가지 사안을 검토하고 있었다. 그 대변화가 바람직한 것인가, 그리고 그 목적을 가장 잘 이루기 위해서는 개인이 어느 정도로 변화해야 하는가.

이 점에서 우리는 날쌘 숲속 아가씨 셋을 만났던 개인적 경험을 이점으로 가지고 있었고, 그 경험 덕분에 우리는 가까워졌다.

엘라도어는 이런 느낌을 주는 사람이있다. 낯선 땅에 들어온 이방인이 괜찮은 곳이라고, 그냥 보통보다 조금 더 나은 정도라고 생각하고 있었는데 한순간 비옥한 농지가 나타나더니, 다음에는 멋진 정원이, 그러고는 진귀하고 특이한 보물이 헤아릴 수 없이 무궁무진하게 가득한 성이, 다음에는 히말라야산맥 같은 산이 나타났다가 바다를 보는 느낌 말이다.

나는 엘라도어가 내 앞 나뭇가지 위에 균형을 잡고 앉아세 사람의 이름을 소개해 주던 그날부터 그녀가 마음에 들었고, 가장 많이 생각났다. 나중에 세 번째로 만났을 때부터는 그녀를 친구처럼 대했고 계속 만나며 친교를 쌓아 갔다. 제프가 지나친 헌신으로 셀리스를 곤혹스럽게 해서 함께 행복을 나눌 날을 지연시키고, 테리와 알리마가 싸우고 헤어지고 다시 만나고 또 헤어지기를 반복하는 동안, 엘라도어와 나는 아주 친한 친구가 되었다.

우리는 많은 이야기를 나누고 오랜 시간 함께 산책했다. 그녀는 내게 여러 가지를 보여 주고 설명해 주었고 내가 이해하지 못했던 많은 것을 해석해 주었다. 엘라도어가 공감하며 똑똑하게 설명한 덕분에 나는 허랜드 사람들의 정신을 한층 깊이 이해하게 되었고 이 나라의 완벽한 외적 모습뿐만 아니라 놀라운 내적 성장에 더욱 감탄하게 되었다.

더 이상 이방인이나 포로 같은 기분이 들지 않았다. 이해와 동질감, 목표 의식이 있었다. 우리는 온갖 것에 대해 토론했다. 엘라도어라는 풍요롭고 다정한 영혼을 더 멀리 여행하고 더 깊숙이 탐험할수록 내가 느꼈던 기분 좋은 우정은 한없이 높고 광대하고 단단히 맞물린 감정의 거대한 토대가 되었고, 그 경이로움에 나는 거의 눈이 멀 지경이었다.

앞서 말했듯이 나는 테리 같은 방식으로 여자를 좋아해 본 적이 없고, 여자들도 나를 별로 좋아하지 않았다. 하지만 이 아가씨는….

처음에는 여자들 표현을 빌리자면 그녀에게 '그런 식의' 감정은 전혀 품지 않았다. 나는 터키의 하렘 같은 것을 바라면서 이 나라에 온 것도 아니었고, 제프 같은 여인 숭배자도 아니었다. 그냥 그녀를 소위 '친구로' 좋아했을 뿐이다. 그 우정은 나무처럼 자라났다. 엘라도어는 너무나 멋진 사람이었다! 우리는 온갖 것을 함께했다. 서로에게 게임을 가르쳐 주고 달리기 시합과 노 젓기를 하며 깊은 동료애를 쌓아 갔을 뿐만 아니라 갖가지 재미를 함께 누렸다.

더 멀리 갈수록 궁전과 보물, 눈 덮인 산맥이 눈앞에 펼쳐졌다. 그런 사람이 존재할 수 있다고는 생각지도 못했다. 너무나 대단했다. 재주를 말하는 것이 아니다. 그녀는 산림 관리인, 그것도 아주 뛰어난 산림 관리인이었지만, 그 재능을 말하는 것이 아니다. 대단하다는 것은 모든 면에서 훌륭하다는 말이다. 이곳 여자들을 더 많이, 그 정도로 가깝게 알 기회가 있었다면 엘라도어를 그렇게 특별하게 생각하지 않았을지도 모르지만, 심지어 이곳 여자들 사이에서도 그녀는 고귀한 존재였다. 나중에 들은 사실인데, 엘라도어의 어머니가 높으신 어머니였고 할머니도 마찬가지였다고 한다.

그녀는 이 아름다운 나라에 대해 더 많은 이야기를 들려주었고, 나도 우리 나라에 대해 그 못지않게, 내가 말하려 했던 것 이상으로 많은 이야기를 해 주었다. 우리는 떼려야 뗄 수 없는 사이가 되었고 그녀를 향한 마음이 점점 더 커져 갔다. 내 영혼이 날개를 펴고 날아오르는 것만 같았다. 삶이 확대되었다. 전에는 이해 못했던 것들이 이해되는 기분이었다. 나도 할 수 있을 것 같았다. 나도 성장할 수 있을 것만 같았다. 엘라도어가 도와준다면 말이다. 그러다 불현듯 그 감정이 우리 둘 다에게 찾아왔다.

어느 고요한 날, 세상의, 그들 세상의 경계에서 벌어진 일이었다. 우리 두 사람은 저 아래 희미하게 보이는 어두운 숲 지대를 바라보며 천국과 땅, 인간의 삶, 우리 나라와 다른 나라들, 그들에게 필요한 것과 내가 그들을 위해 하고 싶은 일에 대해 이야기하고 있었다.

"당신이 도와준다면…." 내가 말했다.

그녀가 그 고귀하고 다정한 표정으로 나를 돌아봤다. 그녀가 나와 시선을 마주치며 내 손을 잡는 순간, 갑자기 우리 사이에 도저히 말로 표현할 수 없는 기쁨이 불타오르면서 우리를 압도했다.

셀리스는 파란색, 황금색, 장미색의 여자였다. 알리마는 검정색, 흰색, 붉은색으로 이루어진 눈부신 미녀였다. 엘라도어는 갈색이었다. 머리카락은 바다표범 털처럼 부드럽고 짙었고, 깨끗한 다갈색 피부에는 건강한 혈색이 감돌았으며, 갈색 눈동자는 황옥색에서부터 검은 벨벳 색에 이르기까지 다양하게 변했다. 세 사람 모두 근사한 아가씨였다.

그들은 우리가 저 아래 호수에 있을 때 이미 우리를 봤고, 우리가 첫 탐험 비행에 나서기도 전에 온 나라에 이 소식을 알렸다. 우리가 착륙하는 모습을 보고 함께 숲속을 달려 그 나무 위에 숨은 다음—머리를 써서 짐작해 보자면—일부러 깔깔거리며 웃었다.

그들은 덮개를 씌워 놓은 우리 비행기를 교대로 감시했고, 우리의 탈출 소식이 알려지자 하루 이틀 정도 우리 뒤를 따라 추적하다가 앞서 말했듯이 마지막에 그 자리에 나타났다. 그들은 우리에게 특별한 권리 의식—우리를 '자기들 남자'라고 불렀다—을 느꼈고, 우리가 마음대로 이 나라와 이곳 사람들을 관찰하고 이곳 사람들도 우리를 살펴볼 수 있게 되자, 현명한 지도자들이 그들의 요구를 인정해 주었다.

하지만 나는 수백만 명이 있었더라도 분명 그들을 선택했을 것이라고 생각했고, 다들 같은 마음이었다.

그래도 '진정한 사랑의 길은 결코 순탄하지 않았고', 이 교제 기간은 전혀 예상치 못했던 온갖 난관으로 가득했다.

허랜드에서, 그리고 그 뒤 우리 나라에 돌아와 수많은 경험을 하고 나서 뒤늦게 이 글을 쓰고 있자니 그때는 끝없이 놀랍고 때로는 잠시 가슴 아프기도 했던 일을 이제는 이해하고 설명할 수 있을 것 같다.

대부분의 구애 관계에서 '장점'으로 작용하는 것은 성적 매력이다. 그런 다음 두 사람의 기질에 맞는 동료 의식이 서서히 형성된다. 결혼을 한 뒤에는 둘 중 하나다. 넉넉한 우정이 차근차근 쌓여 나가면서 끊임없이 샘솟는 사랑의 불꽃으로 밝혀지고 데워지는, 세상에서 가장 깊고 포근하고 달콤한 관계가 자리 잡든지, 지금까지의 과정을 거꾸로 거슬러 가면서 사랑이 식고 희미해지고 우정은 쌓이지 않은 채 아름답던 관계가 잿더미가 되고 만다.

이곳에서는 모든 것이 달랐다. 호소해 볼 성적 감정이 전혀 없거나 거의 없었다. 2000년 동안 사용하지 않은 터라 그 본능이 사라지다시피 한 것이다. 게다가 간혹 격세유전에 의해 예외적으로 그런 성향을 보인 여자는 종종 바로 그 이유로 어머니가 되는 것을 허락받지 못했다는 사실도 기억해야 한다.

하지만 어머니가 되는 과정이 남아 있는 한은 성별을 구분하는 본질적 근거 또한 남아 있다. 우리의 도착으로 오래전에 잊힌 이 희미하고 이름 없는 감정이 몇몇 어머니의 가슴속에 되살아났는지 누가 알겠는가?

그들에게 접근하기가 더 어려웠던 이유는 성별에 따른 전통이 아예 존재하지 않기 때문이었다. 이곳에는 무엇이 '남자답고' 무엇이 '여자다운'지를 규정하는 일반적 기준이 전혀 없었다.

제프가 사모하는 여인의 손에서 과일 바구니를 빼앗으며 "여자는 짐 같은 거 드는 거 아니에요"라고 말하면, 셀리스는 진심으로 놀라며 물었다. "왜요?" 그는 날쌔고 건장한 젊은 산림 관리인의 얼굴을 보면서 "여자가 더 약하니까요"라고는 차마 말하지 못했다. 그녀는 그렇지 않기 때문이다. 경주마가 짐마차용 말과 다르게 생겼다고 해서 약하다고 할 수는 없는 법이다.

그는 그저 여자는 원래 힘든 일을 하면 안 된다며 어설프게 둘러댔다.

그녀는 들판 저 너머에서 커다란 돌로 담을 새로 쌓고 있는 여자들을 쳐다보다가 여자가 지은 집들이 늘어선 옆 마을로, 그러고는 우리가 걷고 있는 매끄럽고 단단한 길로 차례차례 시선을 돌리더니 그가 자신에게서 빼앗아 간 조그만 바구니를 바라보았다.

"이해가 안 돼요." 그녀가 상냥하게 말했다. "당신 나라 여자는 이런 것도 못 들 정도로 약하단 말인가요?"

"그냥 관습이에요." 그가 말했다. "우리 나라에서는 어머니 역할을 하는 것만도 충분한 짐이라고 생각하거든요. 그래서 다른 짐은 다 남자가 지는 거죠."

"정말 아름다운 정서네요!" 그녀가 푸른 눈을 반짝이며 말했다.

"실제로 그게 가능해요?" 알리마가 예의 그 태도로 날카롭고 잽싸게 물었다. "모든 나라에서 짐은 다 남자만 들어요? 아니면 여러분 나라에서만 그래요?"

"그렇게 하나하나 좀 따지지 말아요." 테리가 느릿느릿 간청했다. "떠받들면서 시중들어 주겠다는데 왜 마다하는 겁니까? 우리는 그러고 싶은데."

"우리가 그렇게 해 주는 건 싫어하잖아요." 그녀가 대답했다.

"그건 얘기가 다르죠." 그가 울컥했다. 그녀가 "왜요?" 하고 묻자 실쭉해져서는 내게 떠넘기며 말했다. "철학은 밴 담당입니다."

엘라도어와 나는 충분히 함께 이야기를 나누었기 때문에 그 기적 같은 순간이 왔을 때 큰 어려움이 없었다. 또 우리끼리 제프와 셀리스에게도 잘 설명을 해 주었다. 하지만 테리는 도무지 말이 통하지 않았다.

그는 알리마에게 눈이 멀어 있었고, 불시의 기습으로 그녀를 정복해 보려다가 하마터면 영영 헤어질 뻔했다.

우선 어리고 경험이 없는 데다, 케케묵은 전통 가치를 밑바탕에 깔고 시와 로맨스를 즐겨 읽으며 온통 그 하나의 사건만을 희망하고 신경 쓰도록 교육받은, 더구나 이렇다 할 다른 희망이나 관심이 아예 없는 아가씨를 사랑하는 것이라면, 뭐, 멋지게 공격해서 한달음에 낚아채는 것이 상대적으로 쉬울 수 있다. 테리는 과거 이런 방법의 전문가였다. 그래서 여기서도 같은 전략을 시도했고, 알리마가 너무나 심한 모욕감과 혐오감을 느낀 나머지 몇 주 동안 알리마 근처에도 가지 못했다.

알리마가 차갑게 거부할수록 테리의 결의는 더 불타올랐다. 그는 진짜 거절당하는 일에는 익숙하지 않았다. 아부를 하면 그녀가 웃으며 넘겨 버렸고, 선물 공세와 '정중한 배려'는 우리가 쓸 수 없었으며, 잔인하다며 비애를 토로하고 하소연하면 합리적 호기심을 자극할 뿐이었다. 테리가 적응하는 데는 오랜 시간이 필요했다.

과연 셀리스와 엘라도어가 자기 연인을 받아들인 것처럼 알리마가 이 이상한 연인을 인정한 것일까. 알리마는 테리 때문에 상처받고 기분 상하는 일이 너무 많았다. 뭔가 거리끼는 데가 있었다.

하지만 내가 보기에 알리마에게는 먼 옛날 감정의 흔적이 희미하게나마 남아 있었고 그 때문에 다른 사람들보다는 테리에게 더 맞는 짝이 아니었나 싶다. 그녀는 실험을 해 보겠다고 작정했고 그것을 포기하고 싶어 하지 않았다.

우여곡절 끝에 마침내 우리 셋 다 완전한 이해에 도달했고, 우리는 그들에게는 비할 수 없이 중요한 문제이자 크나큰 행복이며 우리에게는 낯설고도 새로운 기쁨이 될 일을 엄숙히 마주했다.

그들은 결혼 의식에 대해 아는 바가 전혀 없었다. 제프는 연인들을 우리 나라로 데리고 가서 종교적, 사회적 의식을 치르자고 했지만, 셀리스도 다른 두 사람도 그러려고 하지 않았다.

"우리와 같이 갈 거라고 기대하진 마, 아직은." 테리가 현자처럼 말했다. "좀 기다려 보라고, 친구들. 가려면 자기들이 원해서 가야 하는 거야." 거듭된 수많은 실패를 쓰라리게 반추하며 하는 이야기였다.

"하지만 우리가 활약할 때가 오고 있어." 그는 쾌활하게 덧붙였다. "이 여자들은 한 번도 정복당해 본 적이 없어서 그러는 거거든." 그는 마치 무슨 발견이라도 한 사람 같았다.

"기껏 잡은 기회를 놓치고 싶지 않으면 정복 같은 건 안 하는 게 좋을걸." 내가 진지하게 조언했지만 그는 그저 코웃음을 쳤다. "각자 다른 장기가 있는 거 아니겠어?"

우리가 말려 보았자 아무 소용이 없었다. 테리가 결과를 감수하는 수밖에 없었다.

교제의 전통이 없으니 구애할 때도 막막할 때가 많았는데, 마찬가지로 전통이란 것이 존재하지 않는 결혼에 이르니 상황은 더욱 당황스러웠다.

이 시점에서, 그곳 문화에 대해 내가 최대로 이해한 바와 나중의 경험을 토대로 우리 사이에 존재한 커다란 간극에 대해 설명해야겠다.

2000년 동안 남자 없이 하나의 문화가 계속해서 지속되었다. 그 전에 있던 것은 하렘 전통뿐이다. 그들에게는 고대 로마에서 기원한 가족은 물론, 우리 말의 가정에 상응하는 것이 전혀 없었다.

그들은 서로에게 거의 보편적인 애정을 품고 있었고, 이 감정은 절묘하고 지속적인 우정으로 자라나 나라와 민족을 위한 헌신으로 확대되었다. 애국심이라는 우리 말로는 절대 정의할 수 없는 감정이었다.

불타는 애국심은 국익에 대한 무시와 부정, 수백만의 고통에 대한 냉담한 무관심과 모순 없이 공존한다. 애국심은 대개 자만심이며 매우 호전적이다. 대체로 불만에 가득 차서 언제라도 싸울 태세를 갖춘 감정이다.

이들에게는 비교 대상이 될 다른 나라가 아예 없었다. 저

아래 몇몇 가난한 야만인 부족이 살긴 했지만 그들과는 전혀
접촉이 없었다.

그들은 자신들과 아이들의 육아실이자 놀이터, 일터인 이
나라를 사랑했다. 자신들의 일터와 나날이 늘어가는 효율성에
긍지를 가지고 있었고, 그 땅을 쾌적한 정원, 작지만 실용적인
낙원 같은 곳으로 만들었다. 하지만 무엇보다도 그들은 이 나
라를—우리로서는 이해하기 어렵지만—아이들이 자라날 문
화적 환경으로 소중히 여겼다.

그것이 물론 이 나라의 핵심 특징이었다. 아이들 말이다.

숨죽인 채 보호하고 거의 숭배하다시피 했던 이 민족 최
초의 어머니들부터 대를 거듭해 내려오는 동안, 이들은 아이들
을 통해 위대한 민족을 만들어 나가는 과업을 가장 중요하게
여겼다.

우리 나라 여자가 자기 가정에 바치는 헌신적인 애정을
이곳 여자는 나라와 민족에 쏟았다. 남자가 아내에게 바라는
충절과 봉사를 이들은 개인적으로 남자에게 바치는 것이 아니
라 집단적으로 서로에게 바쳤다.

우리 나라에서는 가슴 아프게 강렬하고, 여러 가지 상황
때문에 좌절되고, 몇몇 사람에게 개인적으로 헌신하는 데 집중
되며, 죽음과 질병, 불임, 심지어 자식의 성장으로 텅 빈 둥지
에 혼자 남아 쓰라린 상처를 입는 모성 본능이, 여기서는 여러
세대를 거치며 꺾이지 않고 내려오는 동안 광대하고 힘찬 흐름
이 되어 온 나라의 아이들을 모두 품으면서 세월과 함께 넓고
깊어져 갔다.

그들이 힘과 지혜를 함께 모아 '소아 질병'을 연구하고 정
복해서 이제 이곳 아이들은 어떤 병에도 걸리지 않았다.

교육 문제도 부딪쳐 해결해서 아이들은 자신이 교육받고 있다는 사실조차 모른 채 모든 감각을 통해 무의식적으로 끊임없이 배우면서 어린 나무처럼 자연스럽게 자라났다.

사실 그들은 교육이라는 단어를 우리처럼 쓰지 않았다. 그들이 생각하는 교육이란 어느 정도 자란 뒤 전문가에게 받는 특별 훈련을 의미했다. 그러면 열의에 찬 젊은이들은 자기가 선택한 분야에 완전히 투신하다시피 해 그 분야의 기술을 폭넓게 파악하고, 수월하게 익혔다. 나로서는 보고 또 봐도 놀라운 광경이었다.

하지만 아기와 어린이가 우리가 '교육'이라 부르는 '주입식 학습'의 압력에 시달리는 일은 절대 없었다. 여기에 대해서는 나중에 더 설명하겠다.

# 9장
# 관계의 차이

이 장에서는 이곳 여자들은 살아가면서 맺는 인간관계가 즐겁
고 열성적으로 성장해 자신이 가장 사랑하는 분야의 일꾼들과
맺는 동료 관계, 어머니에게 품은 ― 너무 깊어서 함부로 입에
올리지도 않는 ― 애정 어린 존경심, 그리고 그것을 넘어서는
자유롭고 광대한 자매애, 나라에 대한 빛나는 봉사 정신, 우정
이 전부라는 것을 말하려고 한다.

　이런 여자들에게 우리는 우리 문화의 사고와 신념, 전통으
로 똘똘 뭉친 채 이곳에 와서 ― 우리에게 ― 적합해 보이는 감
정을 일깨우려고 했다.

　우리 사이에 진정한 성적 감정이 많았건 적었건 간에, 그
들 머릿속에서 그 감정은 그들이 아는 유일하게 순수하고 사적
사랑의 감정인 우정이나 궁극의 모성애로 개념화되었다. 우리
는 분명 어머니도, 아이도, 동족도 아니었고, 그러니 우리를 사
랑하는 마음이 있다면 그것은 친구로서가 분명했다.

　그들은 교제 기간 동안 둘씩 짝을 지어 다니는 것은 자연
스럽게 받아들였다. 자기들이 그렇듯이 우리 셋이 많은 시간을
함께 보내는 것 또한 자연스럽게 여겼다. 아직 일을 하지 않는
우리는 그들이 산림 관리 일을 하는 동안 따라다녔는데, 이 또
한 당연하게 생각했다.

　하지만 각 쌍이 따로 '가정'을 꾸려야 한다는 말을 꺼내자,

그 주장은 이해하지 못했다.

"우리는 직업상 온 나라를 돌아다녀야 해요." 셀리스가 설명했다. "한곳에서 내내 살 수가 없다고요."

"지금 함께 있잖아요." 알리마가 곁에 선 건장한 테리를 뿌듯하게 바라보며 말했다. (그때는 두 사람이 사이가 '좋을' 때였지만, 곧 다시 사이가 '멀어졌다'.)

"그거랑은 완전히 다른 겁니다." 테리가 고집했다. "남자는 아내와 가족이 있는 자기 가정을 원해요. 아내와 가족이 있는."

"그 안에 있는다고요? 내내?" 엘라도어가 물었다. "설마 갇혀 있는 건 아니겠죠?"

"물론 아니죠! 거기 사는 겁니다. 당연히." 그가 대답했다.

"아내는 거기서 뭘 하죠? 내내?" 알리마가 물었다. "아내가 하는 일은 뭔가요?"

그러자 테리가 우리 나라 여자는—조건부이긴 하지만—일을 하지 않는다고 다시 참을성 있게 설명했다.

"하지만 일을 안 하면 뭘 하나요?" 그녀가 끈덕지게 물었다.

"가정과 아이들을 돌보죠."

"한꺼번에요?" 엘라도어가 물었다.

"그럼요. 아이들은 뛰어놀고 어머니는 모든 걸 관리하는 겁니다. 물론 하인들도 있고요."

테리에게는 너무나 명백하고 당연한 일이어서 이런 것들을 설명할 때면 언제나 점점 짜증을 냈지만, 여자들은 진심으로 궁금해했다.

"그곳 여자들은 아이를 몇 명 낳나요?" 알리마는 이제 노트를 꺼내 들고 입을 꾹 다물고 있었다. 테리는 대충 얼버무려 끝내려고 했다.

"정해진 숫자는 없어요." 그가 설명했다. "많은 사람도 있고 적은 사람도 있는 거죠."

"하나도 없는 사람도 있어요." 내가 장난스럽게 끼어들었다.

그들은 내가 시인한 사실을 붙들고 늘어져 이내 아이가 많은 집일수록 하인이 적고 하인이 많을수록 아이가 적다는 일반적 사실을 끄집어냈다.

"거봐요!" 알리마가 의기양양하게 말했다. "아이가 한두 명이거나 아예 없는데 하인은 서너 명이라니. 그런 여자들은 뭘 하는 거죠?"

우리는 최선을 다해 설명했다. 그들이 '사교 직무'*라는 말을 우리처럼 해석하지 않았으면 하는 솔직하지 못한 기대를 하며, 손님 접대니 파티니 여러 가지 '취미'에 대해 이야기했다. 그런 대답을 하면서도 모든 것을 집단적으로 생각하는 이 도량 넓은 여자들은 철저히 개인적인 삶의 제약을 상상조차 할 수 없다는 사실을 알고 있었다.

"정말 이해가 안 되네요." 엘라도어가 대화를 종결했다. "여긴 반쪽짜리 나라에 불과해요. 우리에겐 여자들 방식이 있고, 그쪽에는 남자들 방식과 양성의 방식이 존재하겠죠. 우리가 만든 생활 체계는 물론 한계가 있고요. 그쪽이 더 폭넓고 풍요롭고 나을 거예요. 제 눈으로 꼭 보고 싶어요."

---

* 'social duty'를 안주인으로서 하는 사교 관련 일들이 아니라 공적인 '사회적 의무'로 이해해 주기를 기대하고 있다.

"곧 그렇게 될 거예요." 내가 속삭였다.

"여긴 피울 거리가 하나도 없어." 테리가 불평했다. 그는 알리마와 오랫동안 불화를 겪는 중이라 진정제가 필요했다. "마실 거리도 없고. 이 복 받은 여자들은 기분 전환용 나쁜 짓조차 안 해. 제발 여기서 좀 나가고 싶다!"

그것은 헛된 바람이었다. 우리는 늘 어느 정도 감시를 받고 있었다. 테리가 밤중에 산책이라도 하러 거리로 뛰쳐나가면 어김없이 여기저기서 '대령'과 마주쳤다. 순간적으로 미칠 듯한 절망감이 몰려와 막연하게 탈출을 꿈꾸며 절벽 근처로 갔던 어느 날에도 대령 몇 명이 근처에 바싹 붙어 있었다. 우리는 자유롭기는 했지만, 조건부 자유였다.

"불쾌한 나쁜 짓도 안 하잖아." 제프가 상기시켰다.

"차라리 그랬으면 좋겠다!" 테리가 고집스럽게 말했다. "이 여자들한테는 남자의 악덕도, 여자의 미덕도 없어. 중성들이라고!"

"알 만한 사람이 왜 그래. 말도 안 되는 소리 하지 마." 내가 호되게 한마디 했다.

나는 엘라도어가 어떤 표정으로 나를 바라볼 때의 눈빛을 생각하고 있었다. 그것은 그녀 자신조차도 깨닫지 못하는 표정이었다.

제프도 나만큼 화가 났다. "도대체 어떤 '여자의 미덕'이 없다는 건지 모르겠네. 내가 보기엔 모든 걸 다 갖추고 있는 것 같은데."

"겸손함이 없어." 테리가 받아쳤다. "인내심도, 순종미도, 여자의 가장 큰 매력인 고분고분한 맛이 전혀 없다고."

나는 딱하다는 듯이 고개를 저었다. "가서 사과하고 화해
해, 테리. 네가 심술부리는 것뿐이잖아. 이 여자들은 인간적인
미덕을 가지고 있고, 내가 본 그 어떤 사람보다 단점이 없어.
인내심 이야기를 하니 말인데, 이 사람들한테 인내심이 없었으
면 첫날 우리가 내리자마자 저 절벽 너머로 밀어 버렸을걸."

"여긴 오락거리가 전혀 없어." 그가 투덜거렸다. "남자가
가서 기분 풀 곳이 하나도 없잖아. 사방이 온통 거실과 육아실
뿐이라고."

"일터도 있어." 내가 덧붙였다. "또 학교랑 사무실, 실험
실, 스튜디오, 극장도 있고. 그리고 가정도."

"가정이라고!" 그가 비웃었다. "이 딱한 나라에 무슨 가정
이 있어?"

"그것밖에 없는 거지. 너도 알잖아." 제프가 격하게 반박
했다. "이렇게 모든 게 평화롭고 선의가 넘치고 서로 사랑하는
곳은 본 적도 없고 꿈도 꿔 보지 않았어."

"아, 영원한 주일 학교 같은 걸 원한다면야 물론 좋겠지.
하지만 난 뭔가 일이 돌아가고 있는 게 좋다고. 여기는 모든 게
이미 다 이루어져 있어."

그것은 뭔가 일리가 있는 비판이었다. 개척 시대는 진작
오래전에 끝났다. 이 문명이 초기에 겪었던 어려움은 이미 극
복된 지 오래였다. 고요한 평화, 넘치는 풍요, 한결같은 건강,
넉넉한 호의, 모든 것을 지배하는 매끄러운 운영 덕분에 이제
더 이상 극복할 것은 아무것도 남아 있지 않았다. 완벽하게 관
리되는 유서 깊은 시골 저택에 사는 행복한 가족 같았다.

나는 이들이 이룬 사회학적 성취에 진지하고 지속적인 관
심을 가지고 있기 때문에 이곳이 좋았다. 제프는 이런 가족과

이런 장소라면 어디라도 좋아했을 것이기 때문에 이곳을 좋아했다.

테리는 반대할 것도, 투쟁할 것도, 정복할 것도 없기 때문에 이곳을 싫어했다.

"삶은 투쟁이야. 그래야 하고." 그는 주장했다. "투쟁이 없는 곳에는 삶도 없어. 그게 다야."

"그건 말도 안 되는 소리야. 남자들의 헛소리." 평화주의자 제프가 대답했다. 그는 누가 봐도 허랜드의 열렬한 옹호자였다. "개미가 그 수많은 새끼를 투쟁으로 기르나? 벌은 또 어떻고?"

"아, 곤충으로 돌아가서 개미집에서 살고 싶다면 그러든지! 더 높은 수준의 삶은 오로지 투쟁, 전투를 통해서만 도달할 수 있어. 이 나라에는 연극도 없잖아. 이 사람들 연극 꼴을 보라고! 아주 신물이 나."

그 말에는 우리 둘 다 공감하지 않을 수 없었다. 이 나라의 연극은—우리 취향에는—좀 평면적이었다. 알다시피 그들에게는 성적 동기가 없고, 그러니 질투도 없었다. 서로 대결하며 전쟁을 벌이는 나라들도, 귀족과 그들의 야망도, 빈부의 대립도 없었다.

그러고 보니 아직 이곳의 경제 문제에 대해 거의 아무 이야기도 하지 않았다. 그 부분을 먼저 언급했어야 하지만, 지금은 연극 이야기를 마저 하겠다.

이곳에도 그들 나름의 연극이 있었다. 그들의 예술과 종교가 광범위하게 뒤섞인 화려한 가장행렬과 행진, 일종의 장대한 의식이 아주 인상적으로 짜인 행사였다. 어린 아기들도 여기에 참여했다. 무리 지어 당당하게 행진하는 위대한 어머니들과 용감하고 고귀하고 아름답고 강한 젊은 아가씨들, 그리고 크리스마스트리를 둘러싸고 까불며 노는 우리 나라 아이들처럼 자연스럽게 참여하는 아이들로 이루어진 굉장한 연례 축제를 보고 있노라면 즐겁고 자신감 넘치는 이곳 삶의 느낌이 압도적으로 다가왔다.

이 나라는 연극과 춤, 음악, 종교, 교육이 분리되지 않고 밀접하게 연결되어 있던 시절에 시작되어서, 그것들을 따로따로 발전시키는 대신 그 연결 관계를 그대로 유지해 왔다. 여기서 다시 한번 삶에 대한 시각—그들의 문화의 기반이 되는 배경이자 근본—의 차이를 어렴풋하게나마 설명해 보도록 하겠다.

이에 대해서는 엘라도어에게 많은 이야기를 들었다. 그녀는 내게 아이들과 자라나는 소녀들, 특수 교사들을 소개해 주었다. 읽을 책도 골라 주었다. 그녀는 내가 알고 싶어 하는 것이 무엇인지, 그것을 어떻게 설명해야 하는지 늘 정확히 이해하고 있는 것 같았다.

테리와 알리마는 불꽃을 튀기다 헤어지기를 반복했다. 그는 늘 알리마에게 미친 듯이 끌렸고 그녀도 그랬다. 알리마도 그랬던 것이 분명하다. 그렇지 않고서야 테리의 행동을 절대 참지 못했을 테니까. 그러는 사이 엘라도어와 나는 이미 늘 함께였던 것처럼 깊고 편안한 감정을 느끼고 있었다. 제프와 셀리스는 행복했다. 그것은 분명한 사실이지만, 우리만큼 좋은 것 같지는 않았다.

엘라도어가 설명해 준 바에 의하면 허랜드 아이들의 삶은 이러하다. 이 아이들은 태어나면서부터 평화와 아름다움, 질서, 안전, 사랑, 지혜, 정의, 인내, 풍요 속에서 자랐다. 여기서

'풍요'롭다는 것은 아이들이 이슬 맺힌 숲속 빈터와 개울가 초원에서 자라는 아기 사슴처럼 모자란 것 없는 환경에서 성장한다는 뜻이다. 그리고 아이들은 그 풍요로움을 아기 사슴처럼 마음껏 완전히 누렸다.

그들이 태어난 세상은 배우고 실천할 만한 흥미진진하고 매혹적인 일들이 가득한 크고 환하고 아름다운 곳이었다. 온 세상 사람들이 친절하고 정중했다. 허랜드 아이들은 우리 나라 아이들이 흔히 경험하는 어른들의 무례한 횡포를 전혀 알지 못했다. 여기서는 아이들이 태어나는 순간부터 인간으로, 이 나라에서 가장 소중한 존재로 대했다.

아이들은 풍성한 경험을 하며 성장했고 그 하나하나의 단계마다 자기들이 공부한 바가 확장되며 무한히 광대한 공통의 관심사와 연결된다는 것을 깨달아 갔다. 그들이 배우는 것은 처음부터 서로서로, 그리고 나라의 번영과 연결되어 있었다.

"제가 산림 관리인이 된 건 나비 한 마리 때문이었어요." 엘라도어가 말했다. "열한 살쯤 되었을 때 어느 날 나지막이 핀 꽃 위에 보라색과 초록색이 섞인 커다란 나비 한 마리가 앉아 있는 걸 봤어요. 전에 배운 대로 조심조심 날개를 접어서 잡고는 가까이 계신 곤충 선생님께 이름을 물어보려고 가져갔죠." 이 부분에서 나는 도대체 곤충 선생이라는 것이 무엇인지 질문하려고 메모를 해 두었다. "선생님은 조그맣게 환성을 지르며 그 나비를 받아 들더니 말했어요. '아이고, 착해라. 너 오버너트 좋아하니?' 물론 전 오버너트를 좋아하고 그렇다고 대답했죠. 그건 최고의 견과류잖아요, 알죠? '이건 오버너트 나방 암컷이야.' 선생님이 말했어요. '거의 사라진 종이지. 이놈들을 멸종시키려고 몇백 년 동안 애써 왔단다. 오늘 네가 잡지 않았으면 이 녀석이 수많은 알을 낳아서 견과류 나무 수천 그루를 죽이고 견과 수천 통을 갉아먹어서 수십 년 동안 우리를 고생시켰을 거야.'

모두들 나를 칭찬해 주었어요. 전국의 아이들은 혹시라도 그 나방이 더 있는지 잘 살펴보라는 말을 들었고요. 전 그 나방의 내력과 예전에 그 나방이 입힌 피해, 우리 선조 어머니들이 우리를 위해 이 나무들을 구하려고 얼마나 오랫동안 힘겹게 애썼는지 들었어요. 그 일을 통해 전 마치 한 뼘 자란 듯한 기분이었고, 바로 그 자리에서 산림 관리인이 되기로 결심했어요."

이것은 한 가지 예에 불과했고, 그녀는 여러 가지 사례를 많이 들려주었다. 양국 사이에는 커다란 차이가 있었다. 우리 나라에서는 아이들을 위험한 세상으로부터 격리하고 보호하기 위해 갖은 애를 써 가며 각자의 가정에서 가족이 키우는 데 비해, 이곳 아이들은 넓고 우호적인 세상에서 처음부터 이 세상이 자기 것이라 생각하며 자랐다.

이곳 아동 문학은 굉장했다. 그들은 섬세한 절묘함과 유려한 간결함을 발휘해 문학이라는 위대한 예술을 아이들에게 맞게 변형시켰다. 그 과정과 특성을 살펴보려면 몇 년은 족히 걸렸을 것이다.

우리 나라에는 남자와 여자, 두 가지 인생 주기가 있다. 남자의 인생에는 성장과 투쟁, 정복, 가족 만들기, 그리고 능력에 따라 돈을 벌거나 야망을 실현하는 일들이 포함된다.

여자의 인생에는 성장과 남편 찾기, 가족에 종속된 여러 활동, 그 외에는 지위에 따라 '사교' 또는 자선 활동 등이 포함된다.

이곳에는 하나의 인생 주기만 존재하며, 그것은 아주 광범위했다.

아이들의 인생은 처음부터 넓게 열려 있었다. 그중 아이를 낳는 것이 개인이 국가에 할 수 있는 최고의 공헌이었고, 그 외에는 공동 활동에서 각자의 몫을 감당했다. 내가 이야기를 나눠 본 모든 아이는 나이를 막론하고 어른이 되면 무엇을 하고 싶은지 즐겁게 결심하고 있었다.

이곳 여자들은 '겸손'을 모른다는 테리의 불평은 이 멋진 인생관에 그늘진 구석이 조금도 없기 때문이었다. 개개인의 예의는 아주 깍듯했지만 수치심은 없었다. 부끄러워할 것이 전혀 없었기 때문이다.

어린 시절의 결함이나 비행도 절대 죄악시하지 않고 그저 실수나 게임 중의 과실 정도로 여겼다. 다른 아이들보다 눈에 띄게 성질이 못됐거나 진짜 결점이나 잘못이 있는 일부 아이도 마치 친구들끼리 휘스트* 게임을 할 때 그중 잘 못 하는 친구를 대하듯이 기분 좋게 참작해 주었다.

아시다시피 그들의 종교는 모성 숭배였고, 진화에 대한 깊은 이해를 바탕으로 한 윤리관에는 성장의 원칙과 지혜로운 문화의 아름다움이 담겨 있었다. 그들은 선과 악의 근본적 대립을 믿지 않았다. 그들에게 삶은 성장을 의미했다. 성장은 그들의 기쁨이자 의무였다.

이러한 바탕과 광범위한 사회 활동으로 표현되는 승화된 모성애를 지닌 이 나라에서는 어떤 일을 하건 국가의 성장에 미칠 영향을 고려해 이를 빈틈없이 조절했다. 아이들을 위해

* 카드놀이의 일종.

언어마저 계획적인 명료화, 단순화 작업을 거쳐 쉽고 아름답게 만들었다.

우리에게는 정말로 믿기 힘든 일이었다. 첫째, 그런 임무를 계획하고 실행할 선견지명과 힘, 끈기를 지닌 나라가 존재한다는 것, 둘째, 여자들에게 그런 엄청난 진취적 기상이 있다는 것이 믿기지 않았다. 우리는 당연히 여자에게는 그런 것이 없다고, 제약을 참지 못하며 활동력을 타고난 남자만이 새로운 것을 발명할 수 있다고 생각해 왔다.

이곳에서 우리는 환경의 압박에 직면할 경우 성별을 막론하고 창의적 반작용이 생겨난다는 것을, 나아가 모성이 완전히 발현된 어머니들은 아이들을 위해 무한히 계획을 세우고 실천할 수 있다는 사실을 깨달았다.

아이들이 고귀하게 태어나고 가장 풍요하고 자유롭게 자라나는 환경을 만들기 위해 그들은 국가 전체를 계획적으로 개조하고 개선했다.

아이가 어린 시절에 머물러 있지 않는 것처럼 그들도 절대 거기서 멈추지 않았다. 이렇게 완벽한 육아 체계를 넘어서서 이 나라 문화에서 가장 인상적인 점은 모든 사람에게 평생 광범위한 관심사와 인간관계가 열려 있다는 것이었다. 처음 이들의 문학을 접하고 가장 놀라웠던 것은 아이들을 주제로 한 문학이었다.

이곳에도 우리가 익히 알고 있는 단순하고 반복적인 시와 이야기, 섬세하고 상상력 풍부한 이야기가 똑같이 단계적으로 존재했다. 하지만 우리 나라에서는 이런 것들이 고대 민속 신화와 원시적 자장가에서 흘러나온 잔재라면, 이 나라의 아동 문학은 뛰어난 작가들이 쓴 최고의 작품이었다. 그 작품은 단

순하며 어린이들에게 확실하게 호소력을 발휘하는 동시에 살
아 있는 세상에 대한 진실을 담고 있었다.

　　이들의 육아실에 하루만 앉아 있어도 유아기에 대한 시각
이 완전히 바뀌게 된다. 어머니 품에 안겨 있거나 꽃향기 그윽
한 방에서 잠든 통통하고 볼이 발그레한 아기들의 모습이야 특
이할 것이 없어 보이지만, 이 아기들은 절대 우는 법이 없었다.
나는 허랜드에서 아이 울음소리를 들은 적이 없다. 호되게 넘
어진 아이가 우는 모습을 한두 번 본 것이 다였는데, 그럴 때면
사람들이 성인의 고통스러운 비명 소리라도 들은 듯이 달려와
도와주었다.

　　모든 어머니는 영예년을 가졌다. 아이를 데리고 살면서 사
랑하고 배우고 자랑스럽게 키우는 시간으로, 보통 2년 남짓 정
도 된다. 이 나라 어머니들이 놀랍도록 활력이 넘치는 데에는
아마 이 이유도 있을 것이다.

　　하지만 이 시기 후에는 원래 직업이 아이들을 돌보는 일
이 아닌 어머니들은 계속해서 아이를 보살피지 않는다. 그래도
그들은 늘 가까운 곳에 있었고, 자긍심을 가지고 끊임없이 아
이들을 직접 돌보는 공동 어머니들을 대하는 자세가 정말 보기
좋았다.

　　짧게 자르고 깨끗하게 쓸어 놓은 부드러운 잔디밭이나
그 못지않게 보들보들한 깔개, 맑고 야트막한 수영장에서 발
가벗은 채 이리저리 자빠지고 엎어지며 자지러지게 깔깔 웃는
아기들은 내가 상상조차 해 보지 못했던 행복한 유아기의 모
습이었다.

　　이들은 아기들을 따뜻한 지역에서 키우다가 자라면서 점
차 추운 고지대에 적응시켰다.

열 살에서 열두 살 정도 된 튼튼한 아이들은 우리 나라 아이들처럼 눈밭에서 신나게 뒹굴었다. 아이들이 나라 안 어디에 있든 집처럼 편안하게 느끼도록 전국 이곳저곳을 끊임없이 탐험하게 했다.

온 나라가 아이들의 것이었고, 아이들이 배우고 사랑하고 활용하고 봉사해 주기를 기다리고 있었다. 우리 나라 남자아이들이 자라서 '훌륭한 군인'이나 '카우보이'나 자기가 좋아하는 무언가가 될 것이라는 포부를 품고 여자아이들이 어떤 가정을 꾸리고 아이는 몇 명이나 낳을 것인지 계획하는 것처럼, 이곳 아이들은 나중에 나라를 위해 무엇을 하고 싶은지 자유롭고 즐겁게 재잘거리며 구상했다.

인생이 평탄하고 행복하면 별 재미도 없을 것이라는 우리 나라의 통념이 얼마나 어리석은 생각인지 처음 일깨워 준 것이 이 아이들의 행복하고 열의 넘치는 모습이었다. 활기차고 즐겁고 열의에 찬 이 아이들과 삶에 대한 그들의 끝없는 열정을 보자 과거 내가 가졌던 생각들이 송두리째 뒤흔들려 사라졌다. 한결같은 건강은 이들에게 우리가―이상한 모순이 담겨 있는 말이지만―'동물적 활기'라 부르는 자연스러운 자극제 역할을 했다. 이 아이들은 기분 좋고 흥미진진한 환경 속에서 지냈고 그 앞에는 배움과 발견의 나날, 매혹적이고 끝없는 교육 과정이 펼쳐져 있었다.

이들의 교육 방법을 살펴보고 우리 나라와 비교하자, 우리가 이들보다 열등하다는 불편한 감정이 급속히 커져 갔다.

엘라도어는 내가 놀라는 것을 이해하지 못했다. 이것저것 친절하고 다정하게 설명해 주기는 했지만 도대체 왜 설명이 필요한지 약간 놀라워했고 그러다가는 불쑥 우리 나라 방식에 대해 질문해서 나를 하염없이 창피하게 만들었다.

어느 날 나는 일부러 엘라도어를 떼 놓고 소멜에게 갔다. 소멜에게 바보처럼 보이는 것은 상관없었다. 소멜은 이미 그런 모습에 익숙해져 있었기 때문이다.

"설명이 많이 필요해요." 나는 말했다. "당신은 제 어리석음을 잘 알고 있지만, 엘라도어에게는 그런 모습을 보여 주고 싶지 않아요. 엘라도어는 제가 몹시 현명한 사람이라고 생각하고 있거든요!"

그녀는 환하게 미소 지으며 말했다. "두 사람 사이에 이렇게 새롭고 근사한 감정이 싹트는 걸 보니 너무 좋네요. 온 나라가 다 관심 있게 지켜보고 있어요. 아시죠? 우리가 어떻게 안 그럴 수가 있겠어요!"

그런 생각은 하지 못했다. '온 세상이 연인을 사랑한다'라는 말도 있지만, 200만 명이나 되는 사람들이 우리 교제 과정을, 그것도 쉽지 않은 교제 과정을 지켜보고 있다니 꽤나 당황스러웠다.

"이곳의 교육 이론에 대해 좀 말씀해 주세요." 내가 이야기했다. "간단하고 쉽게요. 어떤 점이 혼란스러운지 보여 드리기 위해 먼저 우리 교육 이론부터 설명할게요. 우리 나라에서는 아이들에게 억지로 머리를 쓰게 만드는 걸 굉장히 중시해요. 장애물을 극복하는 게 아이들에게 좋다고 생각하거든요."

"그건 물론이에요." 예상치 않게 그녀도 여기에 동의했다. "우리 아이들도 다 그렇게 해요. 그걸 좋아하고요."

그러자 다시 혼란스러웠다. 아이들이 그 과정을 좋아한다면 어떻게 교육이 될 수 있다는 말인가?

"우리의 교육 이론은 이래요." 그녀가 신중하게 말을 이었다. "여기 한 어린 인간이 있어요. 정신도 신체처럼 자연스러운 것, 성장하고 사용하고 즐겨야 할 것이죠. 우리는 신체에 하듯이 아이의 정신에도 영양과 자극을 주고 단련시키려고 해요. 교육은 알아야 할 것과 해야 할 것, 크게 두 부문으로 나뉘어요. 그곳도 물론 마찬가지겠죠?"

"해야 할 것요? 정신을 훈련시키는 것 말입니까?"

"네. 전반적인 계획은 이래요. 정신에 양식을 공급하는 것, 그러니까 정보를 주는 문제에 있어서는 최고의 인력을 이용해 건강한 아이 두뇌의 자연스러운 욕구에 맞춰요. 지나치지 않게 각각의 아이에게 가장 적합한 양으로 다양한 정보를 주는 거죠. 그건 가장 쉬운 부분이에요. 나머지 한 부문은 각각의 정신을 가장 잘 발달시킬 수 있는 등급별 훈련을 적절하게 마련하는 것이에요. 우리 모두가 가지고 있는 능력뿐만 아니라 일부 사람들이 지닌 특별한 능력도 세심하게 개발시키는 훈련요. 거기서도 이런 걸 하겠죠?"

"나름은요." 나는 어설프게 대답했다. "우리 나라에는 여기처럼 고도로 발달하고 정교한 체계는 없어요. 비교도 안 되죠. 하지만 좀 더 설명을 해 주세요. 정보는 어떻게 관리합니까? 이곳에서는 모든 사람이 모든 분야를 꽤 잘 알고 있는 것 같던데. 맞죠?"

그녀는 웃으며 아니라고 했다. "전혀 그렇지 않아요. 여러분이 곧 알게 되셨다시피 우리가 가진 지식은 극히 제한적이에요. 여러분이 들려준 새로운 것들에 온 나라가 얼마나 흥분했는지 몰라서 그래요. 수천 명의 사람이 여러분 나라에 가서 배우고, 배우고, 또 배우기를 가슴 두근거리며 간절히 바라고 있다고요! 우리가 가진 지식은 쉽게 일반지식과 전문 지식으로 나뉘어요. 시간과 힘을 낭비하지 않고 일반지식을 아이들에게 가르치는 방법은 이미 오래전에 알아냈어요. 전문 지식은 원하는 사람 모두에게 열려 있어요. 어떤 사람들은 한 분야에서만 전문성을 키우기도 하지만, 대부분은 직업이나 자기 성장을 위해 여러 분야를 택하죠."

"성장요?"

"네. 한 가지 일만 너무 파고들어 거기 머물면 사용하지 않는 두뇌의 다른 부분이 퇴화하는 경향이 있어요. 그래서 우린 계속 배워 나가는 걸 좋아해요. 언제나."

"뭘 공부하는 건가요?"

"우리가 아는 한에서 여러 가지 학문을요. 한계는 있지만 우린 해부학, 생리학, 영양학에 상당한 지식을 가지고 있거든요. 모두 충만하고 아름답게 사는 데 필요한 학문이죠. 아주 초보적이긴 하지만 흥미로운 식물학과 화학 같은 학문도 배워요. 우리 역사, 그리고 그와 함께 쌓여 온 심리학도 공부하고요."

"여기서는 심리학을 역사와 연관시킵니까? 개인의 삶이 아니라?"

"물론이죠. 심리학은 우리의 학문이에요. 그건 우리 사이사이에 존재하고 세대가 바뀌고 발전하면서 변화해요. 우린 이 분야와 발맞춰 전 국민이 더 발전하도록 천천히 신중하게 노력하고 있어요. 수천 명의 아기가 보다 강하고 명징한 정신과 상냥한 기질, 더 훌륭한 능력을 기르며 발전하는 모습을 보는 건 영광스럽고 근사한 일이잖아요! 당신 나라에서도 그렇지 않나요?"

나는 이 질문을 대놓고 피했다. 머리에 든 정보의 양만 많아졌을 뿐 인간 정신은 머나먼 원시 시대에서 전혀 나아지지 않았다는 울적한 주장이 생각났다. 나는 한 번도 그 주장을 믿지 않았다.

"우리는 두 가지 능력을 키우기 위해 가장 애쓰고 있어요." 소멜이 계속해서 말했다. "수준 높은 생활에 기본적으로 꼭 필요하다고 생각되는 능력, 즉 날카롭고 폭넓은 판단력과 강하고 잘 연마된 의지력요. 우리는 어린 시절과 청년 시절 내내 최선을 다해 이 능력, 개인적 판단력과 의지력을 키워 나가고 있어요."

"그게 교육 체계의 일부란 말씀이시죠?"

"맞아요. 그게 가장 중요한 부분이에요. 아마 보셨겠지만, 아기들의 경우에는 우선 지치게 하는 일 없이 정신을 키우는 환경을 마련해 줘요. 적당한 나이가 되는 대로 갖가지 단순하고 재미있는 일들을 하게 하는 거죠. 물론 신체적인 면이 우선이에요. 하지만 정신에 부담을 주지 않으려고 몹시 신경 쓰면서 최대한 일찍부터 아이들에게 간단한 선택을 하게 해요. 인과 관계가 분명한 선택을요. 아이들이 하는 놀이 보셨죠?"

그렇다. 아이들은 늘 뭔가 놀이를 하거나, 때로는 자기 나름의 연구에 조용히 빠져 있었다. 처음에는 애들이 학교는 언제 가는지 궁금했지만, 곧 학교에는 아예 가지 않는다는 것을 알게 되었다. 모든 것이 교육이었지만 학교 교육은 없었다.

"우린 지난 1600년 동안 아이들에게 더 좋은 놀이를 고안하기 위해 노력해 왔어요." 소멜이 계속해서 말했다.

나는 깜짝 놀라 외쳤다. "놀이를 고안한다고요? 새로운 놀이를 만든다는 말입니까?"

"그럼요." 그녀가 대답했다. "거기선 안 그래요?"

그 순간 나는 유치원을, 그리고 몬테소리 여사가 고안한 '교재'를 떠올리고 신중하게 대답했다. "어느 정도는요." 하지만 우리 아이들이 하는 대부분의 놀이는 까마득한 옛날부터 아이에게서 아이로 전해져 내려온 굉장히 오래된 놀이라고 말했다.

"그 놀이들에는 어떤 효과가 있어요?" 그녀가 물었다. "사람들이 장려하고자 하는 능력을 개발시켜 주나요?"

나는 '운동' 옹호자들의 주장을 떠올리며 다시 한번 조심스럽게 이론상 어느 정도는 그렇다고 대답했다.

"하지만 아이들이 실제로 그걸 좋아해요?" 내가 물었다. "그런 식으로 놀이를 만들어서 차려 주는 걸? 예전에 즐기던 놀이를 하겠다고 하지 않습니까?"

"아이들을 보시면 되잖아요." 그녀가 대답했다. "그곳 아이들이 더 만족하고 호기심 많고 행복한가요?"

그 순간 사실 전에는 한 번도 생각해 본 적 없던 것들이 떠올랐다. 예전에 본, 따분해하고 지루해하며 "이제 뭘 해?" 하고 징징대는 아이들, 패거리 지어 어슬렁거리며 돌아다니는 어린애들, 진취성을 가지고 '뭔가를 시작'하는 강인한 정신을 지닌 아이들의 가치, 아이들의 파티와 '아이들을 재미있게 해 주기 위해' 어른들이 지는 귀찮은 의무, 또한 우리가 '장난'이라 부르는 무궁무진한 잘못된 행동, 할 일 없는 아이들이 저지르는 멍청하고 파괴적이며 때로는 사악한 짓이 모두 생각났다.

"아뇨." 내가 우울하게 대답했다. "그렇지 않은 것 같네요."

허랜드의 아이가 태어나는 세상은 세심하게 준비되어 있고 가장 흥미진진한 배움의 자료와 기회가 가득할 뿐만 아니라, 우리 나라에서는 불가능한 배움의 왕도로 아이들을 이끌어 갈 사명을 띤 재능 있고 잘 훈련된 선생님들이 수두룩하게 존재하는 곳이었다.

이들의 교육 방법에는 어떤 수수께끼도 없었다. 아이들에게 맞춰져 있긴 했지만 어른들도 어쨌거나 이해할 수 있었다. 나는 때로는 엘라도어와 함께, 때로는 혼자서 많은 날을 아이들과 보내면서 나 자신과 내가 알던 모든 사람의 어린 시절에 대해 참담한 연민을 느끼기 시작했다.

아기들을 위해 만들어진 이곳의 집과 정원에는 사고의 위험이 전혀 없었다. 계단도, 모서리도, 아기가 삼킬 만한 굴러다니는 작은 물건도, 불도 없었다. 완전히 아기들의 천국이었다. 아기들은 가능한 한 빨리 자기 몸을 쓰고 가누는 법을 배웠다. 이렇게 걸음걸이와 손놀림이 안정적이고 머리가 좋은 아기들은 본 적이 없었다. 이제 막 걸음마를 뗀 아기들은 일렬로 서서 평평한 바닥에서, 조금 뒤에는 부드러운 잔디나 두꺼운 양탄자 위에 세워 놓은 1 내지 2인치 정도 높이의 고무 가로대 위에서 걷기 연습을 했는데, 즐겁게 환호성을 지르면서 떨어졌다가 서둘러 줄 맨 끝에 서서 또다시 시도하는 아기들의 모습을 보고 있노라면 너무나 즐거웠다. 아이들이 뭔가에 올라가 그 위를 걷는 것을 얼마나 좋아하는지는 물론 우리도 봐서 알고 있었다. 하지만 그렇게 단순하며 지치지 않는 오락과 운동 거리를 아이들에게 제공할 생각은 전혀 해 보지 못했다.

물론 이 나라에는 물도 있었고, 아이들은 걷기도 전에 수영부터 배웠다. 처음에는 지나치게 집중적인 교육 효과에 대한 우려도 들었지만, 햇빛 가득한 길고 긴 날들 동안 즐겁게 운동하고 자연스럽게 잠들며 인생의 첫해를 보내는 귀여운 아기들을 보자 그런 우려가 말끔히 사라졌다. 아이들은 자기가 교육받고 있다는 것조차 몰랐다. 그들은 긴밀히 연결된 이 즐거운 실험과 성취 속에서 친밀하고 아름다운 소속감의 토대를 다져 나가며, 그 속에서 세월이 갈수록 더 단단하게 성장하리라

는 것을 꿈에도 알지 못했다. 이것이 시민을 길러 내는 교육이
었다.

# 10장
# 이곳의 종교와 우리의 결혼

남자이자 이방인, 기독교인—나는 독실한 기독교인이었다—
인 내가 허랜드의 종교를 제대로 이해하기까지는 아주 오랜 시
간이 걸렸다.

이곳의 종교가 모성을 신성시하는 것만은 명백했지만 그
렇게 단순하지만은 않았다. 적어도 내가 처음 생각했던 것보다
는 훨씬 더 심오했다.

이곳 사람들의 믿음을 조금이나마 이해하기 시작한 것은
사람이 사람을 이렇게까지 사랑할 수 있다는 사실을 믿지 못할
정도로 엘라도어를 사랑하게 되면서, 엘라도어의 마음가짐과
정신 상태의 진가를 어렴풋이 알아보게 되면서부터였다.

종교에 대해 질문하자 그녀는 처음에는 설명해 주려 애쓰
다가 내가 이해하지 못하고 헤매자 우리의 종교에 대해 좀 더
알려 달라고 했다. 그녀는 곧 우리 나라에는 많은 이질적인 종
교가 존재하고, 이 종교들에 몇 가지 공통점이 있다는 것을 알
아차렸다. 나의 엘라도어는 정말 머리가 명쾌하고 체계적이고
총명했으며, 합리적일 뿐만 아니라 재빠른 통찰력까지 있었다.

내가 설명하는 동안 그녀는 서로 다른 종교들을 핀으로
구분하면서 일종의 도표를 만들었다. 그 공통 기저에는 지배적
신 또는 신들이 있고, 이들을 기쁘게 하거나 달래는 특별한 행
동이 있는데 그 대부분은 금기였다. 일부 종교에만 해당하는

179

공통점도 있었지만, 모든 종교에 빠짐없이 존재하는 한 가지 공통점은 이 신의 존재, 그리고 그로 인한 의무와 금기 사항이었다. 피에 굶주리고 관능적이고 오만하고 잔인한 원시 신들에서부터 공동의 아버지와 그 결과인 공동의 형제애에 이르기까지 인간이 상상한 신성의 모습이 어떻게 단계적으로 변천해 왔는지 추적하는 것은 어렵지 않았다.

그녀는 아주 즐겁게 내 이야기를 들었고, 내가 전지전능하며 무소부재한 하느님의 권능과 그분의 아들이 설파한 사랑에 대해 자세히 설명하자 굉장히 감동했다.

동정녀 탄생 이야기에는 당연히 놀라지 않았지만, 희생 이야기로 넘어가자 몹시 어리둥절해했고 악마와 천벌론에 가서는 도무지 이해하지 못했다.

내가 어쩌다 무심코 어떤 종파에서는 아기들이 지옥에 떨어진다고 믿는다고 하며 그 개념을 설명하자, 그녀는 꼼짝도 않고 조용히 앉아 있었다.

"그 사람들도 하느님은 사랑이자 지혜이며 권능이라고 믿는 거죠?"

"그럼요. 다 믿죠."

그녀의 눈이 커다래지고 얼굴이 새파랗게 질렸다.

"그런데도 그런 신이 어린 아기들을 영원히 지옥에서 불타게 한다고요?" 그녀는 갑자기 몸서리를 치며 그 자리를 떠나 가까운 사원으로 황급히 달려갔다.

이 나라에는 아무리 작은 마을이라도 사원이 있었고, 그 자비로운 피난처에는 현명하고 고결한 여인들이 자기 일을 묵묵히 하고 있다가 사람들이 찾아오면 언제나 기꺼이 위로와 고견, 도움을 주었다.

　나중에 엘라도어는 그곳에서 얼마나 쉽게 슬픔을 진정시켜 주었는지 들려주었는데, 스스로 감정을 다스리지 못한 것을 부끄러워하는 눈치였다.

　"알겠지만 우린 끔찍한 생각에 익숙하지 않아요." 그녀는 다소 미안한 기색으로 돌아와서 말했다. "여긴 그런 생각이 없거든요. 그래서 그런 게 마음에 들어오면 마치 눈에 고춧가루가 들어간 것 같은 느낌이에요. 그래서 눈앞이 하얘진 채 울부짖다시피 하며 그곳으로 달려갔는데 그분이 너무나 쉽고 빠르게 그걸 없애 줬어요!"

　"어떻게요?" 내가 몹시 궁금해하며 물었다.

　그녀가 그분의 말을 들려주었다. "저런, 그건 완전히 잘못된 생각이에요. 그런 신이 있다고 생각할 필요가 없어요. 그런 신은 존재하지 않으니까. 그런 일도 마찬가지예요. 그런 일은 없으니까. 그런 끔찍하고 잘못된 생각을 믿는 사람이 있다는 생각조차 하지 말아요. 무지몽매한 사람들만이 아무거나 믿는 법이라는 것만 기억해요. 당신도 잘 알고 있는 사실이잖아요."

　엘라도어는 계속해서 말했다. "어쨌든 처음 그 이야기를 했을 때는 그분마저 순간적으로 얼굴이 창백해졌어요."

　그 일로 나는 새로운 사실을 배웠다. 이 나라 여자들이 온통 온화하고 다정한 표정을 짓고 있는 것도 당연했다. 끔찍한 생각이 아예 없으니 마땅한 일 아닌가.

　"처음에는 이 나라에도 분명 그런 것들이 있었겠죠." 내가 말했다.

　"아, 그럼요. 하지만 우리 종교가 어느 정도 성장하자마자 그런 생각은 다 버려 버렸어요."

　다른 많은 경험에서도 그랬듯이, 나는 이 일을 통해 생각한 바를 결국 입 밖으로 내어 물어보았다.

"당신들은 과거를 존중하지 않습니까? 선대 어머니들의 생각과 믿음 말이에요."

"안 해요." 그녀가 말했다. "왜 그래야 하죠? 그분들은 다 돌아가시고 없는 데다, 우리보다 아는 것도 적잖아요. 우리가 선조들보다 낫지 않다면 그분들에게 떳떳하지 않죠. 우리보다 당연히 뛰어날 아이들에게도 당당하지 않고."

많은 생각을 하게 하는 말이었다. 나는―생각해 보면 사람들이 그렇게 이야기한다는 이유만으로―늘 여자가 천성적으로 보수적이라고 생각했었다. 하지만 이 여자들은 진취적 기상을 지닌 남자들의 도움이라고는 전혀 없이 과거를 뒤로하고 미래를 향해 대담하게 나라를 건설해 나갔다.

엘라도어는 생각에 잠긴 내 모습을 바라보았다. 내가 무슨 마음을 품고 있는지 다 아는 것만 같았다.

"아마 우린 시작 방식부터가 새로웠기 때문일 거예요. 온 나라 사람들이 일거에 휩쓸려 사라져 버리고, 그 절망의 시기를 거쳐 최초의 기적의 아이들이 태어났잖아요. 그러고는 모두가 숨죽인 채 그들의 아이들이 태어나기를, 그들도 아이를 가질 수 있기를 염원했죠. 그리고 정말 그렇게 됐고요! 그러고는 긍지와 승리의 시기가 이어지다 마침내 인구가 넘쳐나게 되었고, 그 이후 한 사람당 한 명씩만 낳기로 한 때부터는 더 나은 아이들을 낳기 위해 정말로 열심히 노력했고요."

"하지만 그게 이 나라 종교가 다른 종교와 근본적으로 다른 것과 무슨 상관이 있습니까?" 내가 끈질기게 물었다.

그녀는 다른 종교들을 잘 모르니 그 차이를 아주 명확하게 설명할 수는 없지만 자기들 종교는 굉장히 단순한 것 같다고 했다. 그들의 위대한 모신(母神)은 그들의 모성애와 본질은 같지만 다만 인간의 한계를 넘어서서 확장된 개념이었다. 그래서 그들은 아래에서도, 뒤에서도 자신들을 확실하게 지지하고 보살펴 주는 사랑을 느꼈다. 어쩌면 사실 그것은 이제까지 축적되어 온 모성애일지도 모르지만, 그래도 그것이 신이었다.

"이곳 종교의 예배관은 무엇입니까?" 내가 물었다.

"예배요? 그게 뭐예요?"

나는 그것을 설명하기가 굉장히 힘들었다. 그들이 몹시 강렬하게 느끼는 이 신의 사랑은 그녀 말대로 "어머니들이 아무것도 바라지 않듯이" 그들에게 요구하는 바가 아무것도 없는 듯했다.

"하지만 이곳 어머니들도 당연히 아이들에게 존경, 공손, 순종 같은 걸 기대할 거잖아요. 아이들도 어머니를 위해 할 일들이 있을 테고요. 안 그래요?"

"아니에요." 그녀는 미소를 띤 채 갈색 머리를 흔들며 강조해서 말했다. "우린 어머니들이 물려준 일들을 계속하는 거지, 어머니들을 위해 일하는 게 아니에요. 어머니들을 위해 일할 필요도 없고요. 어머니들도 그런 걸 바라지 않아요. 하지만 우린 어머니들을 생각해서—멋지게—살아가야 해요. 그게 바로 우리가 신에 대해 느끼는 감정이에요."

나는 다시 생각에 잠겼다. 나는 우리의 전쟁하는 신, 질투하는 신, 복수는 나의 것이라 주장하는 신을 떠올렸다. 우리 세상 최고의 악몽인 지옥에 대해서도 생각했다.

"그렇다면 여기에는 영원한 형벌이라는 개념이 없겠군요."

엘라도어가 웃었다. 별처럼 반짝이는 그 눈에 눈물이 맺혔다. 그녀는 나를 가엾게 여기고 있었다.

"어떻게 그럴 수가 있겠어요?" 그녀가 단언적으로 물었다.

"보시다시피 살아서도 처벌이 없는 마당에 죽은 뒤에 그런 걸 상상하지는 않아요."

"처벌이 전혀 없다고요? 아이도, 그리고 범죄자, 그러니까 이 나라에 있는 사소한 범죄자도 처벌 같은 건 안 받는단 말입니까?" 내가 재촉하며 물었다.

"거기서는 다리가 부러지거나 열이 난다고 벌을 주나요? 이곳에는 예방책과 치료가 있어요. 때로는 소위 '환자를 입원' 시켜야 할 때도 있지만, 그건 처벌이 아니라 치료의 일부예요." 그녀가 설명했다.

그러고는 내 관점을 더 자세히 살펴보더니 덧붙였다. "우린 우리 인간의 모성애 속에서 위대하고 부드럽고 무한한 향상의 힘을 봐요. 세심한 방법에 대한 온갖 통찰력과 인내심과 지혜를요. 신―우리가 생각하는 신―에게는 그 이상의 힘이 있다고 우린 믿어요. 어머니들이 아이에게 화를 내지 않는데, 신이 왜 화를 내겠어요?"

"이곳에서는 신을 인간처럼 생각하는 겁니까?"

이 질문에 그녀는 잠깐 생각에 잠겼다. "음, 신을 더 가깝게 느끼기 위해서 자연히 의인화를 해요. 하지만 분명 신을 어딘가에 실존하는 커다란 여인처럼 생각하지는 않아요. 우리가 신이라 부르는 존재는 만물에 스며 있는 힘이자 우리 안에 존재하며 더 많이 가지고 싶은 내재하는 영(靈)이에요. 당신의 신은 커다란 남자인가요?" 그녀가 천진난만하게 물었다.

"음, 맞아요. 대부분의 사람에게는 그래요. 물론 우리도 당신들처럼 신을 내재하는 영이라고 부르지만 우리는 신을 그분, 사람, 수염 난 남자라고 하죠."

"수염요? 아, 당신들한테 수염이 있으니까 그런 거군요!

아니면 신에게 수염이 있으니까 당신도 수염을 기르는 건가
요?"

"그 반대로 우린 깎아요. 그게 더 깔끔하고 편하니까."

"신도 옷을 입나요? 당신들 생각에는?"

나는 인간이 신심을 멋대로 발휘해 전지전능한 신을 길게
늘어진 옷에 긴 머리와 긴 수염을 한 노인으로 묘사해 놓은 그
림들을 떠올렸는데, 엘라도어의 솔직하고 순수한 질문을 듣고
생각해 보니 이런 발상이 그다지 탐탁지 않게 느껴졌다.

나는 기독교에서 신은 사실 고대 유대인의 신이고, 우리는
그저 그들의 가부장적 사상, 즉 자기들의 신에게 가부장 사회
의 지도자인 할아버지의 특징을 덧입힌 고대인의 사상을 그대
로 이어받았을 뿐이라고 말했다.

우리 종교 이념의 기원과 발전에 대한 나의 설명을 듣고
난 그녀가 진지하게 말했다. "그렇군요. 유대인은 남자를 우두
머리로 하는 작은 집단으로 나뉘어 생활했군요. 그렇다면 그
우두머리는 아마도 약간 사람들에게 군림했겠네요?"

"그렇다마다요." 내가 동의했다.

"그런데 우리는 그런 의미의 '우두머리' 없이 함께 생활해
요. 그저 우리가 뽑은 지도자들이 있을 뿐이죠. 그 점에서 차이
가 있군요."

"그보다 더 심오한 차이가 있어요." 내가 강력하게 주장했
다. "그 차이는 공동의 모성애에서 나옵니다. 이곳 아이들은 모
두의 사랑을 받으며 자라요. 아이들의 삶은 모든 어머니의 드
넓은 사랑과 지혜로 풍요롭고 행복해요. 그러니 이곳 사람들은
당연히 신도 그 비슷하게 드넓고 전능한 사랑의 개념으로 생각
하는 겁니다. 제가 보기엔 여러분이 우리보다 훨씬 옳은 것 같
아요."

"이해가 안 가는 게 있어요." 그녀가 조심스레 말을 이었다. "왜 그렇게 오래된 생각을 고수하는 거죠? 아까 설명해 준 가부장적 사고는 수천 년이나 되었잖아요?"

"그래요. 4000에서 6000년 정도 되었을 겁니다."

"그리고 그 세월 동안 다른 분야에서는 굉장한 발전을 이루어 왔잖아요?"

"물론 그랬죠. 하지만 종교는 달라요. 우리 종교들은 지금은 돌아가신 위대한 스승이 창시해서 오래전부터 내려온 겁니다. 모든 것을 깨닫고 마침내 가르침을 폈다고 전해지는 스승요. 우리가 할 일은 그저 믿고 따르는 것뿐입니다."

"그 위대한 유대의 스승이 누구였는데요?"

"아, 그 부분에서는 차이가 있어요. 유대 종교는 까마득히 오래된 전통, 그중 일부는 유대 민족의 역사보다 더 깊을 정도로 오래된 전통이 축적되어 증가하면서 후대로 내려온 것입니다. 그 전통이 '하느님의 말씀'에 영감을 줬다고 생각하죠."

"그걸 어떻게 알아요?"

"그렇게 적혀 있으니까요."

"정확히 그렇게 적혀 있나요? 누가 쓴 거죠?"

나는 그런 말이 적힌 구절을 기억해 내려고 애썼지만 도무지 떠오르지 않았다.

"그것 말고도," 그녀는 계속해서 말했다. "왜 초기의 종교적 관념을 그렇게 오래 간직하는지 이해가 안 돼요. 다른 모든 것은 변화했잖아요. 안 그래요?"

"거의 다 그렇죠." 내가 동의했다. "하지만 우린 이걸 '계시 종교'라고 부르고 최종적으로 완성된 형태로 생각해요. 이 정도 하고 이곳의 조그만 사원에 대해서나 설명해 줘요." 나는 재촉했다. "그리고 사람들이 달려가 의지하는 사원의 어머니들에 대해서도요."

그래서 그녀는 응용 종교에 대해 자세히 설명해 주었다. 그 내용을 핵심만 정리해 보도록 하겠다.

그들은 사랑의 신을 종교의 핵심 이론으로 발전시키고 신과 맺는 관계를 어머니와 자식처럼 상정했다. 즉, 신은 어머니처럼 그들의 안녕, 특히 발전을 원하고, 그들도 자식처럼 신을 사랑하고 신에게 감사하며 그 고귀한 목적을 성취하려고 기꺼이 노력했다. 그러고는 철저히 실용적인 사람들답게 날카롭고 적극적인 정신을 발휘해 신이 자신들에게 기대할 법한 행동을 찾아 나가기 시작했다. 그 결과 감탄할 만한 윤리 체계가 만들어졌다. 이러한 사랑의 원칙을 이곳에서는 보편적으로 인정하고 실천했다.

우리가 '높은 교양'이라 부르는 인내심, 상냥함, 정중함이 그들에게는 몸에 밴 행동이었다. 하지만 그들이 우리보다 훨씬 더 뛰어난 점은 신앙심을 삶의 모든 측면에 특별히 적용한 데 있었다. 이곳에는 앞서 말한 종교적 행렬을 제외하면 '예배'라고 부를 만한 어떤 종교적 의식이나 행사도 없었고, 그 행렬조차 종교적인 만큼이나 교육적이고 사교적인 행사였다. 그러나 그들이 행하는 모든 것은 신과 명백히 연결되어 있었다. 그들의 청결함, 건강, 절묘한 질서, 온 나라의 풍요롭고 평화로운 아름다움, 아이들의 행복, 그리고 무엇보다도 그들이 끊임없이 이루어 가는 발전, 이 모든 것이 그들의 종교였다.

그들은 신에 대한 생각에 몰두해 내면의 힘은 외적으로 표현되어야 한다는 이론을 정립해 냈고, 마치 신이 실재하며 사람들 사이에 함께 있는 것처럼 살아갔다.

사방에 자리 잡은 그 조그만 사원들로 말하자면, 이런 면으로 다른 사람보다 기질적으로 더 잘 맞고 유능한 사람들이 있었다. 이들은 직업을 막론하고 일정 시간 동안 사원에서 봉사했다. 즉, 사원에 머물면서 자신들의 사랑과 지혜, 훈련된 사고를 모두 쏟아부어 그곳을 찾는 사람들의 아픈 곳을 어루만져 주는 것이다. 때로 그 이유는 진짜 슬픔이기도 했고, 아주 드물게는 불화, 대부분은 이해하지 못할 당혹스러운 일 때문이었다. 아무리 허랜드에서라 해도 인간 영혼에 어둠이 찾아드는 때가 찾아왔다. 하지만 전국 어디에서나 가장 뛰어나고 현명한 사람들이 언제든 도와줄 준비를 갖추고 있었다.

유독 어려움이 심각한 경우에는 그런 쪽으로 특별히 더 잘 훈련된 사람에게 인도되었다.

이들의 종교는 탐구하는 인간 정신에 삶의 합리적 근거, 그들을 통해 끊임없이 선을 향해 나아가는 거대한 사랑의 신이라는 개념을 제시해 주었다. 인간의 '영혼' 저 깊은 곳에 자리한 내면의 힘과 접촉한다는 기분, 우리가 늘 갈망하는 궁극의 목적을 파악한다는 느낌을 주었다. '가슴'에는 사랑받고 있다는 감정, 사랑받을 뿐만 아니라 이해받고 있다는 축복받은 느낌을 주었다. 어떻게 살아야 하고, 왜 살아야 하는지 명료하고 간결하며 합리적인 방향을 제시해 주었다. 의식 차원에서 하는 첫 번째는 의기양양한 단체 시범으로, 이 의식을 할 때면 수많은 사람이 활력 넘치는 대열을 이루어 온갖 예술을 결합해 행진하고 춤추고 노래하고 연주하며 자기들 최고의 산물들과 탁 트인 아름다운 숲과 언덕 사이를 리드미컬하게 지나갔다. 두 번째로는 가장 어리석은 사람들이 가장 현명한 사람들에게 가서 도움을 받을 수 있는 수많은 조그만 지혜의 중심지를 마련해 두었다.

"정말 아름답군요!" 나는 열렬하게 외쳤다. "이건 내가 들어 본 중 가장 실리적이고 위안을 주면서도 진보적인 종교입니다. 당신들은 서로를 사랑하고, 서로의 짐을 함께 지고, 어린아이가 천국의 모습이라는 사실을 깨닫고 있잖아요. 당신들이야말로 내가 아는 그 어떤 사람보다 더 기독교인답습니다. 하지만 죽음에 대해서는 어떻게 생각하죠? 그리고 영생은요? 당신의 종교는 영원에 대해 뭐라고 가르칩니까?"

"아무것도요." 엘라도어가 말했다. "영원이 뭐죠?"

과연 그것이 무엇이지? 나는 평생 처음으로 영생이 진짜로 무엇인지 이해하려고 애썼다.

"그건… 결코 끝나지 않는 겁니다."

"결코 끝나지 않는다고요?" 그녀는 어리둥절한 얼굴을 했다.

"네, 영원히 계속되는 삶요."

"아, 그거야 우리도 물론 알죠. 삶은 우리 주변에서 영원히 계속되고 있잖아요."

"하지만 영생이란 죽지 않고 계속 사는 겁니다."

"같은 사람이요?"

"네, 같은 사람이 불멸하며 사는 거죠." 그들의 종교에서는 말해 주지 않는 뭔가를 우리 종교에서 가르쳐 줄 수 있다는 생각에 나는 신이 났다.

"여기서요?" 엘라도어가 물었다. "절대 죽지 않고… 여기서요?" 실리적 정신의 소유자인 그녀가 사람들이 차곡차곡 쌓여 가는 모습을 생각하고 있음을 알고 나는 황급히 그녀를 안심시켰다.

"아니, 여기서가 아니라 내세에서요. 물론 여기서는 다들 죽을 수밖에 없죠. 하지만 그 뒤에는 영생을 얻는 겁니다. 영혼이 영원히 사는 거예요."

"그걸 어떻게 알아요?" 그녀가 물었다.

"그걸 증명하려 하진 않겠습니다." 나는 다급히 말을 이었다. "그냥 그렇다고 쳐요. 여기에 대해 어떻게 생각해요?"

그녀는 다시 나를 보며 미소 지었다. 보조개가 쏙 들어가는, 사랑스럽고 부드럽고 장난스러우면서도 어머니 같은 그녀 특유의 미소였다. "아주 솔직하게 이야기해도 돼요?"

"어차피 거짓말도 못 하면서." 나는 반쯤은 기쁘고 반쯤은 섭섭한 마음으로 말했다. 유리처럼 투명한 이곳 여자들의 정직함은 봐도 봐도 놀라웠다.

"특히 어리석은 생각 같아요." 그녀는 차분하게 대답했다. "만약 사실이라면 굉장히 불쾌할 것 같고요."

나는 불멸에 대한 교리를 늘 당연한 것으로 받아들여 왔다. 사랑하는 이들의 혼령을 다시 불러내려고 노상 애쓰는 호기심 많은 심령술사의 노력은 완전히 쓸모없는 짓처럼 보였다. 심지어 혼자서도 이 문제를 용기 있고 진지하게 생각했던 적이 없었다. 그냥 당연히 사실이라고 받아들였다. 그런데 여기 내가 사랑하는 여자, 늘 나와는 비교도 안 되는 높고 넓은 경지를 보여 주는 사람, 이 굉장한 나라의 굉장한 여자가 불멸이 말도 안 된다고 말하고 있는 것이다! 진심으로 하는 말이었다.

"그걸 왜 바라는 거예요?" 그녀가 물었다.

"어떻게 그걸 안 바랄 수가 있어요!" 내가 항변했다. "촛불처럼 휙 꺼져 버리고 싶어요? 계속 성장하면서 행복하게 살고 싶지 않아요, 영원히?"

"아뇨." 그녀는 말했다. "전혀 바라지 않아요. 내 아이, 그리고 그 아이의 아이가 계속 대를 이어 가며 살기를 바라고, 당연히 그러겠죠. 하지만 왜 내가 영원히 사는 걸 바라야 하죠?"

"그게 천국이니까요!" 내가 우겼다. "신과 함께하는 평화와 아름다움, 안락, 사랑요." 나는 종교 문제에 대해 이렇게 열변을 토한 적이 없었다. 그녀가 천벌이나 구원의 정의 문제를 끔찍하게 생각할 수는 있어도, 불멸은 분명 고귀한 믿음이었다.

"저런, 밴." 그녀가 내게 손을 내밀며 말했다. "밴! 그렇게 열렬한 믿음을 가지고 있다니 정말 멋져요. 물론 그건 우리 모두가 원하는 거예요. 신과 함께하는 평화와 아름다움과 안락과 사랑! 그리고 발전도 잊지 말아요. 언제나 계속해서 성장해 가는 거요. 그게 바로 우리 종교에서 바라고 노력하라고 가르치는 거예요. 그리고 우리가 바라고 노력하는 거고요!"

"하지만 그건 여기에서를 말하는 거잖아요." 내가 말했다. "지상에서의 삶에 한정되지 않습니까."

"글쎄요? 당신 나라의 그 아름다운 사랑과 봉사의 종교 또한 이곳, 지상에서의 삶에서 그런 걸 바라지 않나요?"

우리 셋 다 허랜드의 여자들에게 사랑하는 우리 나라의 악폐에 대해서는 말하고 싶지 않았다. 우리는 그런 단점도 필요하며 불가결한 요소라고 당연히 가정하면서―반드시 우리끼리 있을 때만―지나치게 완벽한 이들의 문명을 비판했지만, 그들에게 우리 문명의 실패와 낭비에 대해 말하는 것은 엄두조차 내지 못했다.

게다가 우리는 지나친 토론은 피하고 다가올 결혼 문제에 대해 이야기하고 싶었다.

이 문제에 대해서는 제프가 제일 확고했다.

"물론 이곳에는 결혼식이나 예배 같은 게 없지만, 퀘이커교*식 비슷하게 해서 사원에서 올릴 수 있을 거야. 우리가 최소한 그 정도는 해 줘야지."

정말 그랬다. 결국 우리가 그들에게 해 줄 수 있는 일은 거의 없었다. 이곳에서 우리는 돈 한 푼 없는 손님이자 이방인인데다, 우리 힘과 용기를 보여 줄 기회조차 없었다. 방어하거나 보호해 주어야 할 적이 전혀 없었기 때문이다.

"적어도 성은 줄 수 있겠지." 제프가 주장했다.

그들은 굉장히 친절했고 우리가 바라는 것이라면 무엇이든지 들어줄 자세였다. 이름 이야기를 하자, 언제나 솔직한 알리마가 그렇게 하면 어떤 점이 좋으냐고 물었다.

늘 알리마의 신경을 긁는 테리가 그것은 소유를 나타낸다고 말했다. "당신은 니컬슨 부인이 되는 거죠." 그가 말했다. "T. O. 니컬슨 부인. 그러면 사람들이 다 당신이 내 아내라는 걸 알 수 있거든요."

"'아내'가 정확히 뭐죠?" 그녀가 위험하게 눈을 번득이며 물었다.

"아내란 남자에게 속한 여자로서…." 그가 설명을 시작했다.

그러자 제프가 얼른 그 말을 받아 말했다. "그리고 남편은 여자에게 속한 남자죠. 아시다시피 우리 사회는 일부일처제거든요. 결혼이란 두 사람을 '죽음이 우리를 갈라놓을 때까지' 함께 묶어 주는 사회적, 종교적 의식이고요." 그는 형언할 수 없

---

* 17세기 중반 영국인 G. 폭스가 창시한 프로테스탄트의 한 종파. 교회나 성직자 같은 형식적 제도 없이 내면의 빛을 통해 구원을 얻을 수 있다고 주장했다.

는 헌신적 애정이 가득한 눈으로 셸리스를 바라보며 말을 끝맺었다.

"여기서는 당신들에게 줄 게 아무것도 없으니 정말 한심한 기분이 들어요. 줄 것이라곤 성밖에 없군요."

"그곳 여자들은 결혼 전에는 성이 없나요?" 셸리스가 갑자기 물었다.

"아뇨, 있어요." 제프가 설명했다. "처녀 시절에는 아버지 성이 있죠."

"그럼 그 성은 어떻게 되는 거예요?" 알리마가 물었다.

"남편의 성으로 바꾸는 거죠." 테리가 대답했다.

"바꾼다고요? 그럼 남편은 아내의 처녀 시절 성을 따르고요?"

"저런, 아니죠." 그가 웃었다. "남편은 자기 성을 그대로 가지고 아내에게도 주는 겁니다."

"그럼 아내는 그냥 자기 성을 버리고 새 성을 쓰는 거군요. 그건 불쾌해요! 우린 그렇게 안 할래요!" 알리마가 단호하게 말했다.

테리가 기분 좋게 대답했다. "결혼만 빨리 한다면야 당신이 뭘 하건 안 하건 난 상관없어요." 그는 강인한 구릿빛 손을 내밀어 알리마의 손을 잡으며 말했다. 그녀의 손도 그 못지않게 가무잡잡하고 굳셌다.

"우리에게 뭘 주고 싶다고 한 거요…. 물론 그 마음은 이해하지만, 그러지 못한다는 게 차라리 기뻐요." 셸리스가 계속해서 말했다. "우린 여러분을 있는 그대로 사랑해요. 여러분이 뭔가 대가를 지불하길 바라지 않는다고요. 그저 한 개인으로, 그리고 한 남자로 사랑받는 걸로 충분하지 않나요?"

충분하건 아니건 우리는 그렇게 결혼했다. 우리는 허랜드에서 가장 큰 사원에서 굉장한 합동결혼식을 올렸다. 마치 온 나라 사람이 다 모인 것 같았다. 굉장히 엄숙하고 아름다운 결혼이었다. 누군가 이날을 위해 고귀하고 아름다운 노래를 작곡했는데, 이 민족의 새로운 희망, 다른 나라들과 맺을 새로운 관계, 자매애에 더해 생겨날 형제애, 그리고 경외심이 듬뿍 담긴 부성애에 대한 노래였다.

테리는 이곳 사람이 부성애 이야기만 하면 신경이 예민해졌다. "누가 보면 우리가 무슨 번식 사랑교의 대사제쯤 되는 줄 알겠네!" 그가 항변했다. "이 여자들 머릿속에는 아이 생각밖에 없어. 내가 보기엔 그래! 우리가 한 수 가르쳐 줘야지!"

테리는 자기가 가르쳐 줄 것에 대해 너무나 확신하고 있는데 알리마는 전혀 배울 분위기가 아니라서, 제프와 나는 최악의 상황이 올까 봐 조마조마했다. 테리에게 주의를 주려고 했지만 아무 소용이 없었다. 이 키 크고 잘생긴 친구는 벌떡 일어나 넓은 가슴을 쫙 펴며 웃어 젖혔다.

"따로따로 세 쌍의 결혼이잖아." 그가 말했다. "난 너희 결혼에 참견하지 않을 테니까, 너희들도 내 결혼에 간섭하지 마."

그렇게 그 위대한 날이 왔다. 어마어마한 수의 여자들이 참석한 가운데, 도와줄 '신랑 들러리'나 응원해 줄 다른 남자 하나 없이 신랑 입장을 하고 있자니 우리 셋 다 위축되는 기분이 들었다.

소멜과 자바, 모딘도 왔다. 거의 친척 같은 그들이 와 주어 우리도 고마웠다.

멋진 행렬과 원무(圓舞), 좀 전에 말한 새 노래가 이어지면서 예식을 치르는 커다란 사원 전체가 깊은 경외심과 달콤한 희망, 새로운 기적에 대한 감탄 어린 기대로 고동쳤다.

"우리 스스로 어머니가 되기 시작한 뒤로 이 나라에 이런 일은 처음이에요!" 상징적 행진들을 보며 소멜이 부드러운 목소리로 말했다. "이건 새 시대의 시작이에요. 여러분이 우리에게 얼마나 중요한 존재인지 모를 거예요. 여러분은 단지 부성애나 우리가 모르는 양성 부모의 놀라운 세상, 생명을 탄생시키는 기적적인 결합뿐만 아니라 형제애를 의미해요. 여러분은 바깥세상 전체예요. 여러분을 통해 우리는 동족, 우리가 한 번도 보지 못한 낯선 나라와 민족과 만나요. 우리도 그 사람들을 알아 나가고 사랑하고 돕고 싶어요. 그 사람들에게서 배우고 싶어요. 아, 여러분은 우리 기분을 짐작도 못 할 거예요!"

위대한 '새로운 생명의 찬가'가 절정으로 치달으면서 수천 명의 목소리도 커져 갔다. 과일과 꽃 들로 뒤덮인 위대한 모성의 제단 옆에 똑같이 장식된 새로운 제단이 서 있었다. 위대한 이 땅의 높으신 어머니와 그녀를 둘러싼 대사원의 고문들, 차분한 표정의 어머니들과 신성한 눈빛의 아가씨들 앞으로 선택받은 세 여인이 걸어 나왔고, 그 나라 전체에 단지 세 명밖에 없는 남자들인 우리는 그들과 손을 마주 잡고 결혼 서약을 했다.

# 11장
## 우리의 시련

'결혼은 운'이라는 말이 있다. '결혼은 하늘이 점지해 준다'는 말도 있지만, 더 널리 받아들여지는 것은 전자이다.

우리는 '급이 비슷한' 사람들끼리 결혼하는 것이 최고라는 이유 있는 지론과 국제결혼에 대한 일리 있는 의심을 품고 있으며, 이런 의견들이 지속되는 이유는 결혼하는 당사자들보다는 사회 발전을 위해서인 것 같다.

그러나 아무리 이질적인 민족과 피부색, 계급, 신조를 조합한다 해도 현대 미국의 남자 셋과 허랜드의 여자 셋처럼 근본적으로 다른 조합은 만들기 어려울 것이다.

미리 숨김 없이 털어놓았어야 했다고 사람들은 말하겠지만, 우리는 솔직했다. 그 '위대한 모험'의 조건에 대해—적어도 엘라도어와 나는—논의했고, 우리가 갈 길을 알고 있다고 생각했었다. 하지만 한쪽이 당연하게 여기고 서로 합의된 사항으로 생각하는 바람에, 둘이서 몇 번이고 이야기해도 계속 서로 다른 소리를 하게 되는 일이 있다.

평균적인 남자와 여자는 교육 차가 상당히 크지만, 남자는 대부분 그로 인해 어려움을 겪지 않는다. 남자는 대체로 자기 생각을 밀고 나가기 때문이다. 여자는 결혼 생활의 실제가 예상과 다를 것이라고 생각할 수도 있지만, 여자가 상상했던 일, 몰랐던 일, 선호했을 일은 심각한 문제가 되지 않는다.

많이 성장하고 배우면서 몇 년의 시간이 흐르고 난 이제
는 이 상황을 분명하게 이해하고 여기에 대해 차분하게 말할
수 있지만, 당시에는 우리 모두 힘겨운 시간을 보냈다. 특히 테
리는 더했다. 가엾은 테리! 지구상의 어떤 민족 간의 결혼을 상
상해도, 그러니까 여자의 피부색이 검건 붉건 노랗건 갈색이건
하얗건, 여자가 무지하건 지적이건, 순종적이건 반항적이건 간
에, 보편적 역사 속에서 만들어진 결혼 전통이 있게 마련이고
이 전통은 여자를 남자에게 묶어 놓는다. 남자는 하던 대로 자
기 일을 하고, 여자는 남자와 남자의 일에 자신을 맞춘다. 심지
어 국적 문제에서도, 이상하고 교활한 수작에 의해 여자의 출
생지와 지역은 무시되고 아내는 자동으로 남편의 국적을 획득
한다.

자, 우리는 이 여자들 나라에서 세 이방인이었다. 나라는
작았고, 우리를 놀라게 할 정도로 커다란 외적 차이도 없었다.
우리는 아직 이들과 우리의 민족성이 얼마나 다른지 인식하지
못하고 있었다.

우선 이 나라 사람들은 2000년 동안 한 번도 단절되지 않
고 부단히 이어진 '순수 혈통'이었다. 우리에게는 오랫동안 이
어져 내려온 생각과 감정이 있는 한편 아주 커다란 차이도 존
재했지만, 이들은 삶의 근본 원칙 대부분에 순조롭고 확고한
합의가 되어 있었고, 원칙적 합의뿐만 아니라 지난 60여 세대
동안 그 원칙을 익숙하게 실행해 왔다.

이것이 우리가 이해하지도, 고려해 보지도 못한 한 가지
문제였다. 결혼 전 여러 가지를 논의할 때 세 여자 중 하나가
'우리는 이러저러하게 생각해요'라거나 '우리는 이러저러하다
고 믿어요'라고 말하면, 남자인 우리는 사랑의 힘에 대한 뿌리

깊은 확신, 또 믿음과 원칙에 대한 안이한 시각에서 나중에 설
득시켜 바꿔 놓을 수 있다는 어리석은 생각을 했다. 결혼 전 우
리가 상상했던 것은 순진하고 평범한 아가씨가 상상한 것만큼
이나 아무 의미도 없었다. 현실은 전혀 달랐다.

그들이 우리를 사랑하지 않았다는 말이 아니다. 그들은 깊
고 따뜻한 사랑을 주었다. 하지만 그들이 말하는 '사랑'과 우리
가 말하는 '사랑'은 너무나 달랐다.

우리가 각각의 애환을 가진 별개의 부부로 나뉘지 않은
것처럼 계속 '우리'니 '그들'이니 하는 것이 좀 냉정하게 느껴
질지도 모르겠지만, 이방인이라는 입장 때문에 우리는 늘 하나
로 뭉쳤다. 온갖 기이한 경험을 함께하면서 우리는 우리 나라
에서 자유롭고 편하게 살았다면 없었을 돈독하고 친밀한 우정
을 쌓았다. 또한 우리는 2000년이 훨씬 넘는 남성적 전통을 가
진 남자로서, 여성적 전통에 기반한 이들의 훨씬 더 큰 집단에
맞서 작지만 단단한 하나의 집단으로 뭉쳤다.

너무 괴롭게 자세히 설명하지 않고도 그 차이점을 분명히
보여 줄 수 있을 것 같다. '가정', 그리고 우리가 본능과 오랜
교육을 통해 본질적으로 여자의 일이라고 여겼던 가사 노동의
의무와 기쁨의 문제에 대한 의견 차는 더욱 가시적으로 드러
났다.

우리가 이 문제로 얼마나 실망했는지를 보여 주기 위해 하
나는 하등하고 다른 하나는 고등한 두 가지 예를 들어 보겠다.

먼저 하등한 예로, 암수가 짝을 지어 사는 곳에서 온 수개
미가 고도로 발달된 개미탑에서 온 암개미와 살림을 차리려 하
는 모습을 상상해 보라. 암개미는 개인적으로는 수개미에게 커
다란 애정을 품고 있을 수도 있지만, 양육과 경제 관리에 대한

생각은 수개미와 몹시 다르다. 물론 개미들이 짝지어 사는 세상에서 길을 잃고 온 것이 암개미라면 수개미가 자기 방식대로 할 수도 있겠지만, 수개미가 길을 잃고 개미탑으로 흘러들어 온 것이라면 어떻게 될까!

고등한 예로는 열정이 넘치게 헌신적인 남자가 여자 천사, 온 행성 사이를 돌아다니며 신의 임무를 수행하는 데 익숙해져 있는, 날개와 하프, 후광을 다 갖춘 진짜 천사와 가정을 꾸리려 하는 모습을 상상해 보라. 이 천사는 남자가 절대 같을 수도 없고 심지어 헤아리지도 못할 크나큰 애정으로 남자를 사랑할 수 있겠지만, 봉사와 의무에 대한 생각은 남자와 차원이 매우 다를 것이다. 물론 천사가 길을 잃고 남자의 세계로 왔다면 남자는 자기 방식대로 가정을 꾸릴 수 있을지도 모른다. 하지만 남자가 길을 잃고 천사들 나라에 간 것이라면 어떻게 될까!

있는 대로 화가 날 때면 테리는 이 개미 비유를 들먹이기 좋아했다. 나도 남자로서 그 철저한 분노를 어느 정도 공감하지 못할 바는 아니었다. 테리와 그가 겪은 특별한 고난에 대해서는 나중에 더 이야기하겠다. 테리에게는 힘든 나날이었다.

제프는, 음, 제프는 늘 속세에 어울리지 않을 정도로 너무 착했다! 옛날이었으면 성인 같은 사제가 되었을 친구이다. 그는 천사 이론을 접수해서 통째로 꿀꺽 삼키더니 우리에게도 강요하려 했는데, 그 효과는 다양했다. 그는 셀리스를 숭배했고, 그뿐만 아니라 그녀를 대표하는 모든 것을 숭배했다. 이 나라와 민족이 거의 초자연적으로 더 뛰어나다는 것을 너무나 깊이 확신하게 된 나머지 힘든 일도—'남자처럼'이라고는 할 수 없으니—남자가 아닌 것처럼 감수했다.

짐깐이라도 내 말을 오해해서는 안 된다. 착한 제프는 소심한 겁쟁이도 나약한 남자도 아니었다. 강하고 용감하고 능력 있는 남자였고, 필요한 경우에는 싸움도 아주 잘했다. 하지만 그에게는 늘 이렇게 천사 같은 면이 있었다. 이렇듯 공통점이라고는 없는 테리가 제프를 정말로 좋아하는 것이 신기할 정도였지만, 서로의 차이에도 불구하고, 어쩌면 바로 그 차이 때문에 그런 일은 종종 있게 마련이다.

　　나로 말하자면, 그 둘의 중간 입장이었다. 나는 테리처럼 쾌활한 난봉꾼도 아니었고 제프처럼 고결한 사람도 아니었다. 내 나름의 한계는 있었지만 무언가 행동을 할 때는 둘 중 누구보다 머리를 더 자주 쓰는 편이었다. 정말이지 그때는 내가 머리를 많이 써야 했다.

　　우리와 아내들 사이의 가장 큰 문제는, 쉽게 짐작할 수 있겠지만, 관계의 본질 그 자체였다.

　　"아내라고? 아내라는 말조차 하지 마!" 테리가 버럭 소리질렀다. "그 여자들은 그 말이 무슨 뜻인지도 모른다고."

　　그것이 정확한 사실이었다. 그들은 몰랐다. 어떻게 알겠는가? 일부다처제와 노예제가 있던 선사시대 기록에는 우리 식의 아내 개념이 없었고, 그 이후로는 그런 개념이 생길 일조차 없었는데 말이다.

　　"그 여자들이 남자에 대해 생각하는 거라곤 아버지 역할뿐이야!" 테리가 한껏 경멸 조로 말했다. "아버지 역할! 마치 남자라면 오매불망 아버지가 될 생각만 하고 있는 것처럼 말이야!"

　　그 말도 맞았다. 그들은 오랫동안 넓고 깊고 풍부한 모성애를 경험해 왔기 때문에 수컷 생물의 가치를 아버지로서의 역할로밖에 인식하지 못했다.

물론 그 외에도 드넓은 사랑, 제프가 진지하게 말했듯이 "여인의 사랑을 넘어서는" 사랑이 있었다. 정말 그랬다. 그런 사랑을 오랫동안 행복하게 경험한 지금도, 한없이 놀라며 어림짐작만 했던 처음 그때도, 그들이 우리에게 준 아름답고 강인한 사랑은 도저히 설명할 수가 없다.

다른 사람들에 비해 더 격렬한 성정을 가졌고 화낼 일도 단연코 더 많았던 알리마, 심지어 그 알리마마저 사랑하는 테리에게는 인내와 부드러움, 지혜의 화신과도 같았다. 그때까지는…. 하지만 아직은 그 이야기를 할 때가 아니다.

테리 표현에 의하면 이 "소위 아내라는 작자들"은 결혼 뒤 곧바로 산림 관리인 일을 계속했다. 특별한 재주가 없는 우리는 오래전부터 조수 역할을 해 왔다. 우리는 시간을 때우기 위해서라도 뭔가를 해야 했고, 그것은 일이어야 했다. 평생 놀 수는 없었다.

그 일을 하느라 우리는 소중한 세 사람과 바깥에 있을 때가 많았고, 때로는 너무 오랜 시간을 함께했다.

이제 우리도 확실하게 깨닫게 되었지만, 이 사람들은 개인의 사생활에 대해서는 최고로 예리하고 섬세한 감각을 지녔으면서도 우리가 그토록 좋아하는 두 사람의 고독에 대해서는 전혀 이해하지 못했다. 이곳 사람들은 누구나 '방 두 개와 욕실' 법칙이 실현된 공간을 소유했다. 아주 어릴 때부터 모두 욕실이 딸린 각자의 방을 가졌고, 성인의 한 가지 징표는 친구를 접대할 수 있는 바깥방이 하나 더 주어진다는 것이었다.

우리는 오래전에 각자 방을 두 개씩 받았는데, 성도 민족도 다르기 때문에 별도의 건물에 있었다. 아무래도 실제로 멀리 떨어져 살면서 마음을 자유롭게 가지면 우리가 더 편하게 지낼 것이라고 생각한 듯했다.

식사는 편한 식당에서 먹기도 하고, 시키거나 도시락을 싸서 숲에 가서 먹었는데, 언제나 한결같이 맛있었다. 이 모든 것은 교제할 때부터 익숙했고 즐겨 하던 일이었다.

결혼을 하고 나자 우리 마음속에서는 부부끼리 한집에서 살고 싶다는 예상치 않은 욕망이 솟아났다. 하지만 이 아름다운 여인들은 그런 우리의 감정에 대해 아무런 반응도 보이지 않았다.

"지금도 우리끼리 있잖아요." 엘라도어가 인내심을 담아 상냥하게 설명했다. "이 넓은 숲속에 우리끼리 있잖아요. 우리 둘이서만 조그만 정자에 가서 밥을 먹을 수도 있고, 어디에서든 우리끼리만 탁자 하나를 차지할 수도 있고요. 아니면 아예 우리 방에 가서 따로 식사를 할 수도 있어요. 이보다 더 어떻게 우리끼리만 있을 수 있어요?"

모두 사실이었다. 우리는 일을 하며 둘만의 즐거운 시간을 보냈고, 밤이면 그들의 방이나 우리 방에서 즐겁게 대화를 나누었다. 말하자면 교제 시절 즐겁게 하던 모든 일이 여전히 계속되었지만, 소유 의식이라고 불러야 할 그런 느낌은 전혀 들지 않았다.

"이럴 거면 아예 결혼을 안 하는 게 낫지." 테리가 불만에 차서 으르렁댔다. "그냥 우리를 달래려고 식을 치른 것뿐이야. 특히 제프. 저 사람들은 진짜 결혼이 뭔지 하나도 몰라."

나는 엘라도어의 시각을 이해하기 위해 최선을 다했고, 자연히 내 입장도 전달하기 위해 애썼다. 물론 남자로서 우리가 그들에게 이해시키려고 했던 점은, 결혼에는 테리가 "그저 부모가 되는 것"이라고 부른 것 말고도 다른, 우리가 자랑스럽게 말했듯이 '더 고귀한' 목적이 있다는 것이었다. 나는 내가 아는

고상한 단어들을 총동원해서 엘라도어에게 그것을 알려주려고
애썼다.

"우리가 하듯이 서로 사랑해서 생명을 낳기를 희망하는
것보다 더 고귀한 목적요?" 그녀가 말했다. "그게 어떻게 더
고귀하죠?"

"그러면 사랑이 커져요." 나는 설명했다. "아름답고 영원
한 부부애의 힘도 다 이 더 고귀한 발전을 통해 나오는 겁니다."

"정말이에요?" 그녀가 상냥하게 물었다. "그렇게 발전했
다는 걸 어떻게 알아요? 새들 중에 서로를 너무 사랑해서 떨어
지면 울적해하며 한탄하다가 한쪽이 죽으면 다시는 짝을 맺지
않는 새가 있지만, 그 새도 발정기 외에는 절대 짝짓기를 하는
일이 없어요. 당신 나라에서는 이 즐거움에 더 탐닉할수록 고
귀하고 영원한 애정이 생기나요?"

논리적 사고를 한다는 것은 때로는 참으로 거북스럽다.

물론 나도 평생 하나의 상대와만 짝을 맺고 서로 애정을
과시하면서도, 정해진 범위 이상으로 짝짓기하는 일은 없는 일
부일처제적인 새와 동물에 대해 알고 있다. 하지만 그것이 무
슨 상관이란 말인가?

"그건 하등 동물 아닙니까!" 내가 항변했다. "그런 동물이
어떻게 충실하고 애정이 깊으면서 행복한… 아, 소중한 당신!
그런 짐승이 우리 두 사람을 하나로 끌어당기는 사랑에 대해
뭘 알겠어요? 당신을 만지고 싶고, 당신 가까이 있고 싶고, 가
까이 더 가까이 가서 당신 안에서 나를 잃어버리고 싶은 기분,
당신도 분명히 느끼죠? 안 그래요?"

나는 그녀 곁으로 다가가 그녀의 손을 잡았다.

그녀는 부드럽고 환하면서도 차분하고 강인한 눈빛으로 내 눈을 바라보았다. 그 눈 속에는 너무도 강하고, 너무도 커다랗고 변함없는 무언가가 있어서 무의식중에 상상했던 것처럼 내 감정으로 그녀를 휘어잡지 못했다.

말하자면 꼭 여신을 사랑한 남자가 된 기분이었다. 물론 베누스는 빼고! 그녀는 내 태도에 화를 내지도, 혐오하지도, 전혀 두려워하지도 않았다. 남자를 너무나 도발하는, 겁을 내며 움츠러든다거나 귀엽게 앙탈을 부리는 기미라고는 도무지 찾아볼 수 없었다.

"보세요," 그녀가 말했다. "우릴 좀 인내해 줘야 해요. 우린 그곳 여자들과는 다르잖아요. 우린 어머니이고 인간이지만 이런 쪽은 전문이 아니라고요."

'우리', '우리', '우리'…. 그녀를 한 개인으로 대하기는 너무도 힘들었다. 그런 생각을 하다 보니 갑자기 우리 나라 여자들이 너무 개인적인 일밖에 모른다고 늘 비판했던 일이 떠올랐다.

나는 결혼한 연인들이 즐기는 달콤하고 강렬한 기쁨과 그 결과 온갖 창의적 일에 주어지는 커다란 자극을 그녀에게 이해시키려고 진지하게 최선을 다했다.

"그러니까," 엘라도어는 내가 뜨겁고 떨리는 손으로 그녀의 차고 단단한 손을 잡고 있는 것을 전혀 의식하지 못하는 것처럼 차분하게 물었다. "그곳에서는 결혼을 하면 아이를 낳는 것과 전혀 상관없이 곧바로 사시사철 이걸 한단 말이죠?"

"그래요." 내가 쓸쓸하게 말했다. "부부는 부모이기만 한 건 아니에요. 남자와 여자이고 서로 사랑하잖아요."

"얼마 동안요?" 엘라도어가 예상치 못한 질문을 했다.

"얼마 동안이냐고요?" 어안이 벙벙해진 나는 그녀의 말을 따라 했다. "물론 평생토록이죠."

"굉장히 아름다운 생각이네요." 그녀는 화성의 생명체라도 논하는 듯한 어조로 인정했다. "다른 생물은 모두 이런 절정의 표현을 한 가지 목적으로만 하는데, 그곳에서는 더 고귀하고 순수하고 웅대한 목적을 위해 분화되었다니요. 당신 말을 들어 보니, 그 행위가 인격을 극도로 고양시키는 효과를 내는 거잖아요. 사람들은 부모가 되기 위해서가 아니라 이 멋진 관계를 나누기 위해 결혼하고, 그 결과 세상에는 계속 열렬하고 행복하게 서로에게 헌신하는 연인이 넘쳐나고요. 우리는 단지 한 시기에 한 가지 목적을 위해서만 존재한다고 생각했던 그 고양된 최고의 감정을 항상 느끼며 살아가는 연인이요. 게다가 그 외에도 그게 고도로 창의적인 온갖 일에 자극제가 되어 준다고 했죠? 그렇다면 모든 결혼한 부부가 느끼는 이 강렬한 행복감 덕분에 갖가지 창의적 작품들이 꽃을 피우고 홍수처럼 쏟아지겠군요! 정말 아름다운 생각이에요!"

그녀는 조용히 생각에 잠겼다.

나도 그랬다.

그녀가 한 손을 빼더니 어머니처럼 상냥하게 내 머리를 쓰다듬었다. 뜨거운 머리를 그녀의 어깨에 기대자 희미한 평온함이 느껴졌다. 기분 좋은 편안함이었다.

"언젠가 꼭 데리고 가 줘요." 그녀가 말했다. "당신을 너무 사랑해서이기도 하지만, 당신 나라, 그곳 사람들, 당신 어머니를 보고 싶어요." 그녀가 잠시 경건하게 말을 멈추었다. "아, 전 정말 당신 어머니를 사랑하게 될 거예요!"

나는 연애 경험이 많지 않았다. 테리와는 비교도 되지 않았다. 하지만 과거에 했던 연애와 지금 이 사랑은 너무나 달라서 혼란스러웠고 온갖 복잡한 감정이 들었다. 한편으로는 우리 사이에 공통점이 늘어간다는 느낌, 오직 한 가지 방식으로만 얻을 수 있다고 생각했었던 기분 좋은 안정감을 느꼈지만, 다른 한편으로는 지금 상황이 내가 기대했던 것과는 너무 달라서 당혹스럽고 화가 나기도 했다.

이것이 다 그 망할 놈의 심리학 때문이었다! 이곳 사람들에게는 고도로 발달한 교육 체계가 너무나 깊게 체화되어 직업 교사가 아니더라도 다들 가르치는 일에 숙달되어 있었다. 이들에게 교육은 제2의 천성과도 같았다.

'간식'으로 쿠키를 달라고 떼쓰던 아이의 관심이 무척 교묘하게 집짓기 놀이로 돌려지는 것처럼 내 절박한 요구 또한 나도 모르는 사이에 어느새 사라져 버렸다.

그들은 늘 상냥한 어머니의 눈, 예리한 과학자의 눈으로 모든 상황을 주시하면서 그런 상황이 벌어지기 전에 '기회를 놓치지 않고' 논의를 피하는 법을 배워 나갔다.

그 결과는 놀라웠다. 내가 정말로 생리적 필요라고 생각했거나 믿었던 욕구의 대부분이 심리적 욕구라는 것을 나는 깨달았다. 본질적으로 중요한 것이 무엇인지에 대한 생각이 바뀌자 내 감정도 달라졌다. 그리고 무엇보다 가장 중요한 발견—엄청나게 중요한 요인—은 이곳 여자들이 도발적이지 않다는 사실이었다. 그 점이 아주 큰 차이였다.

처음 여기 왔을 때 테리가 늘 불평해 댔던 것, 즉 이곳 여자들이 '여자답지' 않고 '매력'이 없다는 점이 이제는 큰 위안이 되었다. 그 활기 넘치는 아름다움은 자극이 아니라 심미적 기쁨이었다. 그들의 옷과 장신구에도 '날 잡아 봐요'스러운 요소라고는 조금도 없었다.

잠시나마 여성적인 감정을 드러내고 남녀가 함께 부모가 된다는 낯설고 새로운 희망과 기쁨을 기대하던 내 아내 엘라도어마저 나중에는 원래 그랬던 것처럼 좋은 동료의 모습으로 돌아갔다. 그들은 여자들이지만, 그것만이 아니었다. 그런 부가 사항이 어찌나 많은지 이 여자들이 자기의 여성성을 보여주기로 선택한 때가 아니고는 어디서도 그런 모습을 찾을 수 없었다.

그 상황이 내게 쉬웠다는 말은 아니다. 절대 호락호락하지 않았다. 하지만 엘라도어의 동정심에 호소하면 또 다른 단단한 벽에 부딪힐 뿐이었다. 그녀는 내 괴로움에 진심으로 안타까워하면서 종종 효과가 있기도 한 온갖 사려 깊은 제안들을 내놓았을 뿐만 아니라, 앞서 말한 것처럼 현명하게 예측하고 조심해서 아예 그런 상황이 생기지 않게 만들었다. 그러나 나를 딱하게 여긴다고 해서 엘라도어가 자신의 신념을 바꾸는 일은 일어나지 않았다.

"그게 정말로 옳고 필요하다는 생각이 들면 어쩌면 저도 당신을 위해 받아들일 수도 있겠죠. 하지만 그러고 싶지 않아요, 전혀. 당신도 그저 할 수 없이 순종하는 건 바라지 않을 거잖아요, 안 그래요? 그건 절대 당신이 말하는 고귀한 낭만적 사랑이 아니니까요. 물론 당신의 그 고도로 분화된 능력을 우리의 비분화된 능력에 맞춰야 한다는 건 안타까운 일이지만."

젠장! 나는 이 나라와 결혼한 것이 아니다. 그렇게 말도 했지만, 그녀는 그저 자기의 한계에 미소 지으며 자신은 "우리라는 관점에서 생각"할 수밖에 없다고 설명했다.

이런 제기랄! 나는 내 에너지를 온통 한 가지 바람에 집중시키고 있는데 그녀는 내가 의식하기도 전에 그 욕구를 이런저런 방향으로 분산시켜서, 처음에는 앞서 말하던 주제로 시작했던 논의가 끝날 때 보면 전혀 엉뚱한 곳에 가 있었다.

그렇다고 그녀가 나를 혐오하고 무시하고 혼자 고통을 안고 괴로워하도록 내버려 두었다고 생각하면 안 된다. 절대 그렇지 않다. 나는 전에는 상상조차 못 했던 크고 감미로운 여성의 손길 속에서 행복했다. 결혼 전에는 열정에 눈이 멀어 이런 행복을 잘 몰랐던 것 같다. 나는 실제의 그녀뿐만 아니라 내 머릿속으로 상상한 그녀와 미칠 듯이 사랑에 빠졌다. 이제 내 앞에는 내가 탐험할 무한히 아름다운 미지의 나라가 펼쳐졌고, 그 안에는 가장 달콤한 지혜와 이해가 자리했다. 그것은 마치 다른 관심은 전혀 없이 그저 내내 먹기만 할 욕심으로 새로운 장소와 사람들에게 갔는데, 그곳 주인들이 그냥 '먹지 말라'고 하는 대신 음악과 그림, 게임, 운동, 물놀이, 교묘한 기계 다루기 등에 대한 욕구를 내 안에 활기차게 일깨워 준 것 같은 느낌이었다. 그래서 나는 그 다양한 만족감에 취해 채워지지 않은 그 한 가지 욕구를 잊어버리고 식사 시간이 될 때까지 아주 잘 지낼 수 있었다.

몇 년의 세월이 흐르고 이 문제에 대한 우리의 생각이 완전히 일치해서 그 당시 내가 겪었던 곤경을 웃어넘길 수 있게 되고서야, 나는 그중 가장 영리하고 교묘한 수법 하나를 분명히 깨달았다. 그 방법은 이랬다. 아시다시피 우리 나라에서 여자는 최대한 다르게, 최대한 여자답게 만들어진다. 그리고 우리 남자에게는 남자만 있는 남자만의 세계가 있다. 그러다 과한 남성성에 질릴 때면 기꺼이 과한 여성성에서 위안을 찾는

다. 또한, 여자를 최대한 여자답게 만들어 놓음으로써 그들을
찾을 때면 언제든 우리가 원하는 것을 확실하게 얻을 수 있게
해 놓는다. 그런데 이곳 분위기는 유혹적인 구석이 전혀 없었
다. 늘 인간관계 속에서 살고 있는 이 수많은 인간 여자는 전혀
유혹적이지 않았다. 그럼에도 불구하고 나는 물려받은 본능과
민족적 전통의 영향으로 엘라도어가 여성스러운 반응을 보여
주기를 갈구했다. 하지만 그녀는 내가 더 바싹 달아오르도록
뒤로 빼는 대신 의도적으로 꽤 많은 시간을 나와 함께 보냈고,
늘 여자답지 않은 모습을 하고 있었다. 사실 굉장히 웃긴 일이
었다.

나는 뜨겁게 갈망하는 '이상'을 품고 있었고, 그녀는 의도
적으로 내 의식의 전면에 '사실'을, 흔쾌히 즐기기는 했지만 내
가 바라던 바와는 충돌하는 사실을 들이밀었다. 앨름로스 라이
트 경* 같은 부류의 사람이 왜 여성의 직업 능력 개발에 분개
했는지 이제는 분명히 이해가 된다. 그것이 여성성을 일시적으
로 가리고 배제해 이상적인 여성의 모습에 방해가 되기 때문
이다.

물론 이 경우에도 나는 엘라도어를 친구로서, 직장 동료로
서 너무나 좋아했기에 어떤 식으로든 함께 지내는 것이 즐거웠
다. 다만 엘라도어가 탈여성적 수완을 발휘해 하루 16시간은
같이 있어 주어야 내 방에 돌아와도 꿈도 꾸지 않고 잘 수 있을
것 같았다.

마녀 같으니! 한 인간의 영혼에 구애하고 그 마음을 사로

---

* 영국의 세균학자이자 면역학자로, 여성의 두뇌는 사회적 사안들을
다루는 데 적합하지 않다며 여성참정권과 직업 능력 개발에 반대했다.

잡기 위해 그녀도 갖은 노력을 다했다. 정말이지 초인 같은 여자였다. 당시에는 그 경이로운 기술을 반도 이해하지 못했지만, 곧 나는 이 사실을 깨닫기 시작했다. 사회적으로 길러진 우리의 여성관 속에는 더 오래되고 깊고 '자연스러운' 감정, 어머니의 성을 우러러보는 편안한 경외심이 자리하고 있다는 사실 말이다.

그래서 엘라도어와 나의 우정과 행복은 깊어졌고, 제프와 셀리스도 마찬가지였다.

테리와 알리마의 경우는 안타깝고… 부끄럽다. 물론 거기에는 알리마 탓도 조금은 있다고 생각한다. 그녀는 엘라도어만큼 사람의 심리를 세심하게 살피지 못했고, 게다가 내가 보기에 알리마에게는 격세유전을 통해 먼 과거에서부터 내려온 여성성이 조금 더 많이 잠재되어 있다가 테리로 인해 발현되었던 것 같다. 하지만 그렇다고 해서 테리가 저지른 짓이 용서되는 것은 아니다. 나도 테리의 품성을 완전히는 몰랐다. 그럴 수가 없었다. 나도 남자이기 때문이다.

물론 테리의 입장도 우리와 같았지만, 이런 차이는 있었다. 알리마는 다른 두 여자보다 조금 더 유혹적이었고 심리를 읽는 능력은 몇 수 뒤였다. 테리는 우리보다 백배는 많이 요구했고 그만큼이나 합리성은 떨어졌다.

두 사람 사이에는 금세 알력이 생기기 시작했다. 내가 짐작하기로, 알리마는 부모가 되려는 기대가 컸고 테리는 정복의 짜릿한 즐거움을 바라던 결혼 초기에 두 사람이 함께 있을 때 테리가 배려심 없는 행동을 했을 것이다. 사실 테리가 한 말들로 보아 그럴 줄 알았다.

"그런 소리 할 필요 없어." 결혼식 직전의 어느 날 테리가 제프에게 쏘아붙였다. "정복당하는 걸 즐기지 않는 여자는 이제껏 없었다고. 네가 아무리 번지르르한 소리를 해 봤자 다 헛소리야. 난 알아." 그러더니 테리는 흥얼거리며 노래를 부르기 시작했다.

젊을 때는 재밋거리가 있으면 재미를 보고,
이리저리 떠돌며 깡패 짓을 하고 다녔지.

그리고 계속해서 노래했다.

황인과 흑인에게 배운 것들이
백인에게도 큰 도움이 되었다네.

제프는 당장 쌩하니 돌아서서 자리를 떴고, 나도 약간 불안한 기분이 들었다.

가엾은 테리! 그가 배운 것들은 허랜드에서 조금도 도움이 되지 않았다. 그는 여자는 쟁취하는 것이라고, 그것이 자기가 할 일이라고 생각했다. 그는 진심으로 여자가 그것을 좋아한다고 믿었다. 하지만 허랜드의 여자들은 아니었다! 알리마도 아니었다!

결혼하고 첫 주의 어느 날, 알리마가 엘라도어 옆에 바싹 붙어서 입을 꾹 다문 채 단호한 걸음걸이로 성큼성큼 걸어가던 모습이 아직도 생각난다. 테리와 단둘이 있고 싶어 하지 않는 것이 누가 봐도 명백했다.

그러나 알리마가 테리와 거리를 둘수록, 자연히 그는 더 애가 탔다.

그는 따로 떨어져 사는 것은 말도 안 된다고 난리를 피우면서 그녀를 자기 방에 잡아 두려 했고 자신이 그녀 방에서 지내려고 했다. 하지만 그녀는 그 문제에 분명히 선을 그었다.

어느 날 밤 테리는 알리마에게 다녀오더니 달빛 비치는 거리를 왔다 갔다 하며 소리 죽여 욕을 해 댔다. 마침 나도 그날 밤 산책을 나갔지만, 내 기분은 그와 달랐다. 테리가 분노해서 늘어놓는 소리를 들은 사람이라면 과연 그가 알리마를 사랑하기는 하나 하는 의구심이 들 것이다. 알리마는 그저 테리가 쫓고 있는 사냥감, 잡아서 정복할 사냥감에 지나지 않는다고 생각할 것이다.

내 생각에 두 사람은 지금까지 말한 이 모든 차이점 때문에 처음에 가졌던 공감대를 금세 잃어버렸고 제정신으로 차분하게 만날 수 없을 지경에 이른 듯하다. 또한—이건 순전히 추측이지만—테리가 알리마를 판단력과 도의심을 상실할 지경으로 밀어붙인 나머지 나중에 그녀는 수치심과 반발심으로 괴로워했던 것 같다.

그들은 싸웠다. 심각하게 싸웠다. 한두 번은 화해했지만, 그 뒤로는 진짜 결별한 것 같았다. 알리마는 절대 테리와 단둘이 있으려 하지 않았다. 아마 그녀도 약간 불안했을지 모른다. 잘은 모르지만, 어쨌거나 그녀는 모딘을 불러 자기 옆방에 머물게 했다. 또 일터에 갈 때도 새로 파견된 건장한 보조를 데리고 다녔다.

테리에게도 자기 나름의 생각이 있었다. 설명은 해 보겠다. 아마도 테리는 자기에게는 그럴 권리가 있다고 여긴 듯하다. 심지어 그것이 알리마에게도 좋은 일이라는 확신까지 가졌던 것 같다. 어쨌거나 어느 날 밤 그는 알리마의 침실에 숨어들었다.

허랜드 여자들은 남자를 전혀 두려워하지 않았다. 왜 그래야 하겠는가? 그들은 어떤 식으로도 쭈뼛대지 않았고, 다들 운동으로 단련된 다부진 몸을 가지고 있었다. 오셀로*라도 알리마를 한 마리 쥐처럼 베개로 눌러 죽이지 못했을 것이다.

테리는 여자는 정복당하기를 즐긴다는, 자기가 좋아하는 신념을 실천에 옮겼고, 강렬한 남성적 욕망과 자부심에서 나오는 그야말로 야수 같은 힘으로 이 여자를 정복하려고 했다.

그는 실패했다. 나중에는 엘라도어에게서 자세한 이야기를 들었지만, 그때 우리가 들은 소리는 격렬한 몸싸움으로 불거진 소음과 모딘을 부르는 알리마의 고함뿐이었다. 바로 옆에 있던 모딘이 즉시 왔고, 엄격한 인상의 건장한 여자도 한두 명 달려왔다.

테리는 미친 사람처럼 달려들었다. 할 수만 있다면 그 여자들을 기꺼이 죽여 버리고 싶었지만—그가 자기 입으로 직접 그렇게 말했다—그럴 수가 없었다. 의자를 머리 위로 치켜들자, 한 사람이 공중으로 뛰어올라 의자를 잡았고, 두 사람이 온몸으로 돌진해 그를 바닥에 쓰러뜨린 뒤 제압했다. 불과 몇 분 만에 그들은 그의 손과 발을 묶었고, 분을 못 이기고 속절없이 발버둥 쳐 대는 그를 불쌍히 여기는 마음에서 마취제를 놓았다.

알리마는 얼음장 같은 분노에 휩싸여 그를 죽여 버리자고 했다. 진짜로 말이다.

그 지역의 높으신 어머니 앞에서 재판이 열렸고, 정복당하

---

* 셰익스피어의 비극 『오셀로』의 주인공 오셀로는 질투에 눈이 먼 나머지 아내 데스데모나의 목을 졸라 죽인다.

기를 즐기지 않았던 이 여자는 자신의 상황에 대해 낱낱이 진술했다.

우리 나라 법정에서라면 물론 테리는 '당연한 권리'를 행사했다는 판결을 받았을지도 모른다. 하지만 여기는 우리 나라가 아니었다. 이곳은 그들의 나라였다. 그들은 이 범죄의 심각성을 향후 이 나라에서 시작될 아버지 역할에 미칠 영향으로 평가하는 것 같았고, 테리는 이 사건을 그런 식으로 보는 것을 경멸하며 대꾸조차 하지 않으려 했다.

테리도 한번은 이성을 잃고 그들이 남자의 필요, 남자의 욕구, 남자의 시각을 이해하지 못한다며 대놓고 떠들어 댔다. 그들을 중성이니 양성구유니 피도 성별도 없는 생물이라고 불렀다. 그러고는 물론 그들이 — 벌레도 그럴 수 있듯이 — 자기를 죽일 수 있겠지만, 그래도 자신은 그들을 경멸한다고 말했다.

그 자리에 모인 단호하고 진지한 어머니들은 모두 그가 경멸하건 말건 조금도 신경 쓰지 않는 눈치였다.

긴 재판이 계속되는 동안 우리의 행동을 바라보는 그들의 시각에 대한 여러 흥미로운 논점이 제기되었고, 잠시 뒤 테리에게 구형이 내려졌다. 그는 냉혹하고 반항적인 태도로 구형을 기다렸다. 테리가 받은 판결은 이러했다. "고국으로 돌아가시오!"

# 12장
# 추방

우리 셋 모두 다시 고국으로 돌아갈 계획이었다. 사실 이렇게 오래 있을 생각은—어떤 식으로든—전혀 없었다. 하지만 막상 나쁜 짓으로 쫓겨나 추방당하게 되자 다들 기분이 좋을 리 없었다.

테리는 자기는 좋다고 했다. 그는 자기에게 내려진 처벌과 재판뿐만 아니라 이 "한심한 반쪽짜리 나라"의 다른 모든 것에 한없는 경멸을 드러냈다. 하지만 어떤 '멀쩡한' 나라에서도 여기에서처럼 관대한 판결은 절대 받지 못했을 것이라는 사실은 테리도, 우리도 잘 알았다.

"우리가 남겨 놓은 설명서대로 사람들이 우릴 따라오기만 했으면 상황이 완전히 달라졌을 텐데!" 테리는 말했다. 나중에 안 사실이지만, 구조대는 오지 않았다. 우리가 세심하게 작성한 설명서가 불에 타 버렸던 것이다. 우리가 거기서 다 죽었다 해도 고향에서는 그 누구도 우리 소재를 몰랐을 것이다.

그들 입장에서 용서받지 못할 죄를 저지르고 위험인물로 간주된 테리는 이제 항상 감시받는 처지가 되었다.

그는 자기를 차갑게 증오하는 여자들을 비웃었다. "노처녀 떼 같으니!" 그는 그들을 이렇게 불렀다. "애가 있건 없건 다 노처녀들이야. 성(性)에 대해서는 하나도 모르면서."

테리가 한껏 강조해서 말하는 성은 당연히 남자의 성을 의

217

미했다. 그 특별한 가치, 그것이야말로 '생명력'이라는 심오한 확신, 진정한 생명 과정에 대한 가벼운 무시, 오로지 자기 관점에서만 여자를 해석하는 태도, 이 모든 것이 다 그 말에 포함되어 있었다.

엘라도어와 함께 살면서 나는 이런 것들을 아주 다른 시각으로 보게 되었다. 제프는 너무나 철저하게 허랜드 사람이 된 나머지 새롭게 주어진 구속에 있는 대로 짜증이 북받친 테리 편을 전혀 들어주지 않았다.

진지하고 강인한 모딘은 엇나간 자식을 대하는 어머니처럼 서글픈 인내심을 발휘해 테리를 계속해서 감시했고, 혹시 모를 폭주에 대비해 충분한 수의 여자가 늘 테리 가까이 붙어 있었다. 테리에게는 무기도 없었고, 죽을힘을 다해 보았자 이 굳세고 고요한 여자들에게는 아무런 소용이 없다는 것을 잘 알고 있었다.

우리는 언제든 마음대로 테리를 만나러 갈 수 있었지만, 출국 준비가 갖춰지는 동안 테리에게 허락된 공간은 자기 방과 높은 담이 둘러쳐진 조그만 정원밖에 없었다.

세 사람이 떠나기로 했다. 테리는 떠날 수밖에 없었고, 비행기로 내려갈 때도, 해안까지 오랫동안 보트를 타고 여행할 때도 두 사람은 되어야 더 안전할 터라 나도 같이 가기로 했다. 엘라도어는 나 혼자 보낼 수 없다며 함께 가겠다고 했다.

제프가 돌아가는 것으로 뽑혔다면 셀리스도 같이 갔을 것이다. 둘 다 연인에게 있는 대로 푹 빠져 있었기 때문이다. 하지만 제프는 돌아갈 마음이 전혀 없었다.

"뭣하러 소음과 먼지, 악과 범죄, 질병과 타락이 만연한 그곳으로 돌아가고 싶겠어?" 우리끼리 있을 때 제프가 내게 물었다. 여자들 앞에서 우리는 절대 그런 식으로 말하지 않았다. "천금을 준다고 해도 셀리스를 그곳에 데려가지는 않을 거야!" 그는 강조했다. "그랬다간 셀리스는 죽고 말 거야! 우리 나라 빈민가나 병원을 보면 충격과 수치심으로 죽어 버릴 거라고. 어떻게 엘라도어와 그런 위험을 무릅쓸 수 있어? 엘라도어가 마음을 완전히 굳히기 전에 살짝 솔직하게 말하는 편이 좋을 거야."

제프 말이 옳았다. 우리가 부끄러워할 수밖에 없었던 모든 것에 대해 더 자세히 말해 주었어야 했다. 하지만 우리와 그들 사이에 존재하는 심연과도 같은 차이의 간극을 메우기란 굉장히 힘든 일이었다. 그래도 시도는 했다.

"내 말 좀 들어 봐요." 나는 그녀에게 말했다. "정말 나와 함께 우리 나라에 가려면 충격에 대비해서 마음의 준비를 단단히 해야 해요. 거긴, 그러니까 그곳의 문명화된 도시들은 여기처럼 아름다운 곳이 아니에요. 물론 자연이야 아름답지만."

"난 뭐든 즐길 수 있어요." 그녀가 희망에 가득 찬 눈을 반짝이며 말했다. "우리 나라와 다르다는 것은 잘 알고 있어요. 이곳의 조용한 생활이 당신한테는 굉장히 단조로울 거라는 것도, 그 나라의 생활은 굉장히 바쁘고 시끄럽다는 것도 알고 있어요. 당신이 전에 말했던, 제2의 성이 들어왔을 때 벌어질 생물학적 변화 비슷하지 않겠어요? 훨씬 더 움직임도 많고 끊임없이 변화하고 새로운 발전의 가능성이 있겠죠."

전에 성에 관한 최근의 생물학 이론을 말해 준 적 있는데, 그 뒤 그녀는 양성이 있을 때 더 뛰어난 이점들이 있고 남자가 존재하는 세계가 우월하다는 깊은 확신을 갖게 되었다.

"우린 우리끼리 할 수 있는 일은 해냈어요. 아마도 어떤 일들은 조용히 더 잘해 냈고요. 하지만 당신 나라에는 온 세상이 있어요. 여러 나라의 온갖 사람, 길고 풍부한 온갖 역사, 온갖 새롭고 멋진 지식이요. 아, 빨리 가서 보고 싶어요!"

내가 뭘 할 수 있겠는가? 그저 우리 나라에는 해결되지 않은 문제들이 있다고, 거짓과 타락, 악과 범죄, 질병과 광기, 감옥과 병원이 존재한다고 길게 설명했지만, 남양 제도 사람들에게 북극의 기온 이야기를 하는 것처럼 그녀에게는 전혀 와닿지 않는 듯했다. 머리로는 그런 문제가 있으면 나쁘다는 것을 이해했지만, 마음으로 실감하지는 못했다.

우리는 꽤 수월하게 허랜드의 삶을 정상으로 받아들였는데, 사실 그것이 정상이었기 때문이다. 건강과 평화와 행복한 성실함에 대해 항의할 사람들은 우리 중 아무도 없었다. 하지만 안타깝게도 우리에게는 너무나 익숙한 그 비정상의 세계를 그녀는 한 번도 본 적이 없었다.

엘라도어가 가장 재미있게 들었고 가장 궁금해했던 점은 이 두 가지, 아름다운 부부 관계와 다른 직업 없이 어머니 역할만 하는 어여쁜 여자들이었다. 예리하고 두뇌 회전이 활발한 그녀는 그것 외에도 바깥세상의 삶을 절실히 보고 싶어 했다.

"저도 당신만큼이나 간절히 가고 싶어요." 그녀는 주장했다. "당신은 분명 지독한 향수병에 시달리고 있겠지만."

나는 이곳 같은 낙원에서 향수병에 시달리는 사람은 아무도 없을 것이라고 장담했지만, 그녀는 절대 믿지 않았다.

"아, 그래요. 저도 알아요. 여긴 당신이 말해 준 조그만 열대의 섬 같은 곳이에요. 드넓고 푸른 바다에서 보석처럼 빛나는 그런 섬요. 전 그 바다가 보고 싶어요! 조그만 섬이 정원처럼 완벽할지는 몰라도, 당신은 늘 커다란 당신의 고국으로 돌아가고 싶잖아요. 안 그래요? 일부 문제가 있다 하더라도 말이에요."

엘라도어는 의욕이 넘쳤다. 하지만 정말로 떠날 날이 다가올수록, 이 깨끗하고 아름다운 곳을 뒤로하고 그녀를 우리의 '문명사회'로 데려가야 할 날이 다가올수록, 나는 점점 겁이 나서 자꾸 이것저것 더 많이 설명하려 했다.

물론 처음에는 나도 고향이 그리웠다. 엘라도어를 만나기 전, 우리가 갇혀 지내던 시절에는 그랬다. 그 무렵에는 우리 나라와 우리 나라 방식을 조금 이상화시켜 설명하기도 했다. 또, 어떤 병폐는 우리 문명의 불가결한 일부로 늘 받아들였던 터라 한 번도 그 문제에 대해 깊이 고민해 보지 않았다. 엘라도어에게 최악의 문제점을 말해 주려고 애쓸 때조차 어떤 문제점은 기억조차 나지 않았다. 그녀는 내 얘기를 듣자마자 내가 생각해 보지 않은 방식으로 즉시 충격을 받았다. 내게도 양국의 방식, 우리 나라의 가슴 아픈 결함과 이 나라의 놀라운 성취가 전보다 더 선명하게 보이기 시작했다.

우리 세 방문객은 삶에서 더 큰 부분을 차지했던 남자들이 당연히 보고 싶었고, 그러면서 무의식적으로 이 여자들도 그러리라 생각했다. 그들에게 남자들이 거의 무의미한 존재라는 것을 알기까지 내게는 아주 오랜 시간이 걸렸고, 테리는 절대 깨닫지 못했다. 남자들, 남자, 남자다운, 남자다움 등 남성에서 파생된 온갖 단어를 사용할 때, 우리 마음속에는 사람들이 가득하고 갖가지 활동이 분주히 벌어지는 거대한 세상이 어렴풋이 떠오른다. 아이가 자라서 '남자가 되고' '남자답게 행동'한다는 말이 의미하고 함축하는 바는 진정 방대하다. 이토록

거대한 머릿속 이미지를 가득 채우는 장면은 열을 맞추고 줄
을 바꾸며 길게 줄지어 행진하는 남자들, 새로운 바다로 배를
몰고 나가고, 미지의 산을 탐험하고, 말을 길들이고, 가축을 몰
고, 밭을 갈고, 씨를 뿌리고, 곡식을 거두고, 대장간과 용광로
에서 노동하고, 광산에서 채굴하고, 도로와 다리, 높은 성당을
건설하고, 커다란 사업체를 운영하고, 모든 대학에서 가르치
고, 모든 교회에서 설교하는 남자들, 사방에서 온갖 일을 하는
남자들, 즉 '세상'의 모습이다.

　그리고 여자라는 말을 쓸 때는 여성, 즉 성별만을 생각한다.

　하지만 2000년 동안 끊임없이 발전해 온 여성 문명 속에
서 살아온 이 여자들에게는 자기들이 이루어 낸 사회 발전의
한도 내에서 여자가 그러한 거대한 이미지를 환기시키는 단어
였고, 남자는 단지 남성 즉 성별만을 의미했다.

　물론 우리 세계에서는 남자가 모든 일을 다 한다고 말할
수야 있겠지만, 그렇다고 해서 그 인식이 변하지는 않는다. 남
자, 즉 '남성'이 이런 모든 일을 다 맡는다고 해 보았자 그것은
하나의 진술에 불과할 뿐, 그들의 시각은 바뀌지 않았다. 허랜
드에서는 여자가 '세상'이라는—우리에게는—놀라운 사실에
처음 직면하고도 우리의 시각이 전혀 바뀌지 않았던 것과 마찬
가지이다.

　우리는 그곳에서 1년 넘게 살았다. 우리는 일직선으로 순
조롭게 올라가며 점점 더 높이, 빨리 발전해서 평온하고 안락
한 현재의 생활에 이르기까지의 그들의 제한된 역사를 배웠다.
역사보다는 좀 더 넓은 분야인 이곳의 심리학에 대해서도 조금
배웠지만, 쉽게 이해하지 못했다. 이제 우리는 여자를 여성이
아닌 인간으로, 모든 종류의 일을 하는 다양한 사람으로 보는
데 익숙해졌다.

테리가 저지른 짓과 거기에 대한 단호한 대응을 통해 우
리는 그들의 진정한 여성성을 새로운 시각에서 보게 되었다.
엘라도어와 소멜의 반응이 이를 아주 분명하게 드러냈다. 모두
매우 심한 신성모독 행위를 봤을 때 느낄 법한 지독한 혐오감
과 충격에 빠져 있었다.

결혼 생활의 즐거움을 누리는 우리의 관습을 전혀 알지
못하는 그들로서는 그런 일을 이해할 수 있는 실마리조차 없었
다. 그들은 아이를 낳고 기르는 고귀한 목적을 아주 오랫동안
삶의 가장 중요한 법칙으로 여겨 왔고, 이 일에서 아버지가 하
는 역할에 대해 알고는 있지만, 같은 결과를 내놓는 방법이 너
무나 뚜렷하게 다르다 보니 부모가 되는 부분은 싹 무시하고
'사랑의 즐거움'이라고 미화시켜 부르는 행위만 바라는 남자의
관점을 아무리 애써도 이해하지 못했다.

내가 우리 나라에서는 여자도 마찬가지 생각을 가지고 있
다고 설명하려 애쓰자 엘라도어는 내게서 멀찍이 떨어져 앉은
채 자기가 도저히 공감할 수 없는 이 일을 머리로나마 이해해
보려고 노력했다.

"그러니까, 그곳에서는 남녀 간의 사랑을 그런 식으로 표
현한다는 말이죠? 어머니가 되는 것, 그러니까 함께 부모가 되
는 것과는 무관하게 말이에요?" 그녀가 조심스레 덧붙였다.

"그럼요. 그게 우리가 생각하는 사랑이에요. 두 사람 사이
의 깊고 달콤한 사랑. 물론 우리도 아이들을 원하고 아이들이
생기지만, 그것만 생각하는 건 아니에요."

"하지만, 하지만, 그건 너무 자연을 거스르는 일 같아요!"
그녀가 말했다. "우리가 아는 어떤 생물도 그러지 않아요. 당신
나라에서는 다른 동물도 그래요?"

"우린 동물이 아니잖아요!" 나는 약간 날카로운 어조로 대답했다. "적어도 우린 그 이상, 더 고등한 존재라고요. 전에도 설명했지만 이건 훨씬 더 고귀하고 아름다운 관계예요. 당신들 관점은 우리가 보기에는 다소… 뭐랄까, 실용적? 무미건조? 그저 결과를 위한 수단에 불과해요! 우리는… 아, 당신은 정말 그게 안 보여요? 안 느껴져요? 그거야말로 서로의 사랑을 완성하는 가장 달콤하고 고귀한 마지막 단계라고요."

그녀는 분명히 감동했다. 내가 그녀를 꼭 껴안고 열렬하게 키스를 퍼붓자 그녀는 내 품 안에서 몸을 부르르 떨었다. 하지만 곧 내가 너무나 익히 아는 그 눈빛이 다시 살아났다. 내가 그 아름다운 몸을 꼭 껴안고 있는데도 그녀는 마치 저 먼 곳에 있는 것처럼 거리감이 느껴지는 깔끔한 표정을 지었다. 저 멀리 눈 덮인 산 위에서 나를 바라보는 것만 같았다.

"저도 분명 느껴요." 그녀가 내게 말했다. "당신 기분을 깊이 공감할 수 있어요. 물론 당신이 더 강하게 느끼겠지만. 하지만 내 느낌이, 심지어 당신이 느끼는 것도 옳다는 확신을 주지는 않아요. 거기에 대해 정말 확신이 생기기 전까지 당신이 원하는 대로 할 수는 없어요."

이럴 때의 엘라도어를 보면 늘 에픽테토스*가 생각났다. "네놈을 감옥에 처넣겠다!" 주인이 말했다. 에픽테토스는 차분하게 대답했다. "제 몸을 말씀하시는 거겠죠." "네놈 목을 치겠다." 주인이 말했다. "제 목을 칠 수 없다고 제가 말했습니까?" 에픽테투스는 정말 상대하기 힘든 사람이었다.

품에 안고 있는데도 자기 속으로 침잠해 들어가 완전히

* 그리스 스토아학파의 철학자(55?-135?).

사라져 버려 절벽 표면처럼 가닿을 수 없게 만드는 이 마법은 도대체 무엇이란 말인가?

"조금만 참아 줘요." 그녀는 상냥하게 재촉했다. "힘든 거 알아요. 이제는 저도 테리가 왜 범죄를 저지르는 지경까지 갔는지―조금은―알 것 같아요."

"아, 그렇게 말하는 건 좀 심하잖아요. 어쨌거나 알리마는 테리의 아내였는데." 갑자기 불쌍한 테리에 대한 동정심이 왈칵 솟구쳤다. 그런 기질―과 습관―을 가진 남자에게는 정말 견디기 힘든 상황이었을 것이다.

그러나 엘라도어는 수많은 것을 이해하는 지성에다 종교의 가르침대로 커다란 공감 정신을 가졌으면서도 그런―자신이 보기에는―신성모독적이고 야만적인 행동은 절대 받아들이지 못했다.

그녀에게 설명하기 더 어려웠던 이유는 우리 세 사람이 바깥세상에 대해 끊임없이 이야기하고 강연하면서도 그 세계의 불쾌한 이면은 자연히 회피해 왔기 때문이다. 속이고 싶어서가 아니라 이렇게 아름답고 안락한 나라 사람들 앞에서 최대한 우리 사회의 좋은 모습을 보여 주고 싶었다. 게다가 이곳 사람들은 분명히 혐오스러워하겠지만 우리가 보기에는 옳거나 적어도 어쩔 수 없는 일이라고 생각되는 것은 언급을 피했다. 또 우리에게는 너무나 익숙해서 설명할 거리가 못 된다고 판단한 것도 많았다. 더 나아가 이 여자들이 너무나 순수해서 우리가 말해 주어도 전혀 이해하지 못한 것도 많았다.

이렇게 자세히 이야기하는 이유는 엘라도어가 마침내 우리 사회에 왔을 때 얼마나 예기치 않은 큰 충격을 받았는지 보여 주기 위해서이다.

그녀는 내게 좀 참아 달라고 말했고, 나는 인내하며 기다렸다. 엘라도어를 너무 사랑했기 때문에 그녀가 그렇게 완강히 세워 놓은 제한을 감수하면서도 아주 행복했다. 우리는 연인이었고, 그것만으로도 충분히 즐거웠다.

이 아가씨들이 소위 '위대한 새 희망', 즉 부모가 함께 아이를 낳는 것을 완전히 거부했다고 생각해서는 안 된다. 바로 그 이유 때문에 이 나라 문화도 아닌데 우리 관습에 양보하고 우리와 결혼하기로 한 것이었다. 그들은 그 절차를 고결하게 생각했고, 계속 신성하게 지켜 나갈 작정이었다.

하지만 어머니가 된다고 발표한 사람은 지금까지 셀리스밖에 없었다. 그녀는 그들이 가장 열망하는 새로운 민족의 어머니가 된다는 감격에 벅차 파란 눈에 행복한 눈물을 가득 담고 이 사실을 공표했다. 그들은 이를 '새로운 모성'이라고 불렀고, 그 소식은 온 나라에 퍼졌다. 셀리스는 이 땅에서 가질 수 있는 모든 기쁨과 봉사, 영예를 누렸다. 줄어 가는 인구 문제로 고민하던 2000년 전 온 나라 여자들이 숨죽인 채 처녀 생식의 기적을 우러러보았던 것처럼, 이들은 남녀가 함께 이루어 낸 이 새로운 기적을 깊은 경외심과 따뜻한 기대를 품고 환영했다.

이 나라의 모든 어머니는 신성했다. 오랜 세월 동안 그들은 아이를 바라는 강렬한 사랑과 갈망, 최고의 욕망, 압도적 요구에 의해 어머니가 되었다. 임신과 출산 과정과 관련된 모든 생각은 터놓고 이야기했고, 이런 나눔은 단순하지만 숭고했다. 모성은 다른 의무보다 더 중요한 정도가 아니라 압도적으로 중요해서, 다른 의무는 전혀 존재하지 않는 것처럼 보일 정도였다. 서로에 대한 드넓은 사랑, 우정과 봉사의 절묘한 상호 작

용, 발전적 사고와 발명에 대한 욕구, 깊은 신앙심, 모든 감정
과 행동이 이 위대한 핵심적 힘, 그들 안에 흘러넘치는 생명의
강과 연결되어 있었고, 이를 통해 그들은 성령의 사자(使者)가
되었다.

독서와 대화, 특히 엘라도어를 통해 나는 이 모든 것에 대
해 점점 더 많이 배워 나갔다. 엘라도어는 처음에는 아주 잠깐
동안 친구를 부러워했지만 곧 그 생각을 말끔히 지워 버렸다.

"잘된 일이에요." 그녀는 말했다. "내게, 아니, 우리에게
그 일이 오지 않아서 다행이에요. 당신과 함께 당신 나라로 간
다면, 당신 말대로 (사실은 우리 둘 다 그런 이야기를 했었다)
바다와 육지에서 모험을 하게 될 텐데, 그게 아기에게는 위험
할 수도 있잖아요. 그러니 안전해지기 전까지는 관계를 다시
시도하지 않는 게 좋겠어요. 안 그래요?"

아내를 몹시 사랑하는 남편으로서는 지키기 힘든 말이
었다.

"만약," 그녀는 계속해서 말했다. "아이가 생기면, 당신 혼
자 가요. 돌아오면 되잖아요. 전 아이를 낳고."

그러자 자기 자식마저 싸늘하게 질투하는 남자의 태곳적
본능이 가슴속에서 꿈틀했다.

"세상 모든 아이를 다 준다 해도 난 엘라도어, 당신이 더
좋아요. 당신 없이 지내느니 당신 원하는 대로 할 테니 같이 갑
시다."

그것은 아주 바보 같은 소리였다. 당연히 그렇게 하고말
고! 엘라도어가 같이 가지 않는다면 아무리 그녀를 원해도 조
금도 가질 수 없지만, 여동생같이 순화된—다만 훨씬 더 가깝
고 따뜻한—관계로 동행한다면 그 하나만 제외하고는 모두 가

질 수 있지 않은가. 엘라도어의 우정, 엘라도어의 동료애, 엘라
도어의 누이 같은 애정, (비록 확고한 제한선을 그어 놓고 있기
는 하지만) 엘라도어의 완벽하게 진지한 사랑만으로도 넘치도
록 행복하게 살 수 있다는 것을 나는 깨닫기 시작했다.

엘라도어가 내게 어떤 존재인지는 도저히 말로 설명할 수
없다. 우리 문화에서는 여자를 찬미하면서도 마음속으로는 여
자들, 대부분의 여자를 매우 한계가 많은 존재라고 생각한다.
여자의 기능적 능력에 경의를 표하면서도 그 능력을 모욕적으
로 사용하고, 여자에게 면밀히 강요된 덕성을 칭송하면서도 정
작 행동에서는 그에 대한 존중을 전혀 보여 주지 않는다. 우
리는 곡해된 어머니다운 행동을 진지하게 찬미하고, 이로 인
해 아내는 우리 멋대로 주는 임금을 받으며 평생 우리에게 매
인 채 아이를 낳을 때마다 임시로 생기는 육아의 의무 말고도
우리의 온갖 요구를 만족시키는 일을 주업으로 하는 가장 편
한 하인이 된다. 아, 그렇다, 우리는 '제자리', 즉 가정에서 온
갖 의무를 행하는 여자를 존중한다. 조지핀 도지 대스컴 베이
컨*이 일일이 열거하며 매우 탁월하게 묘사한 '주부'의 봉사거
리 말이다. J. D. D. 베이컨은 매우 명석한 작가로 글의 소재에
대해—자신의 관점에서—잘 이해하고 있다. 그러나 그런 성실
성의 집합체는, 물론 편리하고 어떤 면에서는 경제적이기도 하
지만, 허랜드의 여자들을 볼 때 유발하는 감정을 불러일으키지
않는다. 이 여자들은 내려다보는 것이 아니라 '우러러보며', 아
주 높이 우러러보며 사랑해야 하는 사람들이었다. 그들은 애완

---

* 미국 작가. 여자를 주인공으로 하는 소설들과 여성 문제에 대한 글들
을 썼다(1876-1961).

동물이 아니었다. 하인도 아니었다. 쭈뼛거리거나 경험이 없고 약하지도 않았다.

자존심의 상처―타고난 숭배자인 제프는 분명 한 번도 이런 기분을 느낀 적 없었을 테고, 테리는 결코 극복하지 못했다. '여자의 지위'에 대한 테리의 생각은 아주 확고했다―를 회복하고 나자, 나는 '우러러보며' 하는 사랑이 아주 기분 좋은 일이라는 것을 깨닫게 되었다. 아주 묘한 기분이었다. 마음속 깊은 곳에서 까마득한 선사 시대의 의식이 희미하게 일깨워지는 느낌, 그들이 맞고 이것이 옳은 감정이라는 느낌이 들었다. 마치 어머니에게 돌아온 것 같았다. 청소하고 도넛을 만드는 어머니, 온갖 시중을 들어 주어서 아이 버릇을 망쳐 놓으면서 정작 아이에 대해서는 잘 모르는 그런 어머니를 말하는 것이 아니다. 아주 오랫동안 실종되었던 아이가 집에 돌아와 깨끗하게 씻고 푹 쉬었을 때 느낄 법한 안전하면서도 자유로운 기분, 난로나 깃털 이불처럼 뜨겁지 않고 늘 5월의 햇살처럼 포근하며 언제나 그 자리에 있는 사랑, 짜증스럽거나 숨 막히지 않는 사랑의 느낌이었다.

나는 마치 엘라도어를 처음 보는 것처럼 쳐다보았다. "당신이 안 가겠다면," 나는 말했다. "테리를 해안까지 데려다주고 여기로 돌아올게요. 그럼 밧줄을 내려 줘요. 하지만 당신처럼 축복받은 놀라운 여인이 함께 가 준다면, 전에 알던 어떤 여자나 다른 수많은 여자들과 내가 하고 싶은 대로 하며 사는 것보다 당신과 평생―이런 식으로―살고 싶어요. 나와 같이 가 주겠어요?"

그녀가 몹시 가고 싶어 했기에 계획은 계속 진행되었다. 엘라도어는 셀리스의 기적을 기다려 보기 원했지만, 테리는 전혀 그러고 싶은 마음이 없었다. 그는 이곳을 떠나고 싶어서 안달이 나 있었다. 끝도 없이 엄마, 엄마, 엄마 노릇 타령만 하는 이곳이 역겨워 죽겠다고 그는 말했다. 테리에게는 소위 골상학자*가 말하는 '번식 사랑 혹'이 전혀 발달되지 않은 것 같았다.

"한 가지에만 꽂혀 있는 소름 끼치는 멍청이들." 창 너머로 활력 넘치고 아름다운 여자들의 모습을 보면서도 그는 이렇게 말했다. 심지어 모딘이 알리마를 도와 자기를 제압하고 묶은 일 같은 것은 없었다는 듯이 지혜와 고요한 힘의 화신처럼 인내심 넘치고 상냥한 태도로 방 안에 앉아 있는데도 테리는 "성별도 없는 양성구유, 미개한 중성들 같으니!"라며 계속 모진 소리를 해 댔다. 마치 앨름로스 라이트 경을 보는 것 같았다.

힘든 일이었다. 그는 과거 그 어떤 여자보다도 알리마를 정말로 미친 듯이 사랑했고, 그들의 폭풍 같은 연애와 다툼, 화해는 그 불길에 부채질을 했다. 그런데 테리가 자기 같은 부류의 남자에게는 너무나 자연스러운 일인 최후의 정복을 통해 알리마에게 순종적인 사랑을 강요하려고 한 순간 이 강인한 여자와 그 친구들이 분노하여 결연히 일어나 그를 정복한 상황이니, 그가 성내며 날뛰는 것도 당연했다.

생각해 보면 어떤 역사나 문학에서도 이 비슷한 경우를 본 기억이 없다. 여자는 능욕에 굴복하느니 차라리 자결을 택하거나, 능욕하려는 자를 죽이거나, 탈출하거나, 굴복했다. 때

---

* 뇌가 부위별로 다른 기능을 담당하고 있어서 그 기능들의 발달 정도에 따라 각 부위의 형태와 크기가 달라지기 때문에, 두개골의 모양으로 사람의 능력과 성격을 알 수 있다고 주장한 19세기의 유사과학을 말한다.

로는 나중에 정복자와 잘 사는 것처럼 보일 때도 있었다. 예를
들어 '루크리스가 등불 아래에서 양털을 손질하고 있는 것을
본 못된 섹스터스'의 이야기를 보자.* 내가 기억하기로, 그는
루크리스가 고분고분하게 굴지 않으면 그녀를 죽이고 노예 또
한 죽여 그 옆에 두고는 노예를 거기서 발견했다고 말하겠다고
협박한다. 나는 늘 그것이 말도 안 되는 책략 같았다. 루크레티
어스가 섹스터스에게 어쩌다 자기 아내 방에서 아내의 도덕성
을 감시하고 있었느냐고 물었다면 뭐라고 대답한다는 말인가?
하지만 여기서 핵심은 루크리스는 굴복했고, 알리마는 하지 않
았다는 것이다.

　"날 발로 찼다고." 분노에 찬 죄수가 털어놓았다. 그도 누
군가에게는 이야기를 해야만 했다. "당연히 아파서 고꾸라졌
지. 그러더니 내 위에 훌쩍 올라타고 이 늙은 하르피이아**(모
딘은 듣지 못했을 것이다)를 불러서는 순식간에 날 꽁꽁 묶는
거야. 아마 알리마 혼자서도 충분히 했을걸." 그는 마지못해
감탄을 덧붙였다. "그 여잔 말처럼 힘이 세. 물론 그런 식으로
차이면 어떤 남자라도 속수무책이 될 수밖에. 조금이라도 정숙
한 여자라면…."

　그 말에 나는 싱긋 웃지 않을 수가 없었고, 심지어 테리마
저 쏩쓸한 미소를 지었다. 논리적인 사람은 아니었지만, 그런
식의 공격을 받으면 정숙 같은 것은 고려할 상황이 아니라는
생각이 자기도 들었던 것이다.

　"다시 단둘이 있을 수 있다면 내 인생에서 1년은 기꺼이

* 셰익스피어의 서사시 『루크리스의 능욕』.
** 얼굴은 여자, 몸은 새인 그리스 신화 속의 괴물로 죽은 사람의 영혼을
나른다.

내주겠어." 그가 천천히 말했다. 주먹을 어찌나 꽉 쥐고 있는
지 손가락 관절이 하얗게 변했다.

하지만 그러지 못했다. 알리마는 이쪽 지역에서 완전히 떠
나 이 나라에서 가장 높은 지대인 전나무 숲에 가서 지냈다. 테
리는 떠나기 전 알리마를 꼭 한 번 보기를 원했지만, 그녀는 오
지 않으려 했고 그는 갈 수가 없었다. 여자들이 스라소니처럼
그를 감시하고 있었기 때문이다. (스라소니가 쥐잡이 고양이보
다 감시를 더 잘하던가?)

하여간 우리는 비행기를 점검했고, 테리는 일단 시동만 걸
면 저 아래 호수로 활강해서 내려갈 수 있다고 했지만 그래도
연료가 충분한지 확인했다. 당연히 일주일 뒤면 가뿐히 출발할
것이라 생각했는데, 엘라도어가 떠나는 일로 나라 전역에서 온
갖 법석이 벌어졌다. 그녀는 뛰어난 윤리학자들―고요한 눈빛
을 한 현명한 여자들―과 최고의 교사들과 이야기를 나누었
다. 사방이 들썩들썩 흥분의 도가니였다.

이들은 우리에게서 바깥세상에 대해 듣고는 자기 나라가
국가 공동체에서 동떨어져 잊힌 조그만 외딴 나라라는 고립감
을 느꼈다. 우리가 쓴 '국가 공동체'라는 표현을 이들은 굉장히
좋아했다.

그들은 진화에 대해 깊은 관심을 보였고, 자연과학 전반에
걷잡을 수 없이 매혹되었다. 낯선 미지의 나라에 가서 공부할
수 있다면 어떤 위험이라도 무릅쓰겠다는 사람이 수두룩했지
만, 데려갈 수 있는 인원은 한 사람뿐이었고 그것은 당연히 엘
라도어여야 했다.

우리는 돌아와서 물길을 이용해 연결 통로를 만들고, 빽빽
한 숲에 길을 내고, 위험한 야만인들을 교화―하거나 몰살―

할 계획을 열심히 세웠다. 마지막 작전은 물론 여자가 아니라 우리 남자끼리만 이야기했다. 그들은 뭔가 죽이는 것을 몹시 싫어했으니까.

하지만 그사이 이 나라 최고의 현자들도 자문 회의를 열었고, 그동안 내내 우리에게서 정보를 수집해 그것들을 맞춰보고 연결시키고 추론해 온 학생들과 사상가들이 힘든 연구의 결과를 회의장에 내놓았다.

우리가 그렇게 애써 감추려 했던 것을 조금도 내색하지 않고 쉽게 간파하리라고는 정말 생각지도 못했다. 그들은 광학에 대한 설명을 다 이해하면서 듣고 있었고, 안경 같은 것에 대한 순진한 질문을 통해 우리 나라에 눈이 나쁜 사람들이 아주 흔하다는 사실을 알아 냈다.

다른 때, 다른 질문들을, 다른 여자들이 지나가는 말처럼 묻고는 그 대답들을 퍼즐처럼 맞춰서 우리 나라에 만연한 질병에 대한 간단한 도표를 제작했다. 충격이나 비난의 기색을 전혀 내비치지 않고 가난과 악폐, 범죄에 대한—사실과는 거리가 먼 부분도 있지만 꽤 정확한 부분도 있는—자료를 만들어 냈다. 심지어 보험 등의 무해한 것에 대한 질문을 통해 우리 나라에 존재하는 수많은 위험을 항목별로 정리해 두기까지 했다.

그들은 저 아래의 독화살 부족들에서부터 우리가 이야기한 넓은 인종 집단에 이르기까지 서로 다른 인종에 대해서도 잘 파악하고 있었다. 충격받은 표정이나 불쾌한 비명 소리로 우리에게 경고의 신호를 보낸 적이 한 번도 없었다. 그들은 지금까지 내내 우리 모르게 증거를 캐 왔고 이제 준비한 자료를 열정적으로 진지하게 연구하고 있었다.

그 결과는 우리를 다소 비참하게 만들었다. 그들은 바깥세

상에 가겠다고 나선 당사자인 엘라도어에게 먼저 그 사실을 충
분히 설명했다. 셀리스에게는 아무 말도 하지 않았다. 온 나라
가 그 위대한 과업을 떠받드는 중이라 조금의 근심거리도 주어
서는 안 되기 때문이다.

마침내 제프와 내가 불려 들어갔다. 거기에는 소멜과 자
바, 엘라도어, 그리고 우리가 아는 많은 사람이 있었다.

그들은 우리가 대충 그린 조그만 부분 지도들을 이용해서
지도를 꽤 훌륭하게 그려 넣은 커다란 지구본을 만들어 앞에
놓았다. 지구상의 서로 다른 민족이 개략적으로 표시되어 있고
문명 수준도 간단히 적혀 있었다. 배신자 역할을 한 내 조그만
책에서 나온 사실과 우리에게 배운 것에 근거한 도표와 숫자,
평가도 있었다.

소멜이 설명했다. "여러분의 역사는 우리 역사보다 훨씬
길어요. 그런데 그 긴 세월 내내 온갖 상호 교류가 벌어지고 발
명품과 발견이 교환되고 우리가 그토록 감탄하는 놀라운 발전
이 이루어졌음에도 불구하고 이 넓은 바깥세상에는 여전히 많
은 질병이 남아 있더군요. 간혹 전염병도 있고요."

우리는 즉시 이를 인정했다.

"게다가 정도의 차이는 있지만 여전히 무지와 편견, 제어
되지 않은 감정도 존재하고요."

이 또한 시인했다.

"또한 민주주의의 발전과 부의 증가에도 불구하고 여전히
소요가 일어나고 때로는 전쟁이 발발하는군요."

그래, 그렇다. 우리는 모두 인정했다. 우리에게는 익숙한
일이라 왜 심각하게 굴어야 하는지 이해할 수가 없었다.

"이 모든 점을 고려할 때," 그들은 자기들이 고려한 것들

의 100분의 1도 말하지 않았다. "우리 나라와 바깥세상의 자유로운 왕래에 흔쾌히 동의할 수가 없습니다. 아직은요. 엘라도어가 돌아와서 제출하는 보고서가 흡족하다면, 그때는 할 수도 있겠죠. 하지만 지금은 아니에요.

그래서 신사분들께 (그들은 이 말이 우리 나라에서는 경칭이라는 것을 알고 있었다) 이런 부탁을 드리고 싶어요. 허락하기 전까지는 어떤 식으로든 우리 나라의 위치를 드러내지 않겠다고 약속해 줘요. 엘라도어가 돌아올 때까지는요."

제프는 전적으로 만족했다. 그는 그들의 결정이 옳다고 생각했다. 늘 그랬다. 제프가 허랜드에 동화되는 것처럼 순식간에 외국에 적응하는 외국인은 본 적이 없었다.

나는 잠시 곰곰이 생각에 잠겼다. 우리 나라의 전염병이 이 나라에 퍼진다면 어떤 일이 벌어질지 예상해 본 끝에 그들이 옳다는 결론을 내렸다. 나는 동의했다.

테리가 문제였다. "절대 약속 못 해!" 그는 항변했다. "도착 즉시 탐험대를 꾸려 마랜드에 쳐들어올 테다."

"그렇다면," 그들은 차분하게 말했다. "여기서 갇혀 지내는 수밖에 없겠군요. 평생."

"마취제가 더 인도적일 것 같은데요." 모딘이 촉구했다.

"더 안전하기도 하고요." 자바가 덧붙였다.

"저 사람도 약속할 거예요." 엘라도어가 말했다.

결국 테리도 그 뜻에 따랐다. 테리의 동의와 함께 마침내 우리는 허랜드를 떠났다.

# 여성에서 인간으로

현대 독자들에게는 단편 「누런 벽지 The Yellow Wallpaper」(1892)와 유토피아 픽션 『허랜드 Herland』(1916)의 작가로 주로 알려진 샬럿 퍼킨스 길먼은 당대 대중들에게는 픽션 작가로서보다는 사상가, 여성참정권론자, 강연가, 논픽션 저자, 잡지 발행인으로 큰 영향력을 발휘했던 유명 사회개혁가였다. 자신이 발행한 잡지 《포러너 Forerunner》에 걸맞게 시대의 '선구자'였던 길먼은 여성의 역할을 가사와 양육에 국한시키고 종속적인 삶을 강요하는 빅토리아 시대의 여성관을 거부하고 여성이 수동적 성역할에서 벗어나 한 인간으로 발전할 수 있을 때 사회 또한 발전할 수 있다는 굳건한 믿음으로 양성평등을 이루기 위해 애썼다. 픽션과 논픽션을 아우르는 수많은 글들, 그리고 길먼의 삶자체가 억압적 사회적 관습에 맞서 자신의 주장을 펴 나가는실천 행위였다.

길먼은 1860년 7월 3일 코네티컷주 하트퍼드에서 중상층부모 밑에서 태어났다. 저명한 신학자 리먼 비처의 손자이자『톰 아저씨의 오두막집 Uncle Tom's Cabin』의 저자 해리엇 비처 스토의 조카로 보스턴의 명망 있는 비처 가문의 일원이었던 길먼의 아버지 프레더릭 비처 퍼킨스는 길먼에게 지적 유전자를 남겨 주었을지는 모르지만, 길먼이 태어난 직후 아내에게 두 아이를 고스란히 떠맡긴 채 가정을 버리고 떠나 남은 가족을 정서적, 경제적 결핍 속에 방치한다. 길먼은 어머니, 오빠와 함께 가난에 시달리며 18년 동안 뉴잉글랜드 지역의 열네 개 도시의 하숙집과 친척집을 전전하며 19번이나 이사를 다닐 정도로 불안정한 생활을 했고 정규교육도 제대로 받지 못한 채 성장했다. 부족한 학교 교육의 빈자리를 그녀는 공립도서관에서 책을 탐독하며 채웠고, 로드아일랜드 디자인 학교에서 수업을 들으면서 상업 카드 디자이너와 가정교사 등으로 일하며 경제 활동에 뛰어들었다.

어머니의 불행한 삶을 옆에서 지켜보고 가부장적 여성관을 주입하는 전통 교육의 영향에서 벗어나 자유로이 지식을 독학한 길먼이 일찍이 여성을 억압하는 인습에 의문을 제기하고 저항하는 정신을 품게 된 것은 자연스러운 일이었다. 십 대 시절 길먼은 몸을 답답하게 옥죄는 코르셋을 거부하고 활동이 자유로운 옷을 스스로 디자인해서 입는가 하면, 결혼보다는 인류 발전에 기여하고 싶다며 비혼을 다짐하기도 했다.

길먼이 비혼 선언을 철회하고 화가 찰스 월터 스텟슨과 결혼한 것은 스물네 살 때의 일이다. 스텟슨의 거듭된 구혼에 망설이다 결혼에 동의하기는 했지만, 길먼은 가정에만 묶인 전형적인 아내 역할을 할 생각이 없었고 결혼 전 스텟슨에게도 자신에게서 요리와 청소만 하는 아내의 모습을 기대하지 말라고 분명히 밝혔다. 그러나 내키지 않았던 결혼의 끝은 결국 좋지 않았다. 결혼 직후부터 우울증을 겪었던 길먼은 이듬해 딸 캐서린을 출산한 후 지독한 산후 우울증에 시달렸고, 오랜 시간 고통을 견디다 못해 당대 가장 유명한 여성신경질환 전문의였던 S. 위어 미첼 박사를 찾는다. 하지만 (이제는 악명 높은) 그의 '휴식 치료법', 즉, 책을 읽거나 글을 쓰는 등의 일체의 자극

적인 지적 활동을 평생 멀리하고 집 안에만 있으라는 처방을
따른 결과 길먼의 상태는 오히려 극심한 신경쇠약으로 치닫는
다. 이 경험을 바탕으로 쓴 자전적 작품이 치료라는 명목하에
여성의 육체와 정신에 가해지는 가부장적 억압을 통렬하게 고
발한 길먼의 가장 유명한 단편 「누런 벽지」다. 길먼은 결국 남
편과 별거하기로 하고 딸을 데리고 서부 패서디나로 이주하고,
마치 그동안 막혀 있던 목소리가 한꺼번에 터져 나오기라도 한
것처럼 활발하게 강연과 저술 활동을 시작한다. 사회운동가이
자 사상가, 강연가로서의 제2의 인생이 시작된 것이다.

길먼이 활동하던 19세기 후반은 거대한 변화가 이루어지
고 있던 시기였다. 산업혁명으로 가능해진 전례 없는 급격한
물질적 발전의 토대 위에 다윈의 진화론을 사회학적으로 해석
한 사회진화론과 계급투쟁을 통한 역사의 발전을 주장하는 사
회주의가 진보의 비전을 제시하면서 미래에 대한 낙관적 기대
가 그 어느 때보다 팽배한 시기였다. 당대 많은 지식인들과 더
불어 길먼도 이런 사상들의 영향을 받았고, 생명을 주고 보살
피는 여성적 가치에 바탕한, 페미니즘과 사회주의가 결합된 공
동체적 사회의 건설을 꿈꿨다. 스스로를 휴머니스트라고 칭한
길먼은 여성의 억압과 종속이 여성만의 문제가 아니라 남성의
의식 또한 왜곡시킴으로써 인류의 발전을 심각하게 가로막고
있다고 보았고, 여성이 인간으로서 평등한 지위를 획득할 때
인류 전체가 함께 진보할 수 있다고 믿었다.

길먼을 일약 유명 인사로 만든 것은 『여성과 경제 *Women
and Economics*』(1898)의 출판이다. 1세대 페미니즘 운동의 가시
적 목표였던 참정권을 획득하는 것만으로는 양성평등을 이룰
수 없으며 진정한 평등을 위해서는 여성의 경제적 독립이 우

선되어야 한다는—현재까지도 여전히 유효한—길먼의 주장
은 출판 즉시 7개 국어로 번역될 정도로 높은 호응을 얻으면서
미국뿐만 아니라 유럽에까지 그녀의 이름을 알렸다. 여성문제
해결을 위해 길먼은 코르셋으로 여성을 속박하고 수동성을 강
요하는 드레스, 여성에게만 전가된 양육 책임과 가사 노동 등
일상적이고 구체적인 영역에서부터 종교와 교육, 문화 등 제도
적, 추상적 영역에 이르기까지 다양한 차원에서 문제를 제기했
고, 복식 개혁, 공동육아, 공동 식당, 가사 노동 전문화 등 실천
적이고 급진적인 해결책들을 제시했다. 『아이들에 관하여 *Con-
cerning Children*』(1900) 『가정: 그 업무와 영향 *The Home: Its Work and
Influence*』(1903) 『인간의 일 *Human Work*』(1904) 『남자들이 만
든 세상: 남성중심적 문화 *Man Made World: Or Our Androcentric Culture*』
(1911) 『남성의 종교와 여성의 종교: 아버지들의 믿음과 어머
니들의 일에 관한 연구 *His Religion and Hers: A Study of the Faith of Our
Fathers and the Work of Our Mothers*』(1923)로 숨 가쁘게 이어진 저작
들에서 길먼은 여성을 경제적, 성적 종속 상태로 억압하는 가
정이 개혁되고 여성들이 변화할 때 사회가 근본적으로 변화할
수 있다는 주장을 일관되게 개진한다.

   자신의 목소리를 내는 여성에게 가해지는 사회의 비난은
거셌다. 길먼이 결혼 제도와 가정에 문제를 제기하면서 도마에
오른 것은 그녀의 결혼과 가정이었다. 6여 년에 걸친 별거 생
활 끝에 1894년 스텟슨과 이혼하고 1900년 사촌인 휴턴 길먼
과 결혼할 즈음 길먼은 상당한 유명 인사가 되어 있었고, 언론
과 대중은 길먼이 한 삶의 선택들을 공격하고 난도질했다. 이
혼 자체가 흔하지 않던 시대인 데다가 대단한 문제 사유도 없
는 상호 우호적인 이혼—길먼은 이혼 후 스텟슨과 자신의 절

친한 친구 그레이스 채닝의 결혼을 도왔고, 말년에는 남편과
사별한 그레이스 채닝 스텟슨과 함께 살았다―에 대해 사람들
은 곱지 않은 시선을 보냈고, 특히 아버지에게도 자식을 양육
할 책임과 권리가 있다며 딸을 스텟슨과 그레이스 채닝에게 보
낸 선택에 대해서는 자식을 '버린' 비정한 어머니라는 비난을
퍼부었다. 결혼 후 '아내와 어머니'로서 살아가는 것이 성인 여
성에게 주어진 유일한 적법한 정체성이었던 빅토리아시대에
아내와 어머니로서의 삶에만 갇히지 않고 한 개인으로 존재하
고자 했던 길먼의 선택은 비윤리적일 뿐만 아니라 자연을 거스
르는 행위로 받아들여졌던 것이다.

　　이러한 가부장적 억압에 맞서 길먼은 자신의 급진적인 주
장을 더 자유롭게 대중들에게 전달하기 위해 획기적인 시도를
한다. 인터넷 시대의 1인 미디어를 거의 백 년은 앞서는 1인
잡지 《포러너》의 창간이다. 1909년부터 1916년까지 7년 동안
길먼은 어떤 광고나 경제적 후원도 없이 구독자 1500명을 대
상으로 매달 28면짜리 잡지를 펴냈고, 그 속에 실린 평론, 도
서 리뷰, 에세이, 희곡, 시, 단편, 소설, 설교, 우화, 심지어 자신
이 선택한 상품의 광고 문구까지 다양한 장르의 글들을 혼자서
다 썼다. 7년 동안 총 86호의 잡지를 펴내며 쓴 글은 무려 단행
본 28권 분량에 달하는 어마어마한 양이었다. 길먼의 유토피
아 픽션 삼부작, 『산 옮기기 *Moving the Mountain*』(1911)와 『허랜
드』(1915-1916), 그 후속작인 『우리 나라에 온 그녀 *With Her in
Our Land*』(1916)가 연재된 지면도 바로 이 《포러너》다.

　　유토피아 픽션은 사회주의와 페미니즘을 대중들에게 전
달하기에 가장 적합한 매체로 길먼이 선택한 장르였다. 토머스
모어의 『유토피아 *Utopia*』(1516)로 시작된 유토피아 픽션은 현

실에 존재하지 않는 상상의 이상 사회를 통해 현실 사회에 대한 비판과 풍자를 담아내는 문학과 논설의 혼종 장르이다. 더 나은 세상을 동경하고 변화를 열망하는 유토피아 정신은 역사 이래 유구히 존재해 온 인류의 보편적 욕망이었지만, 유토피아 픽션은 언제나 특정 역사적 시점에 특정 주체의 구체적 욕망을 담은 역사적 산물이다. 급격한 기술의 발전으로 세상의 물질적 진보를 낙관하고 미래와 발전을 동일시할 수 있게 된 19세기 후반, 유토피아를 향한 열망은 서구 사회에서 그야말로 시대정신의 핵심에 자리했고 유토피아 픽션 또한 전성기를 맞이한다. 이 장르의 총 3분의 2에 달하는 작품이 19세기에 쏟아져 나왔고, 특히 미국에서는 에드워드 벨러미의 유토피아 픽션 『뒤를 돌아보며 2000–1887 *Looking Backward 2000–1887*』(1888)이 『톰 아저씨의 오두막집』 이후 처음으로 백만 부 이상 팔린 베스트셀러로 등극하면서, 작품 속의 미래 사회주의 유토피아를 청사진 삼아 사회를 개혁하고 그 비전을 현실로 구현하고자 하는 유토피아 공동체 설립 운동이 도처에서 일어날 정도였다.

길먼의 『허랜드』는 기본적으로 고전 유토피아 픽션의 장르 관습, 즉 우연히 낯선 세계에 떨어진 여행자, 가이드 역할을 하는 유토피아 주민과 여행자의 대화를 통해 차츰차츰 밝혀지는 유토피아의 면모, 결국 그 세계의 우월성에 완전히 감화되는 여행자라는 공식을 충실히 따르고 있지만, 근대적 기획에서 소외되었던 여성들을 개혁의 주체로 삼음으로써 이상적 사회에서조차 여성을 지우거나 소외시키는 젠더화된 장르 관습에 도전한다. 이는 체제 자체의 묘사에 치중한 당대의 많은 유토피아 픽션들이 간과한 문제였다. 길먼과 《아메리칸 패이비언 *American Fabian*》지의 객원편집자로 일하며 사회주의적 이상을 공유했던 벨러미가 그린 미래의 완벽한 사회주의 유토피아 속에 너무나 자연스럽게 등장하는 빅토리아시대의 일상적 풍경, 즉 심각한 사회 문제 토론은 남자들에게 맡기고 서재에서 물러나 소비활동만 하는, 소위 "평등한" 여자들의 모습은 문제를 인식하는 시각이 만들어 내는 차이를 여실히 보여 주는 예이다. 길먼의 관심은 세상을 근본적으로 변화시킬 가치와 그러한 세상의 변화 속에서 이루어지는 인간 의식의 변화를 탐구하는 데 있었고, 현대의 독자들도 여전히 공감하게 만드는, 시대를 넘어선 비판적 통찰을 보여 준다.

대부분의 유토피아 픽션이 그렇듯이, 『허랜드』도 탐험과 모험의 자유를 가진 남성 여행자/외부인의 시각을 통해 전개된다. 하지만 이 흔한 관습적 장치가 이 작품에서 유독 흥미로워지는 것은 유토피아에서 이들이 겪는 혼란이 단지 완전히 새로운 가치 질서에 기반한 세상을 접한 문화 충격 때문만이 아니라 그런 세상을 만들어 낸 '여성들'을 인정해 주고 싶지 않은 저항감에서 상당 부분 기인하기 때문이다. 많은 유토피아 픽션들이 여행자가 유토피아에 도달하기 전까지는 흥미진진한 전개를 보여 주다가 막상 유토피아에 정착하면 이야기적 요소가 거의 사라지고 그 새로운 사회의 각종 면모에 대한 다소 지루한 설명으로 빠지면서 이야기로서의 긴장감을 잃는 반면, 『허랜드』에서 이들이 겪는 가치관의 혼란은 뿌리 깊은 가부장적 사고방식에 기인한 만큼 완전히 해결되지 않고 잠재된 불씨로 남아 끝까지 갈등의 원인이 된다. 벨러미의 여행자가 극적으로 달라진 미래의 세상 속에서 익숙한 동시대인들을 만났다면, 『허랜드』의 주인공들은 기술적인 면에서는 크게 다를 것 없는 동시대의 세상에서 극적으로 달라진 '인간'과 대면한다. 여성

을 동등한 '인간'으로 보기를 거부하는/보지 못하는 가부장적
사회에서 살아 온 남자들이 이 '인간' 여성들과의 만남을 통해
보여 주는 갈등과 변화가 이 작품에서는 유토피아 자체보다 더
흥미로운 요소이다.

2000년 동안 남자들이 존재하지 않았던 여자들만의 나라
에 불쑥 나타난 세 명의 미국 청년은 각각 여성을 바라보는 남
자들의 전형적인 시각을 대변하는 인물들이다. 여성을 성적 대
상으로만 바라보는 마초 테리 O. 니컬슨과 여성을 보호해 줘야
할 약한 존재로 바라보는 기사도 정신의 화신 제프 마그레이브
가 여성을 대하는 양극단의 태도를 보여 주는 가운데, 이야기
를 이끌어 나가는 화자인 밴다이크 제닝스는 이성과 논리를 대
변하는 중도적 인물이다. 모험을 시작하던 당시 "그 누구도 여
성 문제에 대해 진보적 시각을 가지고 있지 않았"던 이들은 매
력적인 젊은 여성들만 가득한 여인국을 정복할 백일몽에 빠져
허랜드에 도착하지만, 그 기대는 배반당하고 그들의 환상과 관
습적 믿음은 하나하나 부서져 나간다.

작품에는 "남자(처럼)" "여자(처럼)"(이)라는 말이 무수
하게 등장한다. 뛰어나고 긍정적인 것에 대해 말할 때면 어김
없이 남자가 소환되고, 그렇지 못한 것에 대해 말할 때면 어김
없이 여자가 소환된다. 허랜드에 착륙하자마자 세 청년은 이
나라가 이루어 낸 놀라운 성과들을 알아보지만, 그 장점들은
곧장 '남자들의 존재'를 입증하는 증거로 해석된다. 질서 정연
한 도시, 잘 닦인 도로, 거대한 건물 같은 물질적 측면은 말할
것도 없거니와, 심지어 여자들을 쫓아가다 실패한 머쓱한 순간
조차 "이 나라 남자들은 완전히 달리기 선수"일 것이라며, (자
신들보다 더 잘 달리는) 여자들보다 당연히 육체적으로 우월

한 남자들을 상정하는 식이다. 이성과 논리를 대변하는 밴이 가장 먼저 "문명국"이니 "분명 남자들이 있을 것"이라고 단언하는 것부터가 그의 논리가 '가부장적 논리'라는 의심을 품지 않을 수 없게 하는 대목이다. 이런 그들이 "대령들"에 맞서 "남자답게 고군분투했지만 […] 여자처럼 꽉 붙잡혀" 꼼짝도 하지 못한 채 끌려가 "노련하고 경험 많은 외교관이 어린 여학생에게 보여 주는 인내심과 예의"를 갖춘 선생님들 밑에서 투덜거리며 수업을 듣는 장면들은, 이러한 위계적 논리를 한 번도 의식하거나 의심해 본 적 없는 남자들이 허랜드의 여성들에게 육체적으로나 논리적으로나 거듭 수세에 몰리면서도 고착화된 언어 습관―과 그 속에 깊이 밴 가부장적 사고방식―을 버리지 못하는 인지부조화 상태를 유머러스하게 꼬집는다.

　　나름의 한계에도 불구하고 이 인지부조화 상태를 넘어서서 새로운 성찰에 도달하는 밴은 가부장적 사고의 틀을 깨는 어려움을 역설적으로 보여 주는 인물이다. 처음부터 끝까지 여성을 성적 대상 외의 존재로는 볼 생각도, 의지도 없는 테리는 논할 것도 없지만, 기질적으로 잘 맞는 토양을 만나 편안하게 허랜드에 동화된 제프와는 달리 밴은 허랜드의 우월성을 머리로는 납득하면서도 기존 사회의 관습과 가치에 대한 방어 심리를 끝까지 완전히는 떨쳐 내지 못하기 때문이다. 대령들과 맞선 자신들의 모습에서 "런던 경찰의 삼중 저지선을 뚫고 국회의사당으로 진입하려는 여성참정권 운동가들"의 모습을 떠올리며 사회적 약자의 입장과 슬쩍 동일시해 보지만, 그럼에도 불구하고 그가 원치 않는 상황을 받아들이고 감내해야 하는 여성들의 현실에 절실하게 공감하게 되는 순간이 결혼이라는 것은 참으로 의미심장하다. 옛 사회의 관습에 기대 자신이 바라던 것을 얻을 수 있으리라 생각했던 안일한 기대가 깨지고 이곳에서의 결혼의 현실은 전혀 다르다는 것을 깨달은 그는 어떤 무의식적인 부정적 함의도 섞지 않고 순진한 아가씨의 입장에 진심으로 공감하며 말한다. "결혼 전 우리가 상상했던 것들은 순진하고 평범한 아가씨가 상상한 것만큼이나 아무 의미도 없었다. 현실은 전혀 달랐다." 길먼의 블랙유머가 돋보이는 대목이 아닐 수 없다.

남자들, 남자, 남자다운, 남자다움 등 남성에서 파생된 온갖 단어를 사용할 때, 우리 마음속에는 사람들이 가득하고 갖가지 활동이 분주히 벌어지는 거대한 세상이 어렴풋이 떠오른다. […]
그리고 여자라는 말을 쓸 때는 여성, 즉 성별만을 생각한다.
하지만 2000년 동안 끊임없이 발전해 온 여성 문명 속에서 살아온 이 여자들에게는 자기들이 이루어 낸 사회 발전의 한도 내에서 여자가 그러한 거대한 이미지를 환기시키는 단어였고, 남자는 단지 남성 즉 성별만을 의미했다.

『허랜드』의 유토피아는 그간 길먼이 해 온 모든 주장이 실현된 공간이다. 모성이 여성을 가정에 고립시키고 세상에서 단절시키는 생물학적 덫이 아니라 사회 전체의 기본 가치가 될 때, 여성이 성별로만 정의되지 않고 한 인간으로 발전할 때, 언어가, 사고방식이, 남녀 관계가, 그리고 세상이 어떻게 변화할 수 있는지 보여 주는 사고실험이다. 『허랜드』에 담긴 우생학적 사상이나 인종차별적 요소 같은 시대적 한계의 흔적에도 불구하고, 길먼의 비판과 통찰은 우리 시대에도 여전히 유효할 수밖에 없다.

길먼은 이런 사회를 꿈꾸며 생의 마지막 순간까지 손에서 펜을 놓지 않았고, 할 말을 다했다고 생각한 순간《포러너》의 발행을 멈추었던 것처럼 병으로 자신의 쓸모가 다했다고 판단한 순간 안락사를 지지해 왔던 평소 신념대로 스스로 생을 마감했다. 인간으로 존재하기를 주장하며 평생 자신의 신념을 지켜 나간, 지극히 길먼다운 마지막이다.

권진아

# 샬럿 퍼킨스 길먼 연보

1860년   7월 3일. 코네티컷주 하트퍼드에서 메리 퍼킨스(메리
        피치 웨스트콧)와 프레더릭 비처 퍼킨스 사이에서 샬
        럿 퍼킨스 길먼 출생.
        어린 시절 아버지가 가족을 버리고 떠나면서 아버지
        의 이모들인 여성참정권 운동에 참여한 이저벨라 비
        처 후커, 『톰 아저씨의 오두막집』을 쓴 해리엇 비처
        스토, 교육학자 캐서린 비처 등을 위시한 친척 집을
        전전하며 가난한 성장기를 보냄.
        유년 시절 대부분을 로드아일랜드주의 프로비던스에
        서 지냄. 남자아이들과 주로 어울리며 스스로 톰보이
        라 여겼음. 자연철학 과목을 가장 좋아함.

1878년   로드아일랜드 디자인 학교에 입학.
        가정교사, 카드 디자이너로 일함.

1884년   예술가 찰스 월터 스텟슨과 결혼. 처음에는 직감적으
        로 이 결혼이 그녀에게 옳은 결정이 아님을 느꼈기에
        그의 청혼을 거절함.

1885년   3월 23일. 샬럿의 딸, 캐서린 비처 스텟슨 출생. 이후
        극심한 산후 우울증 겪음. 당시 여성은 '히스테릭'하
        고 '불안정한' 존재로 간주되던 시대였기에 여성이 겪
        는 출산 후 고통은 무시되었음.

1887년   4월 18일. 그녀의 일기에 "마음이 가져오는" "어떤
         뇌병"이 있어 고통스럽다고 기록.

1888년   남편 월터와 별거에 들어감.

         여름. 남편을 떠나 딸 캐서린과 함께 로드아일랜드주
         브리스톨에서 지냄. 이 무렵 우울증이 사라지기 시작.
         이 시기에 자신의 태도에 긍정적인 변화가 일어났음
         을 깨달았다고 기록.

         9월. 프로비던스로 돌아옴. 코네티컷주에 남아 있던
         자신의 재산을 처분하고 패서디나로 이동. 이곳에서
         지적인 삶을 되찾으며 우울증에서 회복됨.

1890년   자본주의적 탐욕과 계급 간의 차이를 종결하기 위해
         평화적·윤리적·진보적 인류를 촉진하는 활동을 하
         는 '내셔널리스트 클럽' 운동에 참여.《내셔널리스트
         매거진 Nationalist Magazine》에 시「비슷한 사례들 Similar
         Cases」실음.

         6월 6-7일. 패서디나에서「누런 벽지」집필.

1892년   1월.「누런 벽지」,《뉴잉글랜드 매거진 The New England
         Magazine》에 실림.

1893년   어머니 메리 퍼킨스 사망. 8년 만에 동부로 다시 이사
         할 것을 결심.

         약 15년 동안 못 보고 지낸 사촌, 월스트리트 변호사
         휴턴 길먼에게 연락. 이때 상당한 시간을 함께 보내고
         강연 투어를 다니는 동안 많은 편지를 주고받으면서
         연애 관계로 발전함.

1894년   길먼과 월터, 공식적으로 이혼.

         딸을 전남편과, 그의 두 번째 부인이자 길먼의 친구인

그레이스 엘러리 채닝에게 보냄. 길먼의 딸 캐서린이 그레이스 채닝을 좋아했기 때문에 그 둘의 결합에 만족해함. 샬럿은 부계 권리에 대한 급진적인 관점을 가지고 있었고, 전남편에게 캐서린의 환경에 대한 권리가 있으며 캐서린도 그녀의 아버지를 알고 사랑할 권리가 있다고 인정함.

별거하는 동안 저널리스트 애덜린 냅을 만나 진지한 만남을 가졌지만 결국 결별.

태평양연안여성들의출판협회 The Pacific Coast Women's Press Association, 여성동맹 The Woman's Alliance, 경제클럽 The Economic Club, 이벨연합 The Ebell Society, 부모협회 The Parents Association, 여성위원회 The State Council of Women 등에서 활동함.

《불리틴 The Bulletin》지의 집필과 편집을 맡음.

1896년　워싱턴 D.C.에서 열린 전미여성선거권협회 대회와 런던에서 열린 국제사회주의와노동협의회에서 캘리포니아를 대표함.

1898년　논문 『여성과 경제』 발표. 이 논문에서 여성은 그들이 경제적인 자유를 갖기 전까지는 진정으로 독립할 수 없다고 주장.

1900년　휴턴 길먼과 결혼. 1922년까지 뉴욕에서 거주.

1903년　비평적으로 가장 성공한 작품 『가정: 그 업무와 영향 The Home: Its Work and Influence』 발표. 논문 『여성과 경제』의 주장을 잇는 작업으로, 여성들이 가정에서 겪는 우울을 지적하며, 그들의 건강한 정신 상태를 위해 환경을 바꿔야 한다고 주장.

뉴올리언스에서 열린 전미여성선거권협회 대회에서 지식인층이 아닌 모든 여성에게 참정권을 부여해야 한다고 주장.

1909-1916년   홀로 《포러너》지 발간. 길먼의 소설이 상당 부분을 차지함. 주류 미디어에 대항하며 7년 2개월 동안 28쪽짜리 잡지를 86호 발간. 당시 1500명의 구독자를 보유.

《루이빌 해럴드 *Louisville Herald*》《볼티모어 선 *The Baltimore Sun*》《버팔로 이브닝 뉴스 *The Buffalo Evening News*》에 글 수백 편 기고.

1911년   『십자가 *The Crux*』『산 옮기기 *Moving the Mountain*』 출간.

1915년   『허랜드 *Herland*』,《포러너》에 연재.

1916년   12월 10일.《애틀랜타 컨스티튜션 *Atlanta Constitution*》에 칼럼 「페미니즘이란 무엇인가?」기고.

1922년   코네티컷주 노리치에 위치한 휴턴의 옛 주택으로 이주.

1925년   1925년에 쓰기 시작한 자서전 『샬럿 퍼킨스 길먼의 삶 *The Living of Charlotte Perkins Gilman*』이 1935년에 공개됨.

1932년   1월. 유방암 말기 진단.

1934년   휴턴, 뇌출혈로 갑자기 사망.

1935년   8월 17일. 클로로폼 과다 복용으로 자살.

지은이    샬럿 퍼킨스 길먼Charlotte Perkins Gilman

1860년에 미국 코네티컷주 하트퍼드에서 태어났다. 로드아일랜드 디자인
학교를 졸업하고 가정교사, 카드 디자이너로 일하다가 1884년에 화가인
찰스 월터 스텟슨과 결혼했으며, 이듬해에 딸 캐서린을 낳았다. 하지만
가정에 묶인 전형적인 아내로서의 역할만을 강요한 남편과의 결혼 생활은
순탄치 않았으며, 산후 우울증을 앓기도 했다. 결국 별거를 거쳐 법적으로
이혼했고, 1900년에 사촌 조지 휴턴 길먼과 재혼했다.

길먼은 1890년부터 소설, 시, 사회 이론서를 활발하게 발표하며 사상가,
여성참정권론자, 강연가, 저자, 잡지 발행인 등으로서 당대 사회개혁에
큰 영향력을 끼쳤다. 특히 1898년에 발표한 『여성과 경제』는 출간되자마자
7개 국어로 번역되는 등 세계적으로 널리 읽혔다. 1909년 사회개혁의
필요성을 주장하는 잡지인 《포러너》를 창간해 1916년까지 직접 편집했으며,
1915년에는 제인 애덤스 등과 함께 여성평화당을 창당했다. 1932년,
유방암 말기 진단을 받고 1935년에 캘리포니아에서 자살로 생을 마감했다.
『허랜드』를 비롯해 「누런 벽지」『산 옮기기』『십자가』 등 소설 여러 편,
『여성과 경제』『가정: 그 업무와 영향』『남자의 종교와 여자의 종교』 등
다수의 칼럼과 논픽션을 썼고, 자서전 『샬럿 퍼킨스 길먼의 삶』을 썼다.


옮긴이    권진아

서울대학교에서 영문학을 전공하고 같은 학교 대학원에서 「근대 유토피아
픽션 연구」로 박사 학위를 받았다. 현재 서울대학교 기초교육원에서
강의 교수로 재직하고 있다. 옮긴 책으로는 『1984년』『동물농장』『태양은
다시 떠오른다』『헤밍웨이의 말』『지킬 박사와 하이드 씨』『은하수를
여행하는 히치하이커를 위한 안내서』(공역) '시공 에드거 앨런 포 전집'
1-4권 등이 있다.

# 허랜드

1판 1쇄 인쇄   2020년 5월 6일
1판 1쇄 발행   2020년 5월 20일

지은이   샬럿 퍼킨스 길먼            펴낸이   김영곤
옮긴이   권진아                     펴낸곳   아르테

아르테클래식본부 본부장   장미희
클래식클라우드팀   권은경 임정우 김슬기 박병익
편집   전민지
교정·교열   눈씨                   영업본부 이사   안형태
디자인   전용완                    영업본부 본부장   한충희
마케팅   오수미 박수진              영업   김한성 이광호
제작   이영민 권경민

출판등록 2000년 5월 6일 제406-2003-061호
주소 (10881) 경기도 파주시 회동길 201 (문발동)
대표전화 031-955-2100   팩스 031-955-2151
이메일 book21@book21.co.kr   홈페이지 arte.book21.com

ISBN  978-89-509-8783-1  04840
아르테는 (주)북이십일의 문학·교양 브랜드입니다.

(주)북이십일 경계를 허무는 콘텐츠 리더
네이버오디오클립/팟캐스트 〈김태훈의 책보다 여행〉, 유튜브
〈클래식클라우드〉를 검색하세요.
네이버포스트 post.naver.com/classic_cloud   페이스북 www.facebook.com/
21classiccloud   인스타그램 www.instagram.com/classic_cloud21